D1645852

# C'est pour quand
# le paradis...

Claude LeBouthillier

# C'est pour quand le paradis...

roman

 éditions d'acadie

L'éditeur désire remercier le Ministère des ressources historiques et culturelles du Nouveau-Brunswick pour sa contri-
bution à la réalisation de ce livre.

Graphisme: Raymond Thériault

ISBN 2-7600-0111-3

Nos livres
sont distribués au Québec par:          et en France par:

Prologue Inc.                    Distique
2975 rue Sartelon                17 rue Hoche
Ville St-Laurent                 92240
Québec  H4R 1E6                  Malakoff

À mon père, Paul et à mon fils, Alexandre.

Toute ressemblance avec des personnages ou des faits réels ne pourrait être que pure coïncidence, ou le fruit de l'imagination.

# Chapitre I

La tempête du large faisait son nid sur la côte et la neige s'enroulait jusqu'à mi-fenêtre. Dans la maison ancestrale que mon arrière grand-père avait construite un siècle plus tôt, je dormais à poings fermés. C'était une des plus vieilles maisons d'Acadie, à l'Anse-au-varech, où s'incrustaient jusque dans les poutres les vibrations des premiers bâtisseurs. Elle était pour moi un domaine, une seigneurie: les vitraux peints servaient de repaire aux lutins et aux farfadets, l'immense galerie qui l'entourait témoignait de la noblesse des lieux, et l'escalier en chêne sculpté reflétait la splendeur d'une époque ancienne.

Que de fois j'avais exploré les coins les plus secrets de cette demeure à la recherche d'un trésor! Que de fois, la nuit, tous les fantômes de la baie venaient danser une ronde dans le grenier et les chambres obscures! Oui, c'était bel et bien un palais, lorsque les hirondelles du printemps, jouquées dans les pignons, y établissaient demeure! Et moi, grisé de merveilleux au gré de mes lectures sur Christophe Colomb, je voguais à la découverte du Monde Nouveau.

Un bruit de pas fit craquer les marches du vieil escalier. Je me réveillai, espérant que le noroît, qui tourbillonnait dans les lucarnes, ferait reculer les plus hardis. Mon père s'amenait.

- C'est le temps de te lever.

- Mais il fait trop mauvais dehors.

- Je sais, mais bien emmitouflé, on peut s'y rendre.

Le devoir d'abord et encore! Je gardai alors quelques instants les yeux fermés comme si ce rituel allait, par magie, arrêter le temps. Encore un dernier instant pour savourer la chaleur du matelas à plumes!

Le plancher, parsemé de noeuds et de bosses, frissonnait. J'avais froid. La fournaise bourrée de bûches et de morceaux de charbon ne suffisait pas à chauffer cette vaste maison. Je m'habillai rapidement en jetant un regard envieux sur les plus jeunes, qui, eux, dormaient comme des anges du paradis.

La grande cuisine n'était pas chauffée durant la nuit; du frimas dentelait le plancher, et, près de la porte, la grosse pompe à brimbale était gelée. Mon père avait allumé le vieux poêle à bois; il crépitait, mais la chaleur, paresseusement, hésitait à affronter le givre. La porte du "tambour" était encore coincée par un banc de neige. Hier, les voisins étaient venus pour faire cuire leur pain, car leur cheminée rafalait, et on avait dû creuser un tunnel à travers le banc de neige pour se passer le pain.

Dehors, il ventait à vous couper le souffle, et le givre se formait sous mon foulard de laine pendant que la poudrerie s'entremêlait d'une lueur blafarde de février. On devinait la baie là-bas, à droite. La violence du vent m'incita à prendre la main de mon père. Les seuls repères disponibles étaient les piquets de clôture, que j'apercevais confusément entre deux "respirs". La faim commençait à me tenailler, mais j'avais encore deux bonnes heures à jeûner, car je servais deux messes par matin, la première à six heures et demie, au couvent, celle du prédicateur de la retraite, le père Canus, puis celle de sept heures, à l'église, celle du curé du village.

- En tout cas, ça me fera des sous, me disais-je.

C'est ce que je trouvais de mieux pour me consoler.

J'aperçus finalement la statue du couvent, blanchie par la neige. Avec de petits sourires silencieux accompagnant leurs pas feutrés, les soeurs nous conduisirent à la chapelle. Enrobé d'une soutane noire et d'un surplis de dentelle, j'étais ailleurs.

- Au moins, il n'y aura pas d'école aujourd'hui, me disais-je, car le chemin du roi va se boucher au croche à Zacharie...

Une odeur de cire envahissait les lieux pendant que je sonnais la cloche du Sanctus. Je ressentais parfois une sorte de vénération pour ces saints lieux. À d'autres moments, j'avais l'impression de surgir dans une espèce de salon mortuaire où s'entremêlaient les odeurs de la mort, du devoir et du sacrifice.

Je servais la messe du père Canus depuis deux semaines déjà. Il avait reçu un bon magot pour prêcher cette retraite, et j'espérais bien recevoir un généreux pourboire. La faim m'envahissait de plus en plus, et l'image de la crème glacée au chocolat et aux noix d'arachides de l'hôtel *Chez Hippolyte* me fit dévorer l'hostie.

Mais le prédicateur ne semblait pas pressé de me payer. Peut-être n'est-il pas au courant des coutumes, que je me disais. Mine de rien, je m'éternisais à ranger son surplis, son aube et son cordon. Finalement il m'offrit un petit sac en papier qui contenait une médaille. Je trouvais injuste de me promener avant l'aube dans la poudrerie pour recevoir une médaille au fermoir brisé qui ne signifiait rien pour moi. Adieu la crème glacée!

Dans l'église, à l'exception de l'oncle Chrysostome, presque centenaire, et de mon père, il n'y avait que des rangées de bancs vides. J'étais absent et cette religion me faisait peur. Je me rappelais que le dimanche précédent, le curé avait encore fait sa crise en chaire. J'avais l'impression d'être accusé de quelque chose, comme si c'était moi qu'il montrait du doigt. Un rapide examen de conscience me rappelait bien que j'avais emporté quelques bouteilles de bière vides en passant par les soupiraux des "sheds" à morue, mais il ne me semblait pas que cela devait être l'objet de tant de colère. Comme ça ne faisait pas partie des traditions familiales ni du curriculum de l'école de parler de soi, j'essayai de savoir de mon père, sans lui avouer mes craintes, la raison des vociférations du curé.

- Le curé est fâché parce que plusieurs jeunes filles se promènent en culottes courtes et que d'autres sont allées travailler à Montréal sans sa permission, me répondit mon père.

Qu'est-ce qu'il pouvait bien y avoir à Montréal qui requît la permission du curé? me répétai-je.

- Il n'avait pas l'air très content au sujet de la danse? demandai-je encore à mon père.

- C'est défendu, c'est péché, me répondit-il comme s'il ne voulait pas s'étendre sur ce sujet mauvais.

Sans trop comprendre, j'avais l'impression que toute forme de plaisir était péché, ce qui allait aussi dans le sens des scrupules de mon père. J'étais loin de me douter qu'un quart de siècle plus tard, je serais empêtré dans des obsessions qui sont au fond comme des scrupules: bonnet blanc, blanc bonnet, quoi!

Enfin, le retour! On marchait contre le vent, et j'avais de la misère à garder mon souffle. Je marchais perdu dans mes pensées sur l'Ancien Testament, l'imagination hantée par ces vainqueurs qui, lorsqu'ils gagnaient une bataille contre les païens, passaient tout le monde au fil de l'épée, même les enfants, contredisant par là, me semblait-il, l'amour de Dieu. Les livres sur les apparitions et les damnés, qu'on avait chez nous, me rendaient inquiet, particulièrement cette histoire d'un revenant qui avait imprimé sa main brûlante sur une table pour avertir les siens de prier pour lui, afin de hâter sa sortie du purgatoire. Et certains épisodes de la vie des saints restaient pour moi complètement incompréhensibles. Que venait faire la flagellation pour punir les passions de la chair? Je m'étais bien promis d'élucider ce mystère. Je me promettais bien de percer les secrets de cette bible illustrée où s'offraient à mes yeux des femmes plus dénudées les unes que les autres, mais qui ne m'éclairaient guère, ni sur les instincts du mal, ni sur les débauches de David et de Salomon. Comme s'ils avaient le droit, eux, de faire des orgies, puis, tout simplement, de se faire pardonner… Et Marie-Madeleine, cette fille de mauvaise vie, c'était quoi? Terriblement impressionné par l'épreuve d'Abraham, qui devait tuer son fils pour obéir à Yahvé, je vivais les guerres et les horreurs de l'Ancien Testament au niveau de la peur. Mon côté rêveur, imaginatif et sensible ne m'aidait pas à me forger une carapace, et cette atmosphère de

14

sévérité religieuse accentuait constamment cette peur du châtiment pour le moindre écart de conscience.

Favori du curé, je servais la messe plus souvent qu'à mon tour, ce qui devait, je l'imagine, faire des jaloux. Mais à cette époque, j'étais trop jeune pour croire à la méchanceté. Je me rappelle particulièrement ce jour de mes sept ans, ce dimanche après la grand-messe, où le curé avait réuni sa cour pour savoir qui buvait le vin de messe en cachette. Avec mon copain, quand nous allions remplir les burettes au presbytère, j'en profitais avec lui. Difficile ensuite cependant de servir la messe sans communier!

Nous étions tous au garde-à-vous dans la sacristie, silencieux et figés comme des statues de plâtre.

- Y'en a qui boivent le vin sacré. C'est un sacrilège. Je veux voir les coupables cet après-midi au presbytère.

Je sentais des frissons se promener sur moi par vagues, comme si tous les démons de l'enfer m'embrochaient avec leurs fourches pointues. Mon copain voulait aller rencontrer le curé, mais je résistai, plus par obstination que par intelligence, ce vieux réflexe acadien de faire comme si ce qui n'est pas nommé n'existe pas, comme si le silence avait un pouvoir d'exorcisme. De toute façon, je ne savais quoi inventer pour justifier auprès de mes parents ma présence au presbytère. Ma politique d'autruche triompha. Personne ne fut dupe, et le vin, désormais, resta dans les burettes. Mais le piège de la confession était toujours là. Je n'osais cependant parler au curé de l'épisode du vin, ni lui avouer que je sacrais comme un charretier lorsque je devais m'occuper des animaux de la ferme. Je racontais donc toujours les mêmes litanies:

- Mon père je m'accuse d'avoir désobéi cinq fois à mes parents, d'avoir été jaloux deux fois de ma soeur.

Parfois je variais le nombre et les modalités de mes fautes.

L'inquisiteur répliquait par un sermon sur la pureté, ce que je ne comprenais pas, et m'imposait quelques Pater à réciter.

Enrégimenté déjà dans les ordres sous l'égide du curé, et personnifiant l'enfant de chœur modèle, j'étais à cent lieues de soupçonner que quelques diablotins, eux, s'étaient permis de prendre le confessionnal pour une toilette. Je suis sûr qu'aujourd'hui leurs problèmes ne relèvent pas des mêmes interdits.

Malgré tous les règlements qui m'enveloppaient, je participais déjà à la lutte des classes en délestant de quelques sacs de bonbons un riche anglophone, propriétaire de magasin. Je lui demandais quelque chose qui se trouvait derrière le comptoir, et, pendant qu'il avait le dos tourné, je faisais disparaître les friandises convoitées. Une façon peut-être de diminuer les inégalités sociales!

C'était l'époque où je désirais devenir pêcheur d'éperlan, m'identifiant à un vieux pêcheur que j'admirais beaucoup. J'avais écrit le nom de cette profession sur un gros papier; "pêcheur", comme dans péché... et je crois bien avoir réussi beaucoup plus tard dans cette dernière profession!

C'était aussi l'époque où mon père, à cause de ses antécédents dans la marine de guerre, fut nommé à la fois douanier pour les produits de la pêche et juge de paix. Il avait été braconnier, ce qui le servait bien. Cela amena, me sembla-t-il, une rupture avec les gens du village et leurs enfants, tous pêcheurs et fils de pêcheurs. Je faisais maintenant partie de la famille de l'ordre, de la légalité, et je ne pouvais plus participer aux secrets du braconnage.

Il me resta cependant un ami, Anouk. Nous vivions ensemble toutes sortes d'aventures à courir dans les herbes hautes au bord de la mer et à nous griser de mystère et de fantastique. C'était l'époque du merveilleux et de la chasse aux trésors. Nous en avions découvert un dans le fond du poulailler: des roches qui brillaient.

- C'est de l'or!

- On va garder ça secret.

La promenade qui suivit sur le quai s'accompagna du tintement des piècettes, mais un vieux pêcheur, qui arrivait du large, nous fit bien comprendre que tout ce qui brille n'est pas or... Quelle déception! Pour nous consoler, nous avions entraîné les petits frères d'Anouk à creuser derrière la grange, en leur confiant que le capitaine Kidd y avait enterré un trésor. Tout allait pour le mieux, car ils trouvaient des ossements d'animaux qui représentaient bien les pirates enterrés pour garder le trésor...

De beaux souvenirs qui brillent toujours. Au son du moteur à un temps, bercé par la grande voile, je partais avec mon père dans la pureté de l'aube, sur son vieux rafiot, pêcher le homard et le hareng. Souvenirs vivaces du frétillement des profondeurs dans l'air salin du large à l'orée des grandes goélettes! Mais Anouk s'envola. Je savais à peine mon âge.

Chaque année une tante d'Amérique nous envoyait des boîtes de linge que ses enfants ne portaient plus. Par un matin d'été, j'étais allé, sans la permission de ma mère, jouer à la balle molle, me promenant avec un chandail "California" et des culottes courtes "U.S.A." L'Amérique était déjà partout. Lorsque je me penchais, les sous-vêtements d'hiver raccourcis par ma mère dépassaient encore un peu sous les culottes courtes de l'oncle Sam. Tous les enfants se liguèrent contre moi au cri de: "Les caneçons percés".

Belle revanche à prendre sur le fils du douanier et le premier de classe. Un copain enfant de chœur avait pris mon parti pour engager la bataille à coup de roches. Mais il fallut se résoudre à la fuite. De retour à la maison, j'essuyai les reproches d'une mère qui était loin de soupçonner mon immense besoin de me faire bercer. Ce surnom piquait ma fierté, ce dont j'aurais bien pu me passer. Parfois, je faisais la sourde oreille, parfois je me battais et je ripostais en criant: canisse! revenant! radis! Une façon avant tout de masquer mon désarroi, "Caneçons percés"! Cette fameuse appellation me resta collée longtemps. J'en avais honte.

Après le départ d'Anouk, je me sentais bien seul. Ceux qui m'intéressaient avaient leur groupe fermé, et, pour la plupart, ne s'occupaient de moi que pour me crier des noms. J'entendis longtemps ces cris stridents me couler sur la peau. Je me tenais alors avec les plus jeunes, les marginaux, ceux qui étaient dans les classes moins avancées. Mais je n'étais pas du genre à rester dans mon coin, et je devins rapidement un adepte de la nage au ruisseau du Cap Rose, de la balle-molle dans le clos à Onésime et du hockey sur le lac à Michel. Je ripostais parfois contre ceux qui me ridiculisaient. Un jour je me battis contre le chef d'un groupe, jusqu'au fond d'un marais, entre les grenouilles et les nénuphars. De retour chez nous, je dus expliquer que j'avais glissé sur des roches, ce qui n'élimina pas les soupçons.

Cependant, le grand voile noir des limbes était déjà tombé, et je compris que je devais m'élever seul.

Un cauchemar revenait souvent hanter mes nuits. J'entendais d'abord comme un bruit de sabot sur la pierre, puis je voyais un immense taureau noir se diriger vers moi. Un pénis démesuré lui sortait du ventre, comme une pieuvre enragée, et ses naseaux étaient remplis d'écume. Une horde de démons armés de fourches à trois brins le poursuivaient. Je voyais alors ce qui le rendait fou. La frayeur me paralysait; je cherchais à fuir mais il n'y avait pas d'issue. Derrière moi un immense brasier où s'agitaient des damnés: l'enfer, le châtiment. Mon regard affolé se portait alors au loin et, entre les nuages qui s'estompaient, je voyais sur un gigantesque promontoire, un

18

palais blanc et bleu avec au sommet de la grande tour une étoile dorée. À l'entrée, près de la grande arche, des anges vêtus de rouge sonnaient de la trompette. J'entendais alors résonner dans ma tête le tic tac de l'horloge alors que s'imprimaient les mots "toujours-jamais", comme si je n'y entrerais pas dans ce paradis. Je ne voyais pas d'issue. Et chaque fois je me réveillais terrifié. Ce n'est que beaucoup plus tard que je compris la signification de ce rêve prémonitoire.

# Chapitre II

Ma curiosité était insatiable, et le domaine de la sexualité m'intriguait, car malgré toutes mes lectures, je n'arrivais pas à comprendre ces jeux mystérieux. Ce n'était évidemment pas dans les romans de Jules Verne ou la vie de St-François d'Assise que j'allais me renseigner. J'étais terriblement ignorant à ce sujet, même si je pouvais réciter les noms des capitales de tous les pays.

Mon premier souvenir dans la zone interdite remonte à une rougeole où je rêvais aux fesses de ma maîtresse, salivant déjà face à ces deux pains du pays ronds et chauds. Enfin, ma fièvre pouvait excuser cette tangente, ce qui ne m'empêchait pas de faire comme tous les autres et de reluquer sous sa jupe en descendant les escaliers. Mais la mini-jupe n'avait pas encore franchi les montagnes de la Californie. Un second rêve, plutôt éveillé celui-là, tournait autour du premier mystère joyeux, le "french-kiss", et j'aurais aimé devenir le disciple d'une jeune brunette que j'accompagnais au retour de l'école, parfois jusqu'à la brunante, par des détours dignes d'Ariane. Mais je n'osais pas, et j'osais encore moins en parler à l'inquisiteur.

À l'occasion des nombreux accouchements de ma mère, j'en profitais, comme les autres d'ailleurs, pour observer, par la grille de la fournaise du grenier, les soupirants de la servante qui réchauffaient le sofa du grand bord. Mais là, entre le crucifix de plâtre et l'angélus, les ébats ne dépassaient jamais le premier mystère joyeux. Pourtant, il semblait circuler bien des rumeurs sur son compte. Cette Marie-Madeleine m'intriguait, mais la douceur de ma couche m'empêchait de me lever "pieds nus dans l'aube" pour exercer ma "voyance" à travers le trou de la serrure. Les tiroirs de ma mère ne me renseignaient pas davantage, et n'y ayant associé aucune sorte de jouissance, j'évi-

20

tai ainsi toute forme de fétichisme. Mais j'étais loin d'avoir rendu les armes, puisque, le soir, dans mon dortoir à l'arôme de pisse, je cogitais sur la meilleure façon de faire léviter la pierre de la cheminée, pesant une bonne tonne, qui obturait un passage entre mon "penthouse" et la chambre de mes parents. Enfin je voulais bien connaître quel était ce sanctuaire d'amour qui se négociait pour nous. J'appréhendais toutefois vaguement que les premiers vagissements que j'y avais émis représentaient plutôt, en accord avec Lucrèce, le symbole de tous les emmerdements que la vie me réservait. Les trous percés au vilebrequin dans un passage secret ayant servi, dans ces périodes d'antan d'enracinement dans le silence, d'entrepôt de braconnage, ne me permirent pas davantage de me renseigner sur ce qui se tramait dans la chambre de la servante. Mon père s'en aperçut et obtura cet orifice sur le péché. Le seul reflet de son regard fut pour moi plus éloquent que tout le reste. Les explications sur les boîtes de serviettes sanitaires n'avaient pas davantage la précision de certains textes bibliques, et un copain s'était bien moqué de moi quand je lui eus assuré que ça servait pour épancher le trop plein de l'allaitement.

Les explications reçues par mon père sur les mystères joyeux ne me permirent pas vraiment de visualiser clairement la question. J'étais déjà trop embrumé de transcendance. Le vicaire, un novateur pour l'époque, continua la sainte oeuvre d'initiation, mais la poire que l'on dessinait d'un clin d'oeil complice sur les ardoises ne cadrait pas trop avec les visions de la graine et de l'oeuf. Alors je dessinais aussi, d'un oeil complice et averti, des poires et des natures mortes, afin de ne pas assombrir mes connaissances universelles de ce petit détail anatomique banal!

Ayant déjà depuis quelques lunes assumé mon éducation dans le domaine, je décidai, puisqu'il me semblait que le curriculum de l'école et de l'église était incomplet, de procéder, comme toujours, en autodidacte. Un cousin de la ville de Québec, porteur d'un savoir initiatique, m'accompagna alors à mon poste d'observation des hautes herbes de la côte. Ce ciné-parc artisanal me permit ainsi d'entrevoir de fugitives visions des nymphes innocentes qui se déshabillaient dans les criques, mais cette vision dorsale ne me satisfaisait pas. M'inspirant alors tour à tour des stratégies de l'Ombre Jaune et d'Arsène Lupin ainsi que du vécu des petits diablotins de l'entourage qui, eux, s'instruisaient lors des pèlerinages, je décidai de suivre leur exemple lors des fêtes de la Sainte Anne.

Mais d'abord, un peu d'histoire!

À la suite d'une tempête en mer, des pêcheurs avaient promis de bâtir un sanctuaire en son honneur s'ils revenaient à la côte sains et saufs. Ce lieu de pèlerinage était envahi par tout ce que l'Acadie possédait de souffrances, et il s'y voyait presque autant de béquilles que de chapelets. Plusieurs expiaient leurs fautes en grimpant à genoux, marche après marche, l'immense escalier qui partait de la source en bas de la falaise, au-dessus de la mer, et qui s'élevait jusqu'en haut des caps, le ciné du ciel. Durant cette longue fin de semaine de réjouissances, les kiosques à médailles côtoyaient les cantines de crème glacée: le trafic du paradis...

À l'aurore de mon adolescence, lesté de cinq dollars, fruits de mon négoce, je fis ma première exploration cosmique. On pénétrait dans une toilette réservée aux femmes et l'on regardait dans celle d'à côté, par les fentes, entre les planches de bois. Malgré les angles de visée non prévus pour cette recherche, surgissait parfois un pelage, une fourrure que les graphiques de la poire dessinée sur le tableau noir du vicaire n'avaient pas prévus. Pour en savoir davantage, il aurait fallu me transformer en périscope, mais, en toute sagesse, j'estimai, à travers ces tâtonnements, avoir franchi une étape supérieure.

Une bourse des vocations rendit officielle mon appartenance au divin, grâce qui me fut retirée suite à mon désir de choisir le collège plutôt que le séminaire invoquant comme excuse que j'avais une blonde. J'avais appris à mentir en buvant le vin de messe. J'y entrai donc à ce collège du Nord, où je me sentais plus à l'aise, car il recelait des originaux de toutes

22

sortes venus des divers coins de l'Acadie et du Québec.

En cette première année, le chapitre sur les romances n'était pas très volumineux et se résumait aux aventures de certains étudiants avec les filles de la butte, ou encore, avec celles de la cuisine, rencontrées en cachette dans l'ascenseur, qu'ils s'organisaient pour mettre en panne. Dans cette atmosphère monastique, une légende entourait ces filles qui déjà, dans mon imagination, commettaient les pires excès. Il y avait bien ce vieux moine un peu pédé, qui n'en finissait pas de saliver pour nous faire raconter nos vices solitaires. Quant à moi, j'ignorais tout ou presque de mon corps. La lumière s'est faite, comme ça, par hasard, au retour d'une excursion scoute, où je découvris les frétillements de l'instinct, préoccupé par les craquements de mon lit, l'oreille tendue vers l'escalier au cas où un surveillant aurait surgi. C'est ainsi que je compris finalement la signification de tous ces lits qui branlaient en cadence dans le dortoir du cinquième où l'on était cordé dans l'attente du savoir.

Cette année-là, le scoutisme m'aida beaucoup à vivre mon adolescence dans une aura d'idéalisme, de fraternité, d'apprentissage du concret. Les excursions de nuit à la boussole ou aux constellations, les hymnes chantés, coude à coude, autour des feux de camps, les immenses constructions en bois et en cordages et les échanges spécialement purs de ces époques, tout cela je le savourai avec autant de ferveur que les fleurs de pommiers qui mijotaient dans les potages de la cuisine sauvage.

En cette seconde année le hasard choisit mon compagnon de chambre. J'étais loin de me douter de ses penchants, mais enfin tous n'avaient pas accès à l'ascenseur... On se retrouva, un de ces soirs, enroulés à terre à la Rimbaud, juste au-dessus de la chambre du père supérieur. Ferré fredonnait un air exotique... Cette façon d'atteindre le coeur de l'homme m'avait déplu, et ce fut l'alpha et l'oméga de cette exploration. Mon compagnon était très généreux et, fils de riche, il faisait son possible pour se faire des amis. Mais le jour où il me lança son aquarium rempli de poissons rouges, je décidai de battre en retraite, d'autant plus que le père supérieur s'était plaint du vacarme qui, au-dessus de sa tête, l'empêchait de méditer Saint-Paul.

Un grand ami, un petit génie au coeur noble et généreux noua, durant cette année là, des liens profonds avec moi. On le surnommait De Vinci. Il était natif d'une région d'Acadie que j'ai préférée à toutes les autres pour la simplicité et l'hospitalité de ses habitants. Cette amitié me permit de créer des liens avec ses amis Merlin et Robin des Bois. Nous formions le clan des Immortels. À la meilleure page de cet album de souvenirs, entre la chorale et les études, les nuits se consumaient à refaire le monde, à jouer aux échecs et au bridge et à élaborer, toujours un peu énigmatiquement, nos stratégies, au collège de l'Anse Vermeil, à la cour des belles dames du temps jadis où nous avions décroché le gros lot. Enfin, pas tout à fait car j'étais probablement trop branché sur l'image des princesses des milles et une nuits pour sortir de ma torpeur monacale, ou encore pour accepter que celle qui m'hypnotisait était déjà promise. Elle m'était complètement inacessible sauf par le biais de ces fantasmes secrets cultivés pour cette seconde Vénus.

C'était presque une tradition en cette institution de jouer des tours et de braver les interdits. On rentrait tard la nuit par la fenêtre des copains, encombrée de pots de confiture et de beurre d'arachides. Et quel air prit ce pauvre hère qui s'était réveillé un dimanche matin, son lit sur les marches de l'autel. Il y aurait un roman à écrire sur ce sujet des transgressions!

Mes dernières années de collège m'apportèrent de bons moments avec les Immortels. Des amitiés profondes. Puis une session inter-collèges, destinée à créer une constitution pour changer le monde, fut pour moi l'occasion, plus modestement, d'amorcer une relation amoureuse avec la jolie Isabella, une étudiante au pays des "ployes", intéressée aux causes que j'avais faites miennes. Les religieuses, sans cesse à l'affût du moindre clin d'oeil, même s'il ne leur était pas destiné, n'étaient pas là pour nous faciliter la tâche. Ma famille, pour sa part, voyait un manque d'harmonie entre nous, et ma grand-tante trouvait Isabella trop maigre. Il lui était probablement difficile d'accepter que je sois en train de perdre ma vocation!

Je vivais donc quelques tendres moments, d'échanges, de baisers et de caresses dans le salon et l'auto. La famille d'Isabella m'acceptait bien, car mon grand-oncle était, dans ce coin, une véritable institution. Isabella et moi, nous étions donc mûrs pour la grande initiation, tannés de cogiter sur *"L'amant de Lady Chaterly"* et *"Après Ski"*, à l'affût d'une grange à foin ou d'un carosse doré lors de nos randonnées sur les routes enneigées. J'avais emprunté une auto, mais l'hiver n'avait pas aidé le novice que j'étais à dénicher un coin tranquille. Isabella avait des tendances dépressives, et j'essayais bien de combler ce vide, de lui apporter quelque réconfort dans ses difficultés personnelles et familiales. On se revit encore l'espace d'un moment, après les vacances des fêtes, à l'occasion d'une fin de semaine artistique organisée par les mouvements étudiants, mais, à la suite de commérages, les soeurs avaient mis en quarantaine celles qui s'étaient engagées dans ces mouvements. Notre correspondance se poursuivit, mais le temps, l'espace qui nous séparait et ses transes dépressives diminuèrent les ardeurs. Et la distance se chargea d'estomper nos furtives embrassades.

Qu'avait-il bien pu m'arriver d'autre, de palpitant dans le domaine de la chair à part une vague sensation orgasmique à traduire Virgile ou Cicéron. Il ne me vient à l'idée que le souvenir de ces deux éjaculations dans un condom avant pénétration; dans le premier cas il faisait trop froid dans ce chalet non chauffé pendant ce festival d'hiver, dans le second, il faisait trop chaud et mes parents étaient quasiment au pied du lit.

Ah oui! Toujours ces fameux cauchemars du taureau au pénis démesuré, poursuivi par une horde de démons. Et là-bas l'inaccessible refuge, le lointain paradis. J'avais beau me creuser la tête, je ne comprenais point le sens de ces messages répétés.

# Chapitre III

Montréal! Il devait y arriver bien des choses puisqu'il fallait l'autorisation du curé pour aller y travailler. Peut-être qu'il s'y passe des orgies semblables à celle de David et Salomon, ces élus du Seigneur que je me disais.

Cet été là, deux années de collège terminées, j'y étais, dans cette cité interdite! Durant mes recherches d'emploi, je logeais chez deux oncles âgés, Zacharie, un veuf, et Azade, un célibataire. Je les aimais bien tous les deux. Azade, qui avait de la difficulté à marcher à la suite d'un accident d'enfance, consacrait son énergie à la religion et aux pèlerinages. C'est ainsi que, les poches bourrées de ses médailles, j'arpentais Montréal en quête d'un emploi. Trois semaines suffirent à user mes souliers et à épuiser ma cagnotte, mais, finalement, grâce à une troisième visite où je m'affichai comme l'étudiant pauvre et martyr quasiment responsable de la veuve et de l'orphelin, j'obtins des maîtres du carton qu'ils m'affectent à des tâches diverses dans une équipe qui produisait jusqu'à soixante mille caisses de bière en une nuit.

Que faire pour me divertir? La course aux interdits, évidemment! Mais j'en savais autant sur la façon d'aborder une fille que sur les dinosaures. Pour mieux explorer la savane, je me promenais alors avec les amis en faisant la tournée des grands ducs. J'avais l'audace de l'innocent. Dans un de ces clubs, je m'étais trompé dans le noir et j'avais offert un cent de pourboire. Le géant de placier avait heureusement le sens de l'humour...

- On n'est pas à l'Oratoire St-Joseph icitte, me servit-il. Je déguerpis...

Ce ne fut que le printemps suivant que je humai à nouveau de plus près les fleurs du mal de la métropole avec mon copain Robin.

L'argent, rare au début, nous obligea pendant quelque temps à manger de la viande de cheval au point de faire hennir mon copain comme un étalon. Notre travail consistait à creuser au pic et à la pelle dans les entrailles de la terre. On passa proche d'y goûter lorsque la terre, crevassée par la pluie, s'écroula, un bon jour, par pans. D'autres furent moins chanceux. Les mesures de sécurité furent alors renforcées, si tant est qu'elles existaient auparavant... Le travail était dur, mais les salaires élevés pour l'époque. Un propriétaire de restaurant offrait gîte et couvert. Il y avait bien un petit inconvénient: le chien, qui ronflait plus fort que le maître, mais le soir, nous n'avions guère que la force de nous hisser sur nos grabats et de sombrer dans le repos.

Que faire pour se désennuyer? Au souper, nous chantions la pomme aux employées, en racontant nos exploits. À quelques reprises, je tâtai le terrain avec une serveuse lorsqu'elle montait vers l'endroit où je regagnais mon terrier. Ce n'était certes pas une beauté, mais ma curiosité l'emportait. Je n'avais aucune notion de faire l'amour: elle restait habillée près de moi, et je glissais mes doigts dans son vagin, sans trop savoir ce qu'était un clitoris. De ce labyrinthe, suintait un liquide gluant qui ne m'apparaissait pas des plus catholiques. Toutes celles qui servaient là recherchaient à peu près la même chose. Ce n'est pas dans cet antre que je cueillis une image virginale de la femme, retirant plutôt de ces expériences un certain dégoût.

Montréal était bien devenu pour moi une ville de perdition, un lieu de débauche!

J'étais grand maintenant, du moins je le croyais. Je venais d'obtenir mes lettres de noblesse du cours classique et pour payer mes diplômes futurs je travaillais dans la métropole dans les hauteurs d'un gratte-ciel à couler du ciment. Travail dangereux, comme l'attestait le nombre de morts et de blessés lors d'un effrondement. Mais ça payait bien.

Ma vie d'ascète en ce troisième été à Montréal me laissait pas mal nostalgique devant le désir qui me tenaillait de tenir une main féminine, d'autant plus qu'un embryon d'idylle avec Isabella, commencée vers la onzième heure de mon classique, s'était plus ou moins évaporée dans le béton brumeux de la métropole. Afin de changer le rythme de mes battements de coeur, entre la construction de deux colonnes de ciments, je faisais la tournée des clubs avec un copain des copains. La métropole avait toujours, semble-t-il, amplifié chez moi ce penchant pour la liberté et l'aventure, cette constante sollicitation de la levée des interdits, que ne favorisait pas particulièrement l'ombrage du clocher de mon petit hameau.

C'est par un soir de juin que la souillure m'englua dans un antre qui n'avait rien d'un quatre étoiles... Deux femmes près du bar, dans l'attente de quelques messies, nous reluquaient, mon copain des copains et moi. La naïveté, la boisson, la musique et la danse s'amalgamèrent en une formule alchimique des plus universelles, de sorte que l'espace-temps se fissura lorsque je me retrouvai avec une sirène, sur le sofa, à découvrir les mystères de la vie. Le copain hululait dans la chambre à côté. Le palpitant de l'affaire fut à peu près annihilé à la suite de mon éjaculation précoce, et je ne peux oublier ma répugnance devant la viscosité de la gelée de cette donzelle. Cette expérience me confrontait tactilement à un état de la matière autre que liquide, solide ou gazeux, une matière gluante qui risquait de me transformer, de m'engloutir... Je m'endormis là, tout habillé de frimas. Pour une initiation, ce n'était pas le Klondike... Si au moins cette gazelle avait été plus jeune, jolie et cultivée, mais non, le temps l'avait bien marquée. Le coeur bourré d'instincts inassouvis et l'intellect abreuvé d'abstractions, j'en connaissais encore autant sur la vie que St-Thomas d'Aquin lors de ses cogitations sur le sexe des anges. J'étais pourtant loin de soupçonner l'interminable séquence de problèmes que cet événement allait déclencher.

Dix jours plus tard, surgirent les douleurs, la pourriture, la panique. Ma décade dans la congrégation des enfants de choeur ne m'avait pas préparé aux réalités de la vie. Le disciple d'Hippocrate m'administra une piqure de "pénis-cilline" et me fit cadeau de petites pilules qui changeaient mes humeurs du jaune au rouge, ce qui avait bien fait rire un ouvrier qui me voyait uriner.

- Ah! tu as attrapé une "dose", me dit-il.

- Non! Comme étudiant en médecine, je fais des expériences médicales, que je lui retorquai.

Franchement! La prise des pilules s'érigea en rituel, et le pharmacien commençait à croire que j'allais guérir le mal en tuant le porteur. Les immondices s'étaient évaporées, mais je ressentais maintenant des douleurs, des testicules à la prostate, comme des vrilles en mal d'exploration. Sur une prescription du médecin, je me présentai à l'hôpital pour une culture, mais le spécialiste était en vacances. Désespéré, j'alternais entre l'insomnie et les cauchemars jusqu'au lever, à cinq heures du matin, abruti au point que je n'envisageais même pas de consulter ailleurs.

Les douleurs étaient tenaces, et je ne savais plus à quel saint me vouer! Un soir de quadrille, je continuai la gigue dans un champ anonyme avec une espèce de Marie-Madeleine. Cette fois, au moins, j'avais pris mes précautions. Cette bravade n'était rien de plus qu'une façon de me défouler, une forme d'agressivité envers la femme, comme si j'allais exorciser la saleté, me débarasser de ces douleurs que j'aurais voulu propulser dans un grand trou noir.

Je manquais nombre d'heures de travail et devenais, de plus en plus taciturne et renfrogné. La honte, la culpabilité et l'idée d'un châtiment m'enveloppaient tandis que je m'isolais de plus en plus. Cinq semaines déjà que je rôtissais en enfer. J'étais tenté de croire que le curé avait raison de prêcher contre la métropole, ce milieu de perdition et d'abominations. J'entendais comme dans un écho ses commentaires sur la femme:

- Dents blanches, âmes noires; leur coeur est plus truqué

qu'une machinerie de théâtre. Aussi il faut les fuir comme le serpent.

Et dans mes cauchemars la nuit je l'entendais vociférer:

- Tout ce qui rampe sur la terre est une abomination symbolisant l'assouvissement des passions et des désirs mauvais.

Je ne pouvais nier que j'avais rampé, et il me semblait que le Deutéronome me parlait de malédiction:

- Maudit tu seras quand tu entreras et maudit tu seras quand tu sortiras.

Germa alors l'idée de retourner chez moi. Je devais bien admettre que je ne pouvais plus simuler l'exemple du devoir incarné pour la ribambelle de frères et soeurs qui me suivaient. Mais j'hésitais encore m'imaginant mal continuer mes études avec un budget en faillite. Au moment du départ, un liseur de cartes avait lu dans les lignes de ma main les indices d'une maladie grave pour les prochaines années. Grignoté depuis peu par des accès de fièvre, je ne manquai pas de trouver là une confirmation de ce que me livrait le fruit de mon imagination: j'allais être dévoré vivant, à petit feu, par un virus sorti directement de Sodome et Gomorrhe. Je n'avais pas gagné le gros lot dans la métropole...

La façade cependant était encore solide, et je racontai à mes parents que mon travail était trop exigeant physiquement et que j'avais attrapé quelque chose aux reins...

Mon père me suggéra alors, puisque le fonctionnement de mes reins était toujours aussi capricieux, de consulter un vieux docteur de famille. J'étais bien gêné de lui raconter mes transgressions, mon odyssée et je le fus encore davantage, quand il commença à me tâter les orifices les plus abominables afin d'obtenir, pour une culture, des sécrétions prostatiques. Mais au moins l'espoir remplaçait la malédiction du Deutéronome. Les résultats arrivèrent après une interminable attente et, effectivement, on y avait décelé deux petits monstres crochus. Les médicaments ne semblaient pas neutraliser ces tenaces intrus. Je ne savais pas à l'époque que j'hébergeais une urétrite non-spécifique, parfois difficilement traitable, parfois récidivante, souvent chronique.

L'université! Pour m'y inscrire, je trimballai paperasses et accès de fièvre, ne sachant plus quelle posture adopter pour diminuer mon inconfort. Il me semblait revivre mon entrée à la petite école grise de mon enfance, mal à l'aise dans le cadre de porte. L'adaptation aux cours et à cette ville sans âme ne fut pas facile, compliquée qu'elle fut par ma tendance à être impatient et à vivre à fleur de peau. J'alternais entre l'isolement et la bravade. Je n'étais pas particulièrement énergique non plus face à cet anonymat qui contrastait avec les belles années du classique, et l'atmosphère anglophone et raciste dans le Sud-est acadien de ce grand bourg, ce Lawrencebled, mettait constamment en relief notre condition de "nègres blancs d'Amérique".

Ma quête du Graal (la destruction de mes monstres crochus) m'amena à consulter un urologue anglophone, qui aurait pu congeler un ours polaire. L'évolution hésitante de la société acadienne des dernières années n'avait pas encore débouché sur la formation de médecins spécialistes pataugeant dans ces régions de l'être aux pôles opposés à la grâce. Après quelques attouchements il m'informa que j'étais possesseur d'une urétrite non-spécifique. Ce qu'il ne me disait pas, c'était la difficulté des traitements, me prescrivant toutefois des médicaments que je devais ingurgiter pendant de longues périodes. Le temps se déroula, et il me semblait que mes douleurs grimpaient dans les reins, et me "pigouillaient" jusque dans le "cagouette". Les nombreux livres médicaux que je consultais à la bibliothèque ne servaient qu'à augmenter ma confusion et mon anxiété, ce qui me portait à somatiser et à me centrer sur le moindre gargouillis de mon corps. Et les petites sangsues collées au fond de ma mémoire refaisaient surface pour me citer la Bible:

- Yahvé te collera la peste jusqu'à ce qu'elle te fasse disparaître de dessus le sol où tu vas entrer...

Ces petits joyaux maléfiques ne se transmutaient certes pas en baume guérisseur. Curieusement, depuis quelques mois mes cauchemars de taureaux et de démons s'étaient un peu modifiés. Lorsque le taureau au pénis démesuré s'approchait, je sentais mon esprit, ma logique intérieure se désintégrer et une grande tension se réfugier dans mon sexe. Je me réveillais alors, frissonnant, fiévreux!

L'année se déroula ainsi entre le cauchemar et la réalité, entre la course aux docteurs, aux pilules et aux finances pour boucler mon budget. Le ciel m'accorda finalement une indulgence plénière, par personne interposée, celle d'un vieil oncle de la métropole qui se décida à devenir mon mécène.

# Chapitre IV

L'automne se prolongeait dans le deuil de ses arbres dénudés. Eva, ma femme, partait vers d'autres extases, à Québec, où elle désirait s'installer près du repaire de son nouvel Adonis. J'étais resté prostré devant l'imprévisibilité de cette catastrophe.

Au début, il m'arrivait, le soir, de retourner comme un pèlerin à l'ancien nid pour y glâner les ultimes objets, y humer les souvenirs de bons plats, le fredonnement de quelques airs, les derniers échos du grand lit à baldaquin et les éclats de rire qui semblaient encore fuser dans les couloirs. Je dus me faire violence pour décrocher les rideaux et abandonner ces murs blancs et ces tuiles sans âme qui ne recelaient plus que des ombres.

- Eva, dis-moi que ma vie est différente de ce mauvais rêve...

Et je quittai cette maison vide avec en tête cette chanson:

- Si tu devais partir, je resterais là sans pouvoir marcher, je ne pourrais plus pleurer....

Eva était entrée dans ma vie pendant ma première année universitaire, alors que, pour retrouver une certaine famille, j'assistais à une rencontre de fin de semaine sous l'égide de la communauté chrétienne. Étendu sur des coussins, ayant catapulté tous mes maux physiques dans l'espace, je continuai d'échanger jusqu'à l'aube sur tous les grands idéaux de l'époque, avec l'optimisme des enfants qui voient se dessiner pour l'humanité tout entière un nouvel âge d'or. Cette soirée contenait bien des possibles, et le hasard se chargea d'organiser la suite.

Eva me plaisait: mince, cheveux noirs, yeux de geai, une

teinte de douceur, d'espièglerie, rendait son sourire plus captivant. Après son travail comme physiothérapeute, elle cultivait des talents artistiques et musicaux.

Sa mère, frustrée par une relation insatisfaisante, avait reporté sa déception sur ses enfants, qu'elle étouffait parfois sans le savoir. Un père, quasiment muet, travaillait à l'extérieur, et, pour autant que je sache, leurs conflits avaient commencé le jour de leur mariage.

- Pourquoi fallait-il qu'elle ait grandi dans un milieu divisé?

Eva cherchait doucement, timidement, à se sortir de cette toile d'araignée, mais sa mère acceptait mal l'influence qu'elle me supposait.

- Pourquoi fallait-il que je m'investisse de cette mission d'éveilleur de potentiel et de protecteur, comme un preux chevalier?

Des moments de bien-être surgissaient, toutefois: un volet de l'amour, une certaine passion, de la chaleur dans ma bulle... Un oasis après la traversée d'un long désert...

Les vagues qui rythmaient le cap dressaient leurs crêtes dans une écume plus blanche, en écoutant les plaintes qui tranchaient la nuit. Eva se blottissait pour me consoler. Elle me facilita une rencontre avec un spécialiste un peu plus rassurant. Le même scénario se perpétuait: culture, nuits d'angoisse, découverte de bactéries, médicaments, espoir, rechute. La crainte d'une stérilité possible fécondait d'ombrageux fantasmes. Ces revers de fortune ne me facilitaient pas une relation affective normale, déprimé que j'étais, obsédé par mes malaises et tous les autres alibis que j'y malaxais. Cette sorte de mayonnaise graissait mal les gonds de mes portes sur l'ouverture de la spontanéité.

Eva m'apportait une douceur, une rêverie, une griserie parfois, un regard différent sur mon vécu et sur le monde. Nos étreintes, nos caresses étaient intenses et passionnées. Ces moments de frénésie partagée, alliés aux rages solitaires qui m'envahissaient, me faisaient oublier mes douleurs et mes inquiétudes sur mon essence de mâle. Mais entre les excursions dans le plaisir, douleurs et état fiévreux continuaient à me parasiter. J'imaginais ces pieuvres en train de grimper dans mon organisme comme une espèce de cancer, paniquant quand il y avait trop d'écume sur mes urines, inspectant mon sexe en notant la moindre différence de texture et de couleur en fonction des saisons et des ébats. Comme esclavage, il semblait difficile de trouver mieux.

Que de moments d'ivresse j'ai connus sur cette plage ancestrale, imprimant dans les rides sablonneuses le langage de nos corps fusionnés, les rêves d'infini qu'on rebâtissait à mesure que la vague venait grignoter les châteaux de sable. La vie s'infiltrait dans ces moments d'euphorie passés à glaner les vieux bardeaux salés et les bois de grève, ces poèmes de la mer. Moments de communion avec l'astre démesuré, s'enfonçant amoureusement dans l'immense cristal des profondeurs, au rythme des arabesques zébrées dans l'azur par les blancs goélands. Oui! tout cela, et plus encore!

Parfois la douce chaleur au goût de sel d'un petit feu illuminait les hautes herbes de la crique de mon enfance. Le temps existait-il alors quand il s'enrobait dans l'odeur des palourdes mijotant sur la braise? Ne s'arrêtait-il pas encore aux caresses des longs cheveux d'Eva, alors que j'écrivais partout sur son corps tous les futurs que j'y inventais? Mais il était inscrit ce jour-là, ou le lendemain, car le destin avait tranché que mes rêves seraient autres.

Cet été-là, sur la plage de l'Anse-au-varech, Eva m'annonça qu'elle ne m'aimait pas, qu'elle me quittait. Comme un dard, l'onde du choc m'atteignit. Je m'étendis alors sur le sable ne voulant m'arracher à ses caresses.

- Et pourquoi donc grand Dieu?

Elle hésitait, de crainte de me blesser alors que nous marchions sans mot dire jusqu'au grand quai, là où partait et revenait chaque jour l'espoir.

- Y a trop d'aspects que je n'aime pas de toi: tes manières ne sont pas assez raffinées, ta façon de parler, de t'habiller...

Je le savais, on en avait souvent parlé. Je n'arrivais jamais à me peigner à son goût, et ces détails devenaient essentiels.

- C'est pas important, ce ne sont que les apparences...

- Je le sais. J'aime beaucoup ta sensibilité, ton intelligence, ta culture. Je te fais beaucoup de peine, mais je n'y peux rien.

Je m'accrochais au quai, point d'ancrage, dernier bastion face aux flots mouvants.

- Si tu aimes ces aspects de moi, je peux changer, transformer l'extérieur...

Mais comme la vague qui, inlassablement, revenait clapoter au pied des piliers couverts d'algues, elle n'en démordait pas. L'admiration n'enfantait pas l'amour... J'aurais dû comprendre alors, les signaux étaient pourtant clairs, mais je préférais ignorer qu'un gars aussi formidable ne puisse trouver le chemin de son coeur.

Mais n'est-il pas difficile d'agir autrement qu'en fonction de son vécu? Nous étions angoissés, empêtrés dans nous-mêmes. Eva cherchait une image différente d'un père ou d'un homme. Quant à moi, aveuglé par un quelconque mirage, je crus fêter nos retrouvailles en Gaspésie. Je me sentais déjà, à l'orée du rocher de Percé, en transmutation pour devenir cet être qui pourrait émerveiller l'autre à partir d'un nouveau kaléidoscope d'images. Oui, cette fois-ci, Eva serait terriblement fière de moi!

Au printemps de ma dernière année d'études, je filai vers Montréal afin de subir des examens approfondis. En arpentant la métropole, dans l'attente d'une hospitalisation, j'avais envisagé différemment ma relation avec Eva, me demandant s'il ne valait pas mieux remettre le mariage à plus tard. J'aurais dû suivre cette sagesse-là. Si jeunesse savait... Mais la mode de l'époque voulait que l'on coure à la conquête d'un second parchemin après l'obtention du premier. Et tous les copains ne s'alignaient-ils pas pour la fusion?

Après m'avoir fait plonger dans les bras de Morphée, le spécialiste m'inspecta avec son appareil, qui lui permettait de remonter, par l'intérieur, jusqu'à mes reins, le cours de mes instincts. L'image de ce métal qui grimpait dans mon sexe évoque encore chez moi la crainte, le frisson de l'homme diminué. Le réveil s'amorça:

- J'ai brûlé quelques cellules menaçantes, tu dois maintenant oublier, te calmer, puisque tu es guéri.

C'est peu dire que j'étais joyeux! Et effectivement, je me sentais bien.

C'était l'époque où partout dans le monde, la jeunesse d'après guerre prenait d'assaut le capitalisme démesuré et ce qui restait du monde de St-Thomas d'Aquin. Tout cela afin d'amener une ère nouvelle basée sur des notions différentes de fraternité, de paix et d'amour, dépassant celles, traditionnelles, du bien et du mal. La force de l'idéalisme et de la naïveté acquiert parfois une grande puissance. L'Acadie emboîta le pas, et je fus témoin des grandes contestations, qui s'organisèrent surtout à l'université. Furent remis en cause, de façon radicale, tous les rapports de force de l'ancien système, les vieux symboles, le pouvoir des élites traditionnelles ainsi que les rapports avec les anglophones, qui nous traitaient, certains subtilement d'autres ouvertement, comme des inférieurs à mâter. Dans une petite société comme la nôtre, close depuis longtemps, où tout le monde se connaît, les luttes furent très dures. Comme tous les autres, j'ai vécu ces événements sans me rendre compte que, malgré les coups d'éclat et les effets sur les consciences, l'essence du mouvement allait finalement être récupérée, pièce par pièce, par le système en place et, qu'en définitive, rien de vraiment essentiel ne prendrait racine, pas plus là qu'ailleurs. Je constatai alors que, pour la plupart, l'idéalisme blessé faisait place au cynisme, à l'amertume puis à l'indifférence. Mais ces luttes, quoique me touchant profondément, vu mes années de participation aux mouvements étudiants de l'ère des collèges classiques qui avaient labouré le terrain, ces luttes ne pouvaient toutefois me rejoindre qu'à la surface de moi-même, trop préoccupé que j'étais alors de mes malaises personnels et de ma propre révolution.

Je convolai en justes noces dans une petite chapelle au son de la musique de Roméo et Juliette. Quelle ironie du destin! Ce mariage ne réglait rien; j'étais encore trop occupé à débrouiller sexualité et émotions pour m'engager avec l'éternité. À l'aube de la vie adulte, hormis les livres et les travaux d'été, je manquais d'expérience de la vie. Plus tard, un astrologue me chuchota que les chances étaient contre nous, nos signes étant trop semblables. Plus tard encore, ma mère me confia qu'elle avait eu l'intuition que ça ne marcherait pas. Et elle en a de l'intuition ma mère! Quant à moi, plus tard, je ne manquai pas de trouver bien injuste les difficultés de l'annulation du mariage, alors que ceux-là mêmes qui officiaient à ces sacrements pouvaient, eux, troquer la prêtrise pour le mariage.

C'était aussi l'époque, pour nombre d'Acadiens finissant leurs études, d'aller pousser une pointe au Québec, avec l'espoir de faire éclater notre espace culturel. Eva et moi étions du nombre.

Noël avec Eva; de beaux souvenirs à évoquer! Brefs plongeons dans le plaisir et la fête, levée de quelques interdits... Toujours beaucoup de chaleur chez nous à ces occasions, et je me souviens qu'enfant, tout était merveilleux: les cadeaux, les sucreries, l'affection et les veillées, une fête qui réunissait toute la famille. Ce Noël aux côtés d'Eva et de ma famille prolongeait la féerie d'antan. Ce soir-là, étendus dans le grand lit à plumes, nos espaces se cherchaient:

- Ulysse, j'ai aimé la soirée d'hier chez les amis: c'était doux, c'était simple!

- On serait peut-être bien par ici avec notre monde, lui chuchotai-je à l'oreille.

Elle ne disait rien mais je la sentais vibrer.

- Y'a rien d'intéressant pour nous dans cette petite ville des Laurentides. Tu n'aimes pas ton travail. Puis nous n'avons pas d'amis dans ce milieu, lui disais-je.

- Je peux encore tenir le coup. Puis toi tu es apprécié pour ton travail avec les petits.

- C'est vrai, mais souvent, je sens un vide, un ennui, comme si je n'avais pas trouvé ma raison d'être.

- Si on revenait, on s'installerait où? me demanda-t-elle.

Voilà bien la vraie question. Je sentais qu'il n'était point indiqué pour Eva de retomber dans l'orbite de sa famille. Et moi alors? Mieux valait remettre la discussion à plus tard.



L'hiver continua de poudrer à la fenêtre de mon bureau où s'empilaient les pages et les brouillons de ma thèse. Je n'en finissais plus de décortiquer les écrits sur la créativité. Que de temps dérobé à la vie, ayant finalement traîné ce manuscrit et zigzagué sur la moitié du continent, de la basse côte-nord jusqu'à Louisbourg!

Mon urétrite se réveilla avec le printemps. Je ne savais plus où me garrocher. J'avais beau me dire que le stress des derniers mois et une certaine désillusion face à la chaleur d'Eva y étaient peut-être pour quelque chose, ces réflexions ne me faisaient pas progresser d'un iota. La relation entre Eva et moi semblait s'être égarée sur un plateau qui ne bougeait pas beaucoup. Pris dans le parfum de liberté des festivals pops de l'époque, je partageais, avec bien d'autres, le goût de vivre des escapades ailleurs, mais, comme tant d'autres aussi, un sentiment de culpabilité me réduisait à faire le bon garçon. En ces périodes de douleur, ressortait le goût de l'inédit. Je ne savais plus ce qui était cause et conséquence, avec toujours, dans ces périodes d'exacerbation, cette peur d'être un homme à demi.

Je dus subir une seconde cytoscopie, qui me soulagea comme la première. Geste médical anodin en soi, devenu peut-être une forme de fétiche. En sortant de l'hôpital, je humai la liberté avec l'odeur d'encens du festival pop de Manseau, non sans éprouver un certain trouble face à ces jeunesses à poil dans le ruisseau qui philosophaient différemment.

Au cours des vacances Eva rencontra l'amour chez un éminent et beau gars du pays qui n'en était pas à ses premières conquêtes.

- Je te quitte Ulysse. Je veux rejoindre mon amoureux à Québec, m'annonça Eva.

Je restai sans voix, complètement assommé. Et pourtant, j'étais au courant de son idylle de l'été. J'avais ressenti depuis cette étrange distance qui peu à peu avait empoisonné notre intimité. Une tache d'huile dans un lac. Mais j'espérais comme un aveugle qui ne veut voir, qui ne veut regarder tomber les dernières hésitations, qui ne veut croire que cela lui arrive à lui.

- Ça fait des semaines que je me torture, que je ne dors plus. Je me sens tellement coupable envers toi. Mais je n'y peux rien.

- Mais voyons Eva, il ne troquera pas les enfants, sa réputation, sa sécurité pour une aventure.

- Ce n'est pas une aventure, il m'aime et nous allons vivre ensemble, riposta Eva.

Elle était hypnotisée.

- Je t'en prie, ne pars pas. Accorde-moi un répit, accorde-moi une chance. Tu pourras avant de prendre ta décision aller réfléchir quelques jours dans ta famille.

Elle accepta finalement. J'aurais aimé la laisser libre, l'encourager même à assumer sa liberté, mais au lieu de cela je ne faisais qu'élever son degré de culpabilité en l'incitant à séjourner dans sa famille.

Pendant son absence je commençais bien, moi aussi, à me sentir coupable:

- Je l'ai peut-être négligée, en la prenant trop pour une petite fille... me disais-je.

Et je récitais toutes les litanies du même acabit. Lassé de lire mon bréviaire dans la chambre à coucher, je poussai une pointe dans la métropole à la recherche d'une potion magique, lesté d'une parcelle de haschich craintivement achetée dans le bazar de Manseau.



Eva revint finalement. L'automne, l'hiver et le printemps durant, chaque fin de semaine, je fis la navette entre le lieu de mon travail et Québec. Mais la reprise ne s'amorçait pas. Eva avait connu la passion et, même si son Adonis ne voulait pas d'elle, elle ne retrouvait pas cet élixir avec moi. C'est ainsi qu'après des mois de camouflage, il me fallut, devant l'évidence, rendre cette nouvelle officielle. J'écrivis donc à mes parents une longue lettre, sans blâme, sans reproche, un chef d'oeuvre de maturité quoi! Je ne manifestais pas ma peine, essayant même de les consoler en leur disant de ne pas trop s'en faire. Les rôles étaient renversés!

Au printemps, je participai à un stage de dynamique de groupe sur l'agressivité. Ce n'était pas la matière qui manquait... Je parlai de ma cassure affective et de mes bobos; cela m'aida. À la recherche d'oubli, je rencontrais à l'occasion une amie acadienne, de ma profession, qui m'encourageait, me réchauffait, mais mon intraitable mémoire m'empêchait de faire table rase d'Eva.

J'avais rencontré à Québec, où travaillait Eva, un thérapeute spécialisé dans les couples en détresse. Il pratiquait l'hypnose et consacra quelques séances à mes misères. Disciple des Rose-Croix, il semblait assez compétent. Après avoir rencontré Eva, il me confirma, qu'effectivement, elle ne voulait pas de moi, qu'elle ne m'avait jamais vraiment aimé, bref qu'il n'y avait pour moi qu'à m'incliner. Me revinrent en mémoire alors les consultations hebdomadaires lors de ma dernière année d'études. Une mode qu'il était indiqué de suivre dans notre faculté! Mon thérapeute devint exaspéré de m'entendre parler de mes bobos physiques. Pourtant c'était bien ma préoccupation première. Il insista pour m'amener à approfondir ma relation avec Eva. Mais je résistais. J'avais peur que, à trop examiner mon rayon de soleil, il s'évapore dans la brume, me laissant gelé dans mon bureau.

- Et bien, mon bel Ulysse, t'y v'la dans ton berceau maintenant - seul. Ça t'a servi à quoi de retarder l'échéance!

Ce printemps-là, Eva commença à se déprimer et devint ambivalente face à moi. Elle venait me voir, me voulait pour une heure, puis changeait d'idée. J'étais le yoyo au bout de la corde. À l'été, elle fut hospitalisée pour fatigue excessive. La culpabilité, la solitude et les pressions de sa famille la rongeaient. Je n'y pouvais rien. J'avais décidé de quitter mon emploi, incapable de rester plus longtemps seul dans ce milieu où, pourtant, la considération que je recevais témoignait d'un travail apprécié.

Ma destinée était ailleurs. Je partis pour la basse côte nord avec une copine Chimène, sociologue, que je fréquentais depuis peu. Moi aussi, je commençais à perdre les pédales, devant essayer de me tenir debout et tenter aussi quelque chose pour aider Eva à se sortir de son état dépressif. C'était trop à la fois. Sur les rives sauvages de la côte nord, j'étais hanté par son image. Inquiet, je téléphonais à sa famille, en Acadie, où elle était revenue. J'avais peur qu'elle ne se suicide. J'imaginais le pire, vivant son deuil et le mien à la fois. Et je n'étais pas présent à Chimène, qui tenait beaucoup à moi et essayait de me rafistoler. Mes cauchemars de démons, d'enfer et de taureaux étaient plus fréquents pendant cette période. Il y avait eu certains changements aux scènes originelles; le terrifiant avait monté de plusieurs crans. Des images confuses et bizarres surgissaient pendant que le taureau courait: des images d'outils dangereux, des faux, des marteaux, des pénis blessés. Une sensation de désintégration, d'être habité par un autre personnage.

Presque clandestinement, en fin de juillet, je revins dans mon village. Les divorces n'étaient pas encore trop à la mode en Acadie à cette époque, et l'on était bien loin des traditions californiennes. On commençait à peine à entrevoir le chemin pour se délester des interdits moyenâgeux de la morale religieuse. Moi, j'étais dans le Nord, Eva, dans le Sud. Elle m'appelait, désirant me voir, prétextant qu'elle avait besoin de me rencontrer, me faisait mourir d'espoir à mi-chemin entre le Nord et le Sud. En ma présence, elle conjuguait sécurité, tendresse et affection sans pouvoir toucher au véritable objet de sa quête: une passion et la sensation d'une grande liberté. Ce qui la portait à une ambivalence extrême: me garder, ne pas me garder, se sauver, pour finalement recommencer quelques jours plus tard.

Je restai un mois au village, incapable de rédiger plus de deux paragraphes de ma thèse. Une amie m'aida à ne pas trop sombrer, et, le soir, on se donnait de la chaleur le long des falaises, dans la clandestinité, afin de ne pas donner "le mauvais exemple" aux plus jeunes pour qui j'étais comme un deuxième père.

Pas d'avenir pour moi en Acadie; rien d'autre probablement qu'une fuite de moi-même. Eva, elle aussi, ne pouvait affronter son milieu. Elle était retournée à Québec, avec le désir de me rencontrer chez des amis communs. J'avais donc confié à Chimène qu'il fallait que j'éclaircisse ma situation et que, pour le moment, je n'étais prêt à aucune forme d'engagement. Je coupai ainsi les ponts pour me retrouver à Québec avec mes deux filières en carton et mon linge épars dans l'auto. Mais le même jeu de yoyo recommençait: Eva était incapable de prendre une décision. J'avais atteint mes dernières limites et je consultai mon thérapeute de Québec qui ne put que me conseiller de la laisser repartir en Acadie, à moins d'y laisser ma peau. Je m'inclinai. Il me restait alors à dénicher rapidement du travail si je ne voulais pas passer l'automne à manger des "hot-dogs"...

J'échouai finalement dans un bled perdu de l'est du Québec, dans un CEGEP, ayant pour tâche de mettre sur pied un nouveau département. J'étais déprimé et nerveux. C'était difficile dans ces conditions d'assurer des cours. Je m'étais bricolé un programme de suggestions, de pensées positives, de relaxation, que j'écoutais chaque jour en espérant des lendemains plus doux. Je gardais contact par téléphone avec Eva qui suivait une thérapie en Acadie. Son gourou m'avait confié que sa confusion s'éclaircissait et qu'elle me reviendrait. J'étais allé jusqu'à montrer une lettre d'Eva à un psychanaliste, plus imposteur que compétent, afin de lui demander d'y lire entre les lignes. Il y découvrit nombre de signes que je n'y voyais pas puisqu'il m'assura que le retour d'Eva y était bel et bien inscrit.

Puis le téléphone sonna. C'était Achille, le beau-frère d'Eva qui me confia qu'elle avait discontinué ses rencontres.

- Elle était tellement déprimée qu'il a fallu l'hospitaliser quelque temps à l'hôpital de Babel dans le nord de l'Acadie.

J'étais tout simplement paralysé. Je ne crois pas avoir

prononcé plus de trois mots. Je ne pouvais rien faire. Eva en sortit un mois plus tard.

- Je reviendrai si tu le désires, m'assurait-elle...

Achille, avec lequel j'étais très intime, me téléphona à nouveau.

- Le plus grand service à lui rendre c'est de lui donner sa liberté. Elle ne revient que poussée par la culpabilité et l'obligation. Laisse tomber si tu ne veux pas recommencer la même histoire.

Je savais qu'il disait vrai, et je dus me faire violence pour lui dire de choisir ce qu'elle voulait.

- On s'épanouira davantage séparément. Reprends ta liberté même si ça te fait peur.

Cette brisure dans ma vie me laissait avec une blessure ouverte, beaucoup d'humiliation et cet encombrant besoin de me réhabiliter.

# Chapitre V

Je rencontrai, dans mon nouvel emploi, Katia qui pratiquait la médecine sportive. Toute bronzée, elle revenait d'un long séjour en Californie. Elle m'offrait de la chaleur et de la vie, et je sentais une grande affection se développer; je me sentais tendre face à Katia mais j'espérais malgré tout qu'Eva me reviendrait.

Aux fêtes, je partis pour le Mexique avec des confrères, non sans passer d'abord par le sud-est acadien. J'y trouvai une Eva distante et indécise, face à mon désir de renouer, désir amplifié sûrement par la nostalgie du pays et des fêtes.

Au pays des Aztèques, mes maux ressurgirent et je dus faire appel à des soins. Un vrai cauchemar! Hanté par l'image d'Eva, je résolus de lui téléphoner, essayant d'apprivoiser la distance, au milieu des cacophonies de la ligne et des rodéos sur le boulevard tout près. Mon ambivalence atteignit alors un sommet: une bague pour Katia, une bague pour Eva, un poncho pour Katia, un poncho pour Eva, et tout le reste pour le bal... À mon retour du Mexique via l'Acadie, je revis Eva, qui semblait aller mieux, mais demeurait aussi froide et distante. Quelques chimères me retenaient encore malgré tout, et je décidai de l'attendre.

De retour au travail j'exposai à Katia mon désir de vivre seul et d'attendre Eva. Ce même soir la fièvre me submergea: la mononucléose. Pas difficile de comprendre ce qui m'arrivait: les médicaments du Mexique, alliés au changement de climat, étaient venus à bout de mes anticorps, mais surtout, surtout, je sentais que toutes les portes de l'espoir étaient scellées définitivement et que, finalement, le travail que je faisais n'avait pour moi aucun sens affectif. La mononucléose survécut à la

poudrerie et aux perce-neiges. Je ne pris en tout, et par intermittence, que deux à trois semaines de congé: des plans pour
y laisser ma peau. Fort heureusement, je savais pouvoir compter, vu la présence de Katia, sur des moments d'une grande
tendresse. Inconsciemment, je bénéficiais aussi, auprès d'elle,
d'une certaine sécurité médicale.

Mes derniers graffiti terminés, mes valises bouclées, j'étais
prêt à partir pour le pays d'Acadie. Un emploi m'attendait au
collège du Nord, à l'automne. Katia songeait, elle, à se per-
fectionner à Montréal, en neurologie. Nous nous quittions,
portés par le rêve de partager un été près des vagues.

Au début de l'été, dans un chalet au bord de l'eau, je
recommençais à épurer ma thèse, mais dans mon milieu, il
refaisait parfois surface ce deuil d'Eva que je n'avais point
liquidé. Ce qui ne m'empêchait pas de savourer, grâce au souvenir de Katia, de merveilleux moments de tendresse et de
douceur, comme une invitation à un renouveau. Mes parents,
cependant, ignoraient presque tout de mes états d'âme depuis
que j'avais découvert, dans mon enfance, mon dernier trèfle à
quatre feuilles… Je cherchai donc, pour éclairer cette relative
noirceur, un indice, un guide, un phare, en confiant à mes
amis le soin de trancher mon noeud gordien. Ils se montrèrent
d'ailleurs bien empressés de connaître Katia.

Ce jour-là, le rendez-vous fut fixé à Québec pour 18h, à
la gare du Palais, et, après une journée de route, aux six coups
de l'horloge, je serrais Katia dans mes bras. Ce fut l'amorce
d'une suite de beaux moments entre le lit, la table, la pêche
aux coques, que même la poursuite de mes recherches sur ordi-
nateur était incapable de gâcher. Elle m'aida. J'étais décidé à

refaire ma vie, je le voulais profondément.

Elle repartit bientôt pour un voyage d'affaires dans l'Ouest. L'ombre d'Eva flottait dans les parages. Je l'apercevais parfois, ce qui ouvrait d'anciennes cicatrices et accentuait une frénésie qui se manifestait par un goût d'aventures, une sorte de rage de vivre, de révolte contre l'absurdité. Katia m'écrivait des lettres d'une grande tendresse. Chez nous, elle était appréciée de tous et, à son retour, on s'installa dans un petit logis. Je désirais que s'épanouisse cette relation. Sa présence, le pays et les amis m'aidèrent beaucoup pendant cette période où le bonheur fusait tous les matins au lever du soleil.

Je reprenais goût à la vie. Tant de moments inoubliables: notre petit logis, la quête d'une maison... Et enfin, ces soirées remplies de vie avec les amis, le retour aux racines, l'euphorie des grandes amitiés, les soirées d'hiver dans les camps de chasse, les feux sur la plage, le besoin de transformer le pays par nos idéaux politiques! On n'en finissait plus de se gaver des fruits de la mer, de la forêt et de la lande... Cette fin de semaine me ramène encore à la mémoire, non pas tant mon anniversaire que le frétillement des bancs de maquereaux que je taquinais en compagnie de Katia et du patriarche au moment précis où allaient se confondre la mer et l'azur. Lorsque cette fusion des éléments nous enrobait, que les homards braconnés émergeaient des profondeurs encore parfumés de tous les mystères imaginés, et qu'ils se jouquaient dans nos nasses, dans la plus grande harmonie des lois de la nature, qui aurait pu douter alors de l'éternité du bonheur que nous vivions? Et le lendemain encore, à ce festin, au palais du patriarche, alors que cuisait l'agneau au bord de la falaise, que fusaient les chants et les gigues, qui aurait osé espérer des lendemains différents? Personne n'y croyait aux lendemains, ni ceux qui s'enivraient à l'air salin, ni les autres qui boucanaient, et, moins encore, les baigneurs nus, au clair de lune, qui prolongeaient les folies de l'antique Rome.

Je connus cependant des lendemains plus concrets, moins mystérieux, colorés cependant de toute la ferveur et l'exhaltation qui entouraient la rénovation de notre nouveau phare. Katia commença à me parler mariage, tout en s'affichant comme très libérale.

- Je ne veux pas faire de peine à mon père, disait-elle.

Et, en effet, Stanislas aussi me demandait discrètement quand viendrait le grand jour. J'étais mal à l'aise, ne lui ayant jamais parlé de mon mariage raté de crainte qu'il ne s'imagine, à tort évidemment, que j'avais commis un crime de lèse-majesté.

- Ne lui en parle pas, ça va lui créer des soucis inutiles, renchérissait Katia.

J'obtins finalement mon divorce pour me marier le même mois. Eva, elle aussi, était pressée de convoler en justes noces pour remplir les conditions de son départ en Europe avec son ami, un Suédois.

La mer, la rivière, la forêt s'unissaient au carrefour de ce petit havre avec le chalet-phare que Katia et moi-même avions complètement rénové pour en faire un nid chaleureux et accueillant. C'était maintenant une maison jouquée à l'orée des hautes épinettes noires, arrosée par la rivière de son côté sud, alors qu'en face, au nord, la mer recevait ses invités, les hérons aux longues pattes, qui venaient parfois, le soir, danser leur ballet. Sur une pancarte en forme d'écusson, le mot "vendu" se lisait en lettres rouges. C'était dans le petit village de la Baye-des-Cormorans, en ce pays morcelé d'Acadie.

Non loin, le collège du Nord, après avoir été un bastion de culture et d'espoir depuis le début du siècle, fermait ses portes malgré des luttes acharnées. Un vent endeuillé envahissait cette péninsule, qui s'allongeait dans la mer comme un poing ouvert.

C'était un peu le pays qu'on barricadait, encore une fois, dans cette espèce de terre de Caïn. Mais toujours cette maudite réalité, un peu comme si l'Acadie s'emprisonnait par ces luttes qui ne débouchaient que sur l'échec, ce pays étrange où les plus grands hommes et les meilleures volontés s'usaient comme le granit à la vague.

On devait partir, chercher ailleurs le pain et la flamme. C'était encore l'exode qui s'annonçait, héritage et tradition de notre identité collective.

La tristesse et le désespoir s'infiltraient, montaient du plus profond de moi. Je quittais le pays, les racines, les amis et je me sentais loin de Katia. J'étais cependant à mille lieues de soupçonner l'ampleur de ma chute.

C'est alors que, ce soir-là, tout bascula dans ma tête. Quelle atroce sensation de ne plus sentir aucune logique, de voir surgir dans mon esprit les pensées les plus confuses, les plus bizarres, les plus étranges, enveloppant mon corps dans une sorte de toile d'araignée! Jamais, non jamais, je n'avais ressenti, même dans mes cauchemars, cette terreur qui me coiffait maintenant comme une immense apocalypse.

C'est peu dire que je m'en souviens de ce soir du quatorze juillet, de cette prise de la Bastille, comme si l'immense horreur de l'inconscient collectif d'une noblesse déchue allongeait ses tentacules à travers le temps et l'espace, pour me happer!

Je sortis afin de me calmer, espérant me réveiller d'un cauchemar. Katia sentait confusément mon désarroi. Nous entrâmes dans une remise, une petite cabane que j'avais bâtie bardeaux après bardeaux, amoureusement. Et là, je paniquai à la vue d'une faux. La vision de cet outil amplifiait mon cauchemar comme si j'avais pu prendre cette faux et frapper Katia pour me libérer de ce sentiment d'étouffement.

C'était atroce. Jamais je n'avais accroché sur des idées aussi terrifiantes. Katia aussi se sentait mal, comme si elle avait lu dans mon esprit et dans mon coeur.

On alla se promener sur la plage. Minuit approchait. Des pêcheurs arrivaient du large, et, terrifié, je les voyais s'avancer, croyant qu'ils allaient m'attaquer. Une ombre s'infiltrait en moi comme dans une maison sans portes et sans fenêtres, une maison hantée, ouverte aux quatre vents. J'oscillais tout à coup entre deux êtres, l'un, complètement terrifié et irrationnel, l'autre, conscient de tout ce ridicule, mais impuissant face au doute, à la peur.

Les pêcheurs se rapprochaient; ma peur augmentait. Le plus jeune du groupe me présenta une petite morue, un présent de la mer, symbole de nos traditions d'hospitalité. L'angoisse m'enveloppait encore.

Katia me prit la main cherchant à me calmer.

- Viens, dit-elle simplement.

On marcha lentement au rythme des pas jusqu'à notre demeure.

J'essayais de réagir par l'activité, en préparant la morue. Le couteau coupait mal à la cadence de cette peur diffuse, imprécise.

- Regarde, Katia, son coeur bat encore; c'est énervant!

J'essayais de me concentrer sur cette tâche, mais rien n'y faisait. Un bateau chavirait dans ma tête. Ça devait être ça la folie, ce voyage quasiment à sens unique! Je commençais à soupçonner que ce qui m'arrivait n'entrait pas dans la catégorie des petites peurs passagères, qu'un tremblement de terre venait de se produire et que jaillissaient en chaos les laves d'un volcan.

Pourtant, à chaque fois qu'on avait fumé, seuls ou avec des amis, le voyage avait été bon, doux, tendre. Cette fois-ci, cette cochonnerie semblait me jeter un mauvais sort, et même Katia, qui gardait les pieds au sol, ne se sentait pas très bien.

- Allons nous coucher, chuchotai-je avec ce fragile espoir que tout redeviendrait comme avant, qu
mauvais souvenir.

Le soleil se montrait le museau au coin de la corniche. J'ouvris les yeux, blotti contre la chaleur de Katia. Mais non, cette terreur était toujours là, cette sensation tenace d'une perte de contrôle imminente, cette peur de penser, de bouger, de retourner à la remise. Je devais surtout affronter, ne pas éviter les peurs, tel que le disent le gros bon sens et tout ce fatras de théories que j'avais ingurgité pendant des années. Justement, je revenais d'un stage aux États-Unis, stage qui regroupait des spécialistes du monde entier, une session à la fine pointe des thérapies sur les peurs, un genre de Lourdes de la psyché. C'était à en mourir de rire face à l'ironie de la situation. Mais là, nu, face à mes fondations, toutes ces belles théories ne me rendaient que plus impuissant, et je mesurais l'importance des difficultés dont je devais triompher face à ce chaos qui prenait dans ma tête des proportions que je ne pouvais contenir.

Katia commença à vider la remise. La cour arrière était jonchée d'objets. Un ami vint acheter une table que j'avais bricolée. Je me retirai sur le trône, dans la salle des ablutions, pièce magnifique décorée avec goût par ma compagne. Les murs basculaient. J'avais l'impression qu'une sorte de schizophrénie était en train de m'envahir, un peu sur le tard, mais je ne savais pas encore comment nommer ce mal. Il me semblait que toute cette bizarrerie ne faisait pas partie d'une simple phobie, et ma formation ne me permettait pas de regarder cela naïvement et innocemment. Je méditais dans ce lieu sacré…

- L'hospitalisation? Non, sûrement pas. Avec les services de fou de notre tour de Babel…

Il fallait chercher ailleurs des solutions.

La journée s'éternisa, sans changement, comme si j'étais habité par un autre personnage. Je ressentais constamment cette peur d'être attaqué, d'attaquer, de perdre contrôle pendant que défilaient devant mes yeux des visions d'épouvante qu'on ne voit que dans les films d'horreur; une bête maléfique venait de se réveiller en moi, remplie de pulsions étranges et menaçantes, annihilant toute logique, tout ordre dans ma tête et me faisant percevoir le monde extérieur comme chaotique. Je voyais la réalité à travers un prisme qui amplifiait les peurs, les désirs, les amours et les haines du quotidien. C'était ça la folie: les instincts décuplés et le contrôle de soi diminué d'autant. Comme tout le monde, je n'étais pas habitué à me réveiller ainsi. J'étais en train de vivre tout éveillé une partie des cauchemars de taureaux et de démons de mon enfance; une partie seulement. J'avais l'impression de n'avoir cependant descendu que quelques marches du grand escalier vers l'enfer, de n'avoir ouvert qu'une porte sur mes cauchemars prémonitoires depuis l'enfance.

Et le lendemain arriva, et le surlendemain aussi, semblable au précédent; minutes qui s'égrenaient, filtrant l'espoir au compte-gouttes...

Katia était attentive à ce qui se passait en moi, et j'essayais de le lui raconter. Que pouvait-elle faire? Que pouvait-elle changer? Et je ne voulais pas trop l'effrayer, conscient de toute cette anarchie.

Le départ pour Montréal approchait. Je me mis en quête d'un déménageur, conduisant l'auto comme un zombi, cherchant une issue avec l'opiniâtreté du désespoir. Jusqu'à présent, j'avais surmonté tous les obstacles qui s'étaient dressés sur mon chemin et gagné mes galons à la force des poignets, mais là, l'ennemi, c'était moi: il était à l'intérieur de moi. Comment me réconcilier avec une partie de ce moi qui me terrifiait, qui m'enlevait tous mes moyens, qui me faisait sentir méchant et vil?

La ligne blanche de la route se déroulait comme dans un film. Je m'arrêtai dans la cour d'une église. Y avait-il un lieu plus saint pour me recueillir! Depuis quelques mois déjà, je pratiquais la méditation transcendentale et je fis le vide tout en répétant mon mantra. Les pensées surgissaient, incohérentes. J'avais l'impression de n'être plus capable de mettre un pied devant l'autre, de poser les gestes anodins et routiniers du quotidien.

Une cassure venait d'apparaître dans ma vie, une chute aux enfers. Je ne serais plus jamais pareil. Je m'étais juré, cependant, que je m'en sortirais.

# Chapitre VI

Le soir tombait. La rivière, gonflée, refoulait les vagues. Les amis étaient là avant le départ, pour manifester de la réjouissance avant le deuil. Une grande chaleur, beaucoup de nostalgie. Comme à l'habitude, on avait préparé un petit festin: hors-d'oeuvres et fruits de mer. Dehors, les maringouins fêtaient aussi, et un feu d'herbe s'agitait dans un baril.

Pour me sortir de ma torpeur, je décidai de couper une grande épinette morte qui bordait la rivière. Deux vieux copains, Archimède et Athénagoras, le patriarche, vinrent m'aider. La hache m'énervait. Pourtait j'en avais bûché des cordes de bois pendant mon enfance... Toutes sortes d'images curieuses, plus terrifiantes les unes que les autres, m'envahissaient, et je me sentais seul. Que dire aux amis? C'était tellement absurde, subit... Par où commencer? Mais je continuai à bûcher jusqu'à ce que tombe la grande épinette.

Archimède me présenta un peu d'herbage. J'hésitais.

- Bah, pourquoi pas, au point où j'en suis! me disais-je.

Je fumai. Le patriarche s'était rendu compte que je n'étais pas bien, mais il en attribuait la cause au deuil du départ.

Les amis entrèrent dans la maison. Dehors, seul près du feu, je parlais aux étoiles, cherchant à me raccrocher à une logique intérieure, implorant, divaguant, comme si les extra-terrestres m'écoutaient. Cette perte de contrôle sur ce que je ressentais de mauvais en moi, je l'imaginais aussi chez les autres. Mais si ma fierté m'empêchait de sombrer, elle m'empêchait aussi de me confier.

Je décidai de rejoindre les amis sur la véranda, essayant de paraître le plus normal possible. Mon grand ami des années de collège, mon copain de toujours, Merlin, était là. Mais par quelle magie d'enchanteur aurait-il pu changer quelque chose? C'était une fête, quand même, pas une veillée mortuaire!

Un camion rempli de meubles et de souvenirs laissait une maison vide où de beaux rêves prenaient fin... Un petit havre où tant d'euphorie s'était bercée sur cet épais tapis, où parfois, étendu, je m'amusais à contempler ce plafond-cathédrale orange soutenu par un ingénieux système de poutres. Notre oeuvre d'art, à Katia et à moi, construite à coups de marteau, de scie, de baisers et de tendresse... J'y avais mis à l'oeuvre mes fantaisies et mes talents de bricoleur en cherchant, par la matière, une façon d'équilibrer mon penchant pour l'abstrait. Mais ce départ était inscrit dans mon destin.

La route était interminable. Montréal semblait être au bout du monde. Katia, son père, Stanislas, et moi, Ulysse, enfermé dans mon cauchemar et mes obsessions d'agressions, de terreur et de sexe, nous voguions vers la ville, bercés par les ronronnements de la Volks.

- Katia, la méditation transcendantale a peut-être joué le rôle de catalyseur en déclenchant en moi ces folies?

- À Montréal, tu pourrais aller consulter un maître de ce mouvement, répondit-elle, rassurante.

- Si j'ai un fond de personnalité instable dans mon inconscient, enfin si j'ai passé du côté de la psychose, je ne m'en sortirai jamais!

Katia essayait de me rassurer:

À Montréal, les gourous m'encouragèrent à continuer,

m'assurant évidemment que la méditation transcendantale n'avait jamais d'effet négatif, que tout au plus on pouvait parfois faire émerger un certain stress, une certaine tension.

Je ne trouverai pas de porte de sortie ici, pensais-je, et je pris congé de cet espèce de prêtre déguisé, enveloppé d'une odeur d'encens et me rappelant trop bien le carcan de mes années d'enfant de chœur.

Les grand-parents de Katia étaient d'origine polonaise, et leurs descendants, tous de grands blonds aux yeux bleus, respiraient la beauté. Stanislas avait gardé cette espèce de noblesse, de dignité de ses ancêtres. C'était un gentilhomme toujours aimable, toujours prêt à rendre service. Sa femme, Hélène, toute douce, toute menue, grande dame, habitait cette maison à hautes boiseries, où, discrètement, une icône se montrait le bout du nez.

On y demeura tout le mois d'août. Dans la chambre trônait un panier à couture avec des ciseaux. Quelle panique j'éprouvais, nuit après nuit après nuit, l'esprit accroché à ces objets, avec cette peur de me lever et d'agir en somnambule! Les diverses techniques de conditionnement, d'arrêt de pensée, d'images mentales positives, de visualisation de la même image jusqu'à saturation, bref tout l'arsenal des stratégies y passait. Mais l'engrenage était tenace.

- Tu ne dors pas Ulysse?

- Non, je ne me sens pas bien.

Je trouvais difficile de me confier, face à ce chaos d'agressivité et de peur, qui s'adressait aussi à Katia. Heure après heure j'étais hypnotisé par ces maudits ciseaux. Les sortir de la chambre aurait signifié l'évitement, et je savais que ce n'était pas une solution. J'avais même peur de la clé de mon auto et de mes propres pulsions de vouloir sauter de mon véhicule en marche. Partout où j'allais, je voyais toujours, dans une nou-

56

velle pièce, l'objet dangereux, et cette peur de perdre contrôle devint générale, s'appliquant à toutes les situations et à toutes les personnes. Ma frayeur devant la faux dans la remise avait été tellement intense sous l'effet de la drogue qu'elle persistait partout en prenant diverses formes. Et les heures défilaient, jour après jour, sans issue. Était-il possible d'inventer une situation aussi désespérante? Je vivais des cauchemars à l'état éveillé, mais je m'agrippais à l'espoir que le suicide n'était pas la solution.

Dans le grand salon, Katia, Stanislas et Hélène regardaient la télévision. Je lisais la Presse, n'y voyant que des histoires de meurtres, de crimes, de sorcelleries; de potins terrifiants! J'étais incapable de mettre deux lignes à la suite comme si maintenant j'avais pu devenir, à mon tour le méchant... À la télévision, se déroulait un film d'angoisse où un personnage planifiait son crime. Je me voyais déjà l'accusé devant un jury. Une pause publicitaire intervint: un jeune couple se regardait. Curieusement, j'avais l'impression que l'homme allait frapper ou être frappé, alors que le mouvement qu'il amorçait le conduisait tout simplement à embrasser sa compagne. Je commençais à me rendre compte que les gestes les plus anodins, y compris ceux de la télévision, m'angoissaient, et cette crainte de perdre contrôle m'incitait à tout analyser pour éviter de poser à mon insu des gestes absurdes.

Depuis ma chute, la situation évoluait de jour en jour, curieusement. Un vrai suspense. Un couple d'amis de Katia venait d'arriver, et je me surpris à ressentir le goût d'embrasser ce copain de Katia comme si c'était une femme.

- Enfin embrasser un homme, c'est déjà mieux que de l'agresser! pensai-je.

Je découvrais à ce moment que cette perte de contrôle n'existait pas seulement dans le domaine de la sexualité et de l'agressivité, mais aussi dans celui de la tendresse, de l'affection et de la curiosité.

L'été se prolongeait. Dans une cour immense, habitée d'arbres centenaires comme des mains en prière, un édifice de pierres s'ancrait au bord du majestueux Saint-Laurent. Hélène y était hospitalisée. Je me sentais proche d'elle.

- Comme elle a dû souffrir, depuis vingt ans, cette grande dame!

À la naissance de Katia, sa mère était décédée et Stanislas avait par la suite épousé Hélène, la soeur de sa première femme. Quelques années plus tard, la naissance d'un enfant déclenche des périodes de dépression profonde, alternant avec des moments d'euphorie et d'optimisme démesuré qui auraient pu la conduire à acheter toute la ville de Montréal. Quand elle était bien, c'était une femme douce et tranquille, manifestant un manque de sécurité. Mais il n'y avait pas de remède à cette terrible maladie, qui avait probablement une base biochimique, et, dans ses périodes aiguës, elle devait recevoir des soins.

Avec Katia, je longeais ces corridors qui respiraient la maladie et la mort et je me voyais déjà prisonnier de ces murs, esclave d'une éternelle médication. Dans le parc magnifique, j'aperçus une jeune patiente qui se promenait en tenant des propos absolument incohérents. Devant la multitude des traitements, qui consulter pour m'en sortir? Connaissant les diverses grandes approches, j'en voyais plutôt les limites, avec cette impression que ma folie se terrait au fond d'un labyrinthe dont la sortie était bien gardée. Mais il fallait que je gagne ma croûte. Que faire d'autre que ce pour quoi j'avais été formé et qu'au fond j'aimais bien? Mes connaissances, mes capacités de ressentir et mon jugement n'étant pas atteints, je me devais donc de travailler. C'était la première clé de sortie.

Katia et moi, nous prîmes le chemin du retour, circulant dans cette espèce de jungle mécanique de métal en mouvement, de béton saupoudré de pétrole, des hurlements de la nature agressée dans son intimité.

À la fin de l'été, nous retournâmes en Acadie pour prendre des vacances. Partout régnait ma folie ou la peur de ma folie. Chez les amis, je n'étais pas bien. Heure après heure, cherchant le sommeil, accroché à l'idée, qu'à mon insu un petit monstre pourrait se réveiller et me sauter dessus comme un somnambule, ou sauter sur les enfants. Mon imaginaire fertile développait la surenchère des peurs les plus terrifiantes, et l'essence de ma maladie résidait justement dans cette anticipation du terrifiant et dans l'impossibilité tenace de me laisser glisser, de décrocher pour être bien, simplement. J'étais désarmé face aux pressions d'un petit milieu, face aux amis heureux dans leur vie de couple, face également aux attentes de ma famille qui manifestait sa joie de voir que l'aîné, le plus instruit, avait enfin trouvé une place au soleil. J'étais déconcerté aussi par la perspective d'une vie marginale et solitaire. Je reconnaissais un lien entre ma maladie et mes relations avec Katia, à cette vague sensation d'étouffer et cette envie de partir qui avaient précédé ce cauchemar, alors même que j'étais incapable d'envisager l'échec d'un second mariage.

Au coin du feu, je me berçais chez mon ami Socrate, expert de l'âme, cherchant avec lui des solutions, explorant la possibilité d'utiliser des approches de conditionnement. Mais aucune thérapie ne semblait facile ou rapide. Mon ami ne fit guère que me refléter mes propres convictions.

- Si tu peux perdre la tête autrement que dans ces folies,

te rapprocher de Katia, t'engager à fond, ta folie et ta révolte fondront comme neige au soleil.

Le baume de Socrate faisait revivre mes espoirs. Lorsque je rentrai ce soir-là chez Archimède, je me sentis proche de Katia. Elle m'attendait.

- Katia, j'ai le goût de faire un beau voyage, un voyage intérieur avec toi, comme le goût de te faire un enfant.

Comment nos deux êtres ont-ils pu se rejoindre à ce niveau, malgré les précautions prises? Mystère de cette conception qui devait sûrement créer un être exceptionnel! Ce fut une soirée d'amour comme si j'avais reçu de Socrate une potion magique. Quelle détente après cette longue angoisse!

Au matin je fis ma méditation et l'on partit rejoindre pour la pêche notre ami le patriarche. Athénagoras était là, magnifique, dans son chalet, en train de couper du poisson. La panique m'envahit: la crainte de me faire attaquer de nouveau lorsque j'aperçus son immense couteau. J'avais beau me répéter que c'était ridicule, rien n'y faisait. Et j'avais quasiment trop honte pour lui dire ce que je ressentais.

Au large, un temps splendide, une brise fraîche et reposante nous attendaient. Étendu à l'avant du bateau, je luttai contre la crainte d'être jeté à la mer. J'étais conscient du ridicule de ces tourments, mais malgré moi, je surveillais Athénagoras et Katia au cas où... Je me surprenais à projeter chez les autres mes idées folles. Que faire? J'aurais pu demander à mes compagnons si effectivement ils avaient l'intention de me jeter par-dessus bord, mais la question n'aurait certes pas été prise au sérieux. Le patriarche était bien capable de me dire en riant que, effectivement, il allait m'abandonner au large de la "boueille" noire. Alors que faire? J'essayais d'utiliser les stratégies positives que je connaissais bien, emmagasinant de belles scènes marines pour grignoter sur mes peurs. Je fixais les goélands dans le ciel bleu afin de faire provision d'images agréables pour le retour vers un nouvel emploi que j'étais vraiment incertain de pouvoir assumer.

Obsessions prononcées, genre phobie d'impulsion et bouffée paranoïde, telle était l'étiquette que j'attachais à mes états d'âme. Le cocktail était assez bâtard puisque cette même méfiance m'empêchait d'avoir confiance en l'autre, cette confiance dont j'avais précisément besoin pour m'en sortir. Ce diagnostic était celui des moments d'optimiste où je savais, qu'à la limite, je pouvais m'en tirer. Mais quand la bête s'enhardissait, je croyais bien avoir franchi la frontière de l'irréversible et de sombrer comme "le vaisseau d'or". À ces moments il ne me restait que ma raison et mes connaissances pour me dire que ce que voyaient mes yeux et ce qu'entendaient mes oreilles n'étaient qu'illusions. Un jeu assez paniquant...

# Chapitre VII

Je caressais depuis longtemps l'idée de travailler en clinique externe avec l'impression que ma formation et mes intérêts en ce sens m'aideraient à me réaliser sur le plan professionnel. Depuis quelques mois, j'étais déjà bien empêtré dans un cloaque, mais suffisamment en contact avec la réalité pour fonctionner, car je réussissais malgré tout à compartimenter ma zone grise. Katia et moi, nous obtînmes un emploi au sein d'une équipe multidisciplinaire en banlieue de Montréal. Un pays splendide, offrant partout à l'horizon ses montagnes décorant le ciel. J'aimais cette région du Québec où les plaines et les vallons alternent comme la vague. Profitant d'une aubaine nous étions devenus propriétaires d'une espèce de château de briques, situé dans un quartier huppé, une maison sans vie, sans chaleur, teintée des conflits d'un couple qui se quittait. Dès la première visite, j'eus peur des outils du foyer, comme si ce lieu hébergeait des esprits maléfiques...

Avant de commencer mon travail, j'assistai à une fin de semaine de méditation transcendantale dans l'espoir de me retrouver. Je me promenais dans des corridors bordés de statues, assailli par l'envie de détruire ces plâtres, de les violer, de les jeter par la fenêtre. Mon inconscient retrouvait là les symboles qui avaient mutilé mon enfance: il n'était plus en amour avec cette forme de religion-là. Ces quelques jours s'écoulèrent dans une espèce de lutte pour reprendre contrôle. Mais c'était s'attaquer à la quadrature du cercle. En revenant, j'embarquai des jeunes qui faisaient du pouce. La panique m'envahit et j'eus peur, à nouveau, d'être attaqué. Cette ombre ne s'évanouit que lorsqu'ils descendirent. Mon bilan était maigre; rien n'avait changé, et je me refusais aux médicaments.

Tout était à organiser dans cette boîte. Le psychiâtre en charge, le docteur Dionysos, un bon vivant, ne venait qu'à l'occasion, débordé ailleurs. Chaque journée devenait une victoire. Quand j'étais en entrevue, j'oubliais ce qui se passait en moi, je fonctionnais bien, comme avant, et, des clients me disaient que je les aidais. Pendant mon travail, mon esprit était occupé, et il n'y avait que très peu de temps pour les folies. Je parvenais à dissocier mes problèmes de mon travail, capable que j'étais d'évaluer mes interventions par les progrès de certains de mes patients. Par contre, je me heurtais pour un certain nombre à la quasi incurabilité de leur maladie, tout en étant incertain moi-même de la catégorie à laquelle j'appartenais. Je ne pouvais me défendre contre une grande peur de la psychose de ceux qui étaient atteints de certaines bizarreries, ayant l'impression de leur être apparenté. Un client, entre autres, sentait, en se promenant, des couteaux le transpercer, comme s'il était attaqué. Je n'arrivais que trop bien à concevoir cela: il était fort possible après tout qu'un maniaque s'en prenne à moi. J'étais obsédé par la fragilité de la vie, de la mort, par l'équilibre difficile entre la pensée et le geste, entre le danger et la sécurité. J'avais l'impression que tout chez moi ne tenait qu'à un fil. Bien ténue la différence entre l'agression simple imaginée et celle qui entre dans la réalité, ce qui toutefois me rendait plus compréhensif face à l'absurde et aux incohérences que je croisais quotidiennement avec certains clients.

Je m'en souviens comme si c'était hier alors que je regardais de la véranda les écureuils en train d'amasser leurs provisions d'hiver.

- Je suis enceinte, m'annonça Katia.

Toutes sortes de sentiments contraditoires m'envahirent: la joie de croire que je pouvais être père, puis l'espoir qu'un enfant pourrait me remettre sur pied. Mais je sentais les chaînes devenir plus lourdes avec ces nouvelles responsabilités que mon état me rendait incapable d'assumer. Le découragement m'envahissait davantage à la pensée que ni Katia ni moi ne pouvions envisager l'avortement.

Peu à peu, un sentiment dépressif de plus en plus tenace s'installa en moi, un désespoir presque psysiologique où rien, vraiment rien ne m'accrochait. Désespoir probablement accentué par cette future naissance. Rien n'était beau; les paysages d'automne ne me rejoignaient pas. Seul me donnait l'espoir un certain désir de liberté. Le thème de l'absurdité revenait souvent, et je ne pouvais vraiment plus concevoir que les gens qui m'entouraient puissent ressentir du bonheur. Tout devenait relatif et futile.

Parfois je retrouvais, pendant quelques instants, une paix intérieure à panser les blessures des gros érables. Je grimpais très haut et, avec les outils, je les nettoyais, je versais du baume. Dans ces arbres, au-dessus de cette verdure, je prenais plaisir à contempler toutes les beautés de la nature aidant cette dernière à guérir les meurtrissures de ces géants. Une façon sans doute de chercher ma propre guérison! Mais, même accroché à la cime, la peur des outils que je manipulais me poursuivait. Par ailleurs, au sol, l'obsession d'une attaque me poursuivait. Quand quelqu'un sonnait à la porte, c'est avec une sorte d'énervement que j'allais ouvrir. Quand je passais la tondeuse, le soir, je craignais d'être assailli ou simplement surpris par quelqu'un, Katia ou n'importe qui. De toute façon, je n'acceptais pas cette image du petit bourgeois qui, dans ce quartier riche, tondait son gazon. J'étais bien peiné de voir que j'étais devenu imperméable au plaisir, même auprès des gens agréables et que ma compagnie tournait au fardeau pour Katia qui espérait, comme moi, que tout redevienne comme avant, là-bas en Acadie où je pouvais goûter au plaisir, à la présence des amis.

Mes douleurs physiques étaient revenues depuis quelques mois, peu de temps avant ce que j'avais baptisé ma dégringolade. Je consultai un urologue qui identifia le syndrome de Reiter, maladie bâtarde sans cause connue.

- Ça vient par cycles, et on ne connaît pas les moyens de guérison, me dit-il.

- Est-ce qu'il y a des facteurs psychologiques qui peuvent jouer un rôle dans son déclenchement, docteur?

Il m'assura que non. Les médicaments expérimentaux se révélant inefficaces, je subis une autre cytoscopie. Cette opération réveillait chez moi des peurs de castration comme si, durant l'anesthésie, on pouvait porter atteinte à ma sexualité. Cette angoisse cachait peut-être le désir inconscient, parfaitement inavouable, de liquider mes instincts par cette castration possible. Mes douleurs disparurent peu après.

Stanislas ce grand bricoleur m'offrait son aide si gentiment et de façon si imposante que je ne pouvais refuser, d'autant plus qu'une nouvelle maison offre toujours une foule de choses à faire. Je plongeai donc dans le bricolage, presque toujours angoissé et obsédé par les outils, mais avec l'espoir cependant de me défouler d'un trop plein d'énergie. Il m'était difficile de respecter mon rythme, face à Stanislas et à Katia, qui s'adonnaient ainsi à leur passe-temps favori. Pourtant, en Acadie, c'est dans la joie et l'insouciance, porté par l'euphorie d'une vie nouvelle, que j'avais avec ma compagne, pendant plus d'un an, rénové presque complètement notre chalet-phare. Me venait en mémoire l'été de mes quinze ans alors qu'avec mon oncle nous avions dans la plus parfaite harmonie construit sa maison de la cave au grenier. Mais dans ma situation, j'en venais à voir le bricolage comme une corvée, qui me rendait terriblement irritable et susceptible.

Ma mère vint nous visiter. J'avais le goût de dire des choses agressives et méchantes à celle qui m'avait mis au monde. Ma raison me disait bien qu'elle nous avait donné le meilleur d'elle-même: presqu'une sainte. Cependant mes émotions la rendaient responsable de ma maladie, de ce vide affectif que je ressentais avec elle lorsqu'enfant. Il me semblait n'y avoir été témoin d'aucune joie, uniquement du devoir et de ces longs soupirs d'une mater dolorosa, résignée à son sort. La peur de l'attaquer alternait avec ces images où je m'imaginais faisant l'amour avec elle. Rien pour rehausser le moral. Parallèlement une grande lucidité, probablement amplifiée par la méditation et ma maladie, me faisait percevoir les actions et les relations entre les personnes à des niveaux plus profonds, au-delà des apparences.

Une révolte intérieure montait contre mes parents et contre l'église, que j'accusais intérieurement d'avoir gravé dans ma mémoire tous ces interdits de l'Ancien Testament. Une révolte contre cette espèce d'enfance angélique où, parce qu'on me trouvait particulièrement doué, je servais la messe, je sautais des classes, sensible aux pressions pesant sur l'aîné, le modèle et le devoir incarnés. Toutes ces pressions insidieuses pour m'amener à la prêtrise.

Tout en anticipant le pire, l'asile ou la prison, je tentais de contrecarrer l'univers iréel où j'avais l'impression de fonctionner. Mes rares moments de bien-être, je les devais au monde de la passion ou de l'évasion: cinéma, bouffe, sexe. Le quotidien ne me nourissait plus. Mais je demeurai encore sur le champ de bataille et pendant l'hiver, je m'inscrivis à un programme de remise en forme, dans l'espoir de reprendre mon corps en main. Jour après jour, je livrais le même combat contre l'incohérence qui envahissait mon esprit. Au cours des exercices, mon imagination me dépeignait en train de lécher le plancher et nombre d'autres idioties sans nom. J'acceptais encore difficilement de m'imposer des limites, mais, dans ce combat, il m'avait fallu lâcher les herbages pendant l'été, car maintenant, quand je fumais, tout devenait mêlé et effrayant.

Je m'étais organisé une semaine de vacances de ski, espérant retirer beaucoup de ces exercices physiques, prêt à m'envoler sur les ailes des nuages. Malgré l'euphorie que j'éprouvais sur les pentes, mes bâtons de ski venaient me troubler, me faisant l'effet d'une arme dangereuse. Le danger était bien partout. Impossible de ressentir la paix. Je décidai alors de sauter dans l'oubli, le plaisir, l'interdit et une amie vint me rejoindre sur ces pentes glissantes. La louve étant entrée dans la bergerie, j'en avais conclus que le meilleur moyen de résister à la tentation était d'y succomber. Je vécus des moments d'évasion, à me laisser griser de touchers, de vin et de fantaisies au-delà de toutes mes frayeurs. Mais le lendemain ramena la réalité, le quotidien, puis la culpabilité et les vieux interdits de l'Ancien Testament: "Tu paieras par où tu as péché; tu paieras pour ton plaisir."

Je constatais cependant qu'en dehors du sommeil et du travail, je ne pouvais trouver l'oubli que dans ces vents de folie où je plongeais dans le défendu pour pouvoir supporter ce chaos qui montait dans ma conscience. Et j'essayais de diluer ma culpabilité en me disant que mon centre n'était après tout ni meilleur ni pire que celui du voisin, mais que les circonstances avaient fait sauter les mécanismes d'adaptation et de contrôle.

Mais un monstre à sept têtes hantait mes nuits: la culpabilité. À cause de mon passé, hanté par ma peur de la maladie, de la syphilis, de la gonorrhée, de l'urétrite et de tout le reste, de mon histoire évidente de récidive au moindre virus, j'en vins à croire que j'étais de nouveau atteint. De plus, j'imaginais mon enfant atteint lui aussi, difforme. J'avais beau me dire que c'était ridicule, la possibilité existait que je sois envahi par le méchant et pâle tréponème. Pour couronner le tout, j'eus la maladresse de parler à Katia, au téléphone, de mon aventure, une façon de lui mettre sur le dos la culpabilité que je ne pouvais assumer. Sa réaction ne fut pas très bonne, ce qui accentua mon malaise jusqu'au jour de l'accouchement. Les résultats négatifs aux tests ne m'empêchaient pas de trouver des raisons pour ne pas y croire. Toute l'angoisse normale de l'attente de la paternité fut canalisée dans des choses terrifiantes.

Le travail devenait une fuite pour moi, une brume d'oubli. Mais par ailleurs je me rendais utile, j'avais une raison d'être, une justification sociale et ce qui n'était pas négligeable, un salaire.

Dans le cadre de mes fonctions, je devais parfois me rendre à l'hôpital, près de la clinique externe, ce qui m'angoissait parce que je m'y sentais particulièrement observé. Ces regards accentuaient ma crainte de perdre contrôle, de laisser surgir mon anarchie, ma violence, de me mettre à crier des idioties sans nom. À certains moments fusaient dans ma tête, comme des rayons lasers incontrôlables, des idées ou des images absurdes, comme de cracher au visage de l'autre.

Plus tard encore je réussis à décoder ce qui m'arrivait: le sentiment d'être prisonnier débouchait sur une agressivité qui, plus qu'une révolte, révélait plutôt une grande peine, une grande souffrance face à l'échec. L'agressivité, expression d'une grande peine, plutôt que d'une violence, me paraissait alors plus acceptable. Je commençais à soupçonner en même temps l'ampleur de ma paralysie, cette incapacité de partir, de faire face aux gens, à la famille, au milieu social, mais aussi à la solitude, à un autre échec personnel. D'ailleurs partir mais pour aller où? Je voyais encore se profiler la nécessité d'une réadaptation professionnelle, d'un changement d'orientation.

Et cette naissance qui s'annonçait, qu'il faudrait concilier avec ce besoin de vagabondage et d'aventures qui me dévalorisait constamment à mes yeux. Pourtant, mon problème était en effet très simple. Il s'agissait d'harmoniser ma relation affective d'une façon nourrissante, et tous les autres besoins s'estomperaient. Mais comment?

# Chapitre VIII

Combien de nuits blanches avais-je passé afin d'essayer de comprendre ce qui m'était arrivé? Combien de fois avais-je passé le temps au crible? J'en avais perdu le compte. Cette dégringolade s'était fait dans l'espace d'une soirée, mais ce n'est que plus tard que je compris qu'elle se préparait, qu'après ces moments de bonheur avec Katia il s'était passé dans les derniers temps une sorte de gestation qui annonçait le drame.

Je me disais parfois qu'avec un peu de chance j'aurais pu garder intact ma relation avec Katia, la famille, les amis, vivre une vie de famille heureuse, que tout aurait pu continuer comme avant, si ces stress étaient survenus dans un moment où mon organisme avait été davantage reposé. Cependant, une rétrospective de ma descente dans le maëlstrom suffisait à m'indiquer confusément que je cherchais peu de temps après ce second mariage un moyen d'atteindre quelque chose d'important, qui me manquait. C'était là la découverte d'un premier indice, ce manque, ce vide que je commençais à ressentir.

Après cette chute aux enfers j'accumulais les indices pouvant m'aider à comprendre ce qui avait surgi dans ma vie. Je me disais:

- J'ai peut-être trop forcé sur un levier, trop investi d'énergie pour la réussite de notre relation, ne pouvant me permettre une autre débandade?

Ce n'est que longtemps après que je compris que ce deuxième mariage scella graduellement ma sensation d'étouffement. Je me sentais condamné à réussir ma relation avec Katia.

L'impression surgissait qu'elle m'avait mis le grappin dessus, et ce mécanisme de négation chez elle amplifiait le mien.

Dans mon pays, ce qui n'est pas nommé n'existe pas; je devais donc cacher mes échecs passés. Dans mon esprit, le nouveau contrat devenait une sorte de réhabilitation. Je me suis parfois laissé aller à croire que, sans cette forme d'engagement si enraciné dans les petits villages, j'aurais pu ressentir cette illusion de liberté essentielle à mon cheminement, mais il ne faut pas cependant attribuer à ce geste consacré plus d'importance qu'il ne doit en avoir dans le déroulement de ma vie.

J'avais par ailleurs l'impression de retrouver derrière Katia, sous des apparences de souplesse, l'image de son père, le gentleman parfait, gentil, serviable, devant lequel on ne peut rien remettre en question. Ou encore je retrouvais ma mère, femme parfaite, contrôlante dans tout, sous son visage de douceur. Je trouvais difficile d'être en relation avec la perfection. Même si son empreinte chez Katia était plutôt discrète, inconsciente. N'était-elle pas une femme très ouverte et chaleureuse! Que de contradictions!

Quelques mois avant ma débâcle, chez des amis, un peu de boucane aidant, je me sentis extraordinairement heureux et bien dans ma peau. Par la suite, cette façon d'être m'apparut différente de tous mes états antérieurs, même spéciaux. À cette soirée, ma mémoire se teinta spécialement du désir de la nymphe Calypso. Je dus m'attacher au mât de mon navire et sceller mes oreilles. De toute façon, cette gentille sirène aurait été incapable d'assumer les messages qu'elle lançait plus ou moins inconsciemment aux copains d'alentour. Mais j'étais heureux et, le lendemain encore, extraordinairement bien. Une sorte d'extase m'envahissait à la vue du moindre brin d'herbe, avec cette sensation puissante que tout était possible, tout était permis. Cet état altéré de conscience dura quelques jours, comme un second indice.

Vers cette époque s'amorçaient des luttes aux enjeux importants: le collège du Nord était en train de sombrer dans des méandres d'intrigues. Avec le recul, cette lutte de convictions et d'attachement m'apparut surtout comme une espèce d'échappatoire, de drogue face à ma propre confusion, face à ce manque profond qui commençait à se profiler dans l'ombre. Comme si la lutte qui s'annonçait terriblement dure allait me permettre, par l'excitation et l'engagement dans les idéaux et l'action, d'éteindre cette grande souffrance qui me menaçait. J'étais soutenu par de solides amitiés. J'en vins cependant à m'étonner de mon propre courage et décidai de foncer en voyant émerger dans moi tant de forces. Mais, par ailleurs, à un autre niveau, je n'étais pas prêt à affronter tous les pouvoirs en place et ceux qui les personnifiaient, même si je vivais cette cause d'une façon vitale. C'était un combat difficile, car s'opposer à certains confrères dans ces petits milieux, engendrait des tiraillements profonds quasi-familiaux.

Les étudiants étaient représentés par un triptyque incarnant la droite (un futur curé), le centre (rationnel, modéré et buveur), la gauche (libéré de tout système et grand "boucaneur") qui ralliaient toutes les énergies. Ce fut la seule occasion peut-être qui m'ait été donnée de rencontrer un groupe s'adaptant si intelligemment à ces situations mouvantes, parvenant à une sorte d'osmose de tous les instincts profonds. La police ferma le collège afin de disperser le groupe. Des dispositions furent prises pour recevoir d'Amérique et d'Europe des professeurs de calibre, intéressés par l'expérience, et, finalement, tous les "déviants" s'installèrent dans un ancien couvent, après avoir déménagé, de salle d'église en salle d'église, entre les horaires des bingos, alors que se jouait le sort d'une institution vitale qui avait façonné depuis cent ans le destin de ce coin de pays. Mais l'échec pointait déjà à l'horizon, car il ne fut pas possible de faire créditer les cours; c'était trop différent, trop menaçant.

En toile de fond, se profilait le besoin confus de vivre des passions, alors que mon code moral me les rendait inaccessibles et m'emprisonnait dans un carcan.

Arriva ce jour, après des mois d'errance, où tous durent rentrer la bride sur le cou. Il y eut quand même une sorte de fête, mais quelle lourdeur... Les effluves de boucane ne contenaient qu'impuissance et violence. Socrate m'accompagnait. Je me sentais dans l'une de ces phases de noirceur d'où n'émergeait que l'absurdité. Lorsque mon ami quitta ces lieux hantés, je rejoignis un groupe de filles qui incarnaient à ce moment-là liberté et passion de vivre. Je me sentais incapable d'échanger dans cette crypte où l'atmosphère n'était vraiment pas à la fête. La confusion qui m'embrumait trahissait la crainte de ne plus trouver dans mes rapports avec Katia la nourriture qui me manquait, pressentant que s'amorçait déjà pour moi un second échec, qu'il me serait terrible d'assumer, au-delà même de la lutte qu'il me faudrait mener seul contre l'incompréhension de ma famille et de mon milieu.

Dans cette salle, il n'était pas difficile d'imaginer, au centre, un creuset de pierre où les exigences de survie du monde adulte avaient façonné un grand loup noir, qui achevait de tuer les ultimes fantaisies, les dernières illusions, les brins de merveilleux et de pureté d'une jeunesse qui ne rêverait plus d'un monde meilleur que revêtue d'une armure de cynisme. Comme dans un rêve, une mèche de feu jaillit de ce creuset et se jeta sur la parole. Le haut-parleur explosa, la fumée envahit la salle en l'espace d'un instant. Sortant de ma torpeur, les réflexes survoltés, je m'élançai pour faire le tour des petites salles et des toilettes à la recherche de gens en détresse. Avant d'atteindre la dernière salle de bain, étouffé par la fumée, je dus choisir de sauver ma peau, espérant que personne n'était resté dans ce guêpier. À l'extérieur, il me semblait bien que tout le monde était là, mais je n'avais quand même pu vérifier les derniers locaux. Les pompiers arrivèrent après une éternité. Je retournai chez moi dans la plus parfaite confusion.

Ma nuit fut entrecoupée de rêves éveillés et de cauchemars où je voyais en grande manchette: incendie criminel, étudiants décédés, dissident arrêté. Le lendemain, j'appris avec soulagement qu'il n'y avait eu que des dégâts matériels. L'enquête policière débuta. Ma crainte s'éleva à des dimensions paranoïdes.

- Il leur faut un coupable et je suis la victime toute désignée puisque j'étais à ce moment-là le seul dissident présent.

Après coup, je me rendis bien compte que ces mois de stress culminant, doublés de cet événement terrifiant, avaient amorcé chez moi un nuage dense de peur qui me rendait vulnérable aux lendemains. C'était bien-là un troisième indice qu'il se préparait quelque chose.

Le printemps troublé qui suivit se chargea d'un autre événement bizarre lors d'une soirée passée à notre chalet-phare, à une époque où l'on fumait souvent. Socrate, Katia et moi, étendus sur le grand tapis, nous nous abreuvions d'une musique qui s'amplifiait, étirant l'espace, augmentant pour arriver à un crescendo, mais sans jamais l'atteindre. Nous vivions tous les mêmes images, les mêmes sensations, celle de faire l'amour, mais à l'image du son, elles ne débouchaient pas sur l'orgasme.

- Je me sens mal.

- Moi aussi.

Katia avait compris. Elle arrêta le disque qui tournait toujours dans le même sillon. Ce début de soirée, en soi, n'avait rien de curieux, puisqu'il nous arrivait de cheminer parfois ensemble sur les mêmes images. Un peu plus tard, armé d'une ciné-caméra, je sentis le besoin de filmer Katia et Socrate en focalisant, par des gros plans, sur leurs sexes, comme si je les voyais faire l'amour. Filmer ces séquences me rendait mal à l'aise, mais une main invisible semblait m'y ramener malgré moi. Tout en mangeant le fromage apporté par Katia, je sentais que je commençais à explorer des tangentes qui, en soi, n'avaient rien d'anormal, mais accusaient chez moi une bizarrerie que je n'arrivais pas à décoder. Comme dans un roman policier, plus tard, cet événement d'avant ma brisure me revint en mémoire.

Pendant que les feux d'herbe annonçaient la résurrection des sols, Katia et moi nous quittions pour quelques temps ces luttes oubliées, bercés par la cadence du train qui nous amenaient vers la métropole. Le hasard voulut que, dans cet atlantique-express, j'intervienne brutalement contre un homme complètement dément qui s'attaquait aux femmes. Je dus contenir ce volcan durant l'interminable attente du conducteur. Ce dernier pour le calmer, fut obligé de frapper au sang ce dément de l'espèce humaine que je retenais.

Cette nuit-là, dans cette carcasse métallique, refirent surface les batailles de mon enfance, et, plus précisément, une peur diffuse de l'agressivité qui s'empara de mon esprit pour m'envahir tout entier: l'imprévisibilité de la violence. J'eus peur alors que possédant nos coordonnées, je fus bien obligé comme témoin de livrer mon nom et mon adresse, ce pauvre bougre profite de mon absence pour se venger pendant le séjour d'études que je préparais pour l'Amérique.

Je me demandais bien si ma crainte était normale, compte tenu des circonstances, ou, encore, si son intensité envahissante ne présageait pas, dans mon inconscient, un détour pour me libérer de ma relation. De toute façon, j'avais beau analyser ces remous sous tous les angles possibles, seul le sommeil réussit à me calmer. Un autre morceau du casse-tête venait d'apparaître...

À l'aube de mon départ pour les États-Unis, mes urétrites, absentes depuis trois années, resurgirent, laissant croire à un déclenchement d'ordre psychosomatique, à la suite de tous ces stress des derniers mois et de ce sentiment confus que ma relation s'enlisait dans les mêmes sillons d'un disque avant le crescendo. Je n'oubliais pas pourtant que ces malaises avaient des composantes cycliques, mais, de toute façon, je ne voyais pas comment on pouvait séparer le corps de l'esprit dans le déclenchement d'une maladie, la probabilité étant plus grande chez moi de redévelopper ce malaise qu'un ulcère.

Ce stage de perfectionnement était certes pour moi un moyen de clarifier mes options professionnelles il me permettait aussi, avec la bénédiction de Katia, de me dégager pour un temps de mon code moral, ce qui m'excitait et m'énervait à la fois. Déjà, comme dans une mare en ébullition, venaient crever à la surface des bulles que mes mécanismes de refroidissement neutralisaient difficilement, à cheval qu'ils étaient sur deux pistes contradictoires que je ne percevais que confusément.

Là-bas les sessions intensives en anglais, l'adaptation à un milieu différent taxèrent considérablement mes ressources après les événements du collège. Je consultai un médecin, sans trop de résultat. Mes douleurs ne me permettaient pas de relaxer. J'en parlai à un membre de l'équipe afin de vérifier s'il ne pouvait y avoir une forme de traitement contre ces douleurs ou contre les composantes somatiques que j'amplifiais peut-être. Mais l'arsenal thérapeutique était plutôt maigre en ce domaine. Restait peut-être possible la rétroaction biologique (bio-feedback), qui donnait parfois des résultats intéressants pour certaines douleurs, comme dans le cas des migraines. Mais il n'y avait pas de spécialistes de cette approche dans ce milieu.

Le rythme de travail était très intense, l'accent portant sur la production. C'est là que j'ai vraiment constaté jusqu'à quel point notre culture est différente avec cette teinte de dolce vita à la latine, alors que, dans ce nouveau climat, la production, les accomplissements, les publications font l'objet d'un véritable culte. Je me sentais isolé socialement, même si le grand patron aimait prendre ses repas avec moi afin d'approfondir sa connaissance de la langue et de la culture française. Pour lui, je représentais "la différence", avec ma culture et mes perspectives nouvelles, et il était sensible à ces facteurs. À l'exception de quelques Européens, la plupart des autres participants, en dehors de leur connaissance des États-Unis, ne possédaient qu'une culture assez pauvre de l'humanité, ayant de l'univers une vision passablement étroite et superficielle. Mais qui a raison: le pauvre avec une vision élargie ou le riche avec une vision étroite? L'heureux au bingo ou le malheureux en croisière dans les îles grecques? Voilà bien ce que je me disais.

À cette session d'études sur le behaviorisme, je reçus cette vision déterminée, cette philosophie, comme un carcan. Cette réponse qu'on voulait explicative des comportements humains n'arrivait pas à me satisfaire, ne me nourrissait pas. Une stagiaire du groupe m'intéressait davantage. Elle demeurait dans la même résidence et, certains soirs, je me sentais obsédé par sa présence sans trouver le moyen de clarifier cela. Je recevais de très belles lettres de Katia où elle se sentait amoureuse et s'ennuyait. Ce témoignage affectueux me rendait de plus en plus mal à l'aise. Devant ma feuille blanche, atrocement, je ne sentais rien. Je comprenais mal ce qui m'arrivait. La méditation ne m'aidait guère. Une visite au musée de Rodin ne permit pas davantage au Penseur, qui méditait depuis bien longtemps, de me fournir une piste.

Certains aspects de la société américaine me fascinaient, comme ces soirées dans les châteaux huppés des célébrités du monde professionnel. Monde étrange pour moi, où se croisaient le hippy et le cravaté, les belles dames aux longs décolletés, le serviteur noir et le Noir servi. Cet univers faisait ressortir mes passions et mes interdits davantage en ces périodes de douleur, alors que j'amplifiais mes peurs d'une atteinte grave à mon sexe, ce qui m'incitait à vérifier par des aventures.

- Tu viens en tournée avec moi en Ohio? me demanda lors d'une soirée un sexologue du groupe.

Il vivait le mariage ouvert (prélude au divorce créateur!) et partait retrouver une amie qui vivait avec une amie.

- Oui, ça me tente, lui répondis-je.

Je goûtais pendant ce voyage à un grand sentiment de liberté, et, sur l'autoroute, pendant que jouait la musique californienne, je me voyais voguer vers cette contrée perçue chez nous comme un endroit de rêves et de frénésie. Cette excursion me faisait revivre le roman de Kerouac, *Sur la route*, mais ce fut plutôt une escapade, un soulagement physique, une bravade avec une copine et la liberté.

Dans cette confusion, je revins au pays. Surgissait des deuils non bouclés, et comme une stagnation dans ma relation où ne se déclenchait pas cette magnificence du mystère de la passion. Et pourtant, tous les éléments de réussite s'y trouvaient: une femme amoureuse, belle et tendre, aimée des amis et de la famille. Mais je n'arrivais pas à m'y submerger, dans ce bonheur. Sensation aiguë d'étouffement. L'agressivité et la panique répondaient au sentiment de ne plus être heureux, ni avec moi-même, ni avec Katia, sensations encore confuses à la mesure de toutes les négations inconscientes que mon être tricotait pour se protéger.

Une quinzaine s'écoula. J'étais allé voir une amie, pour acheter des herbages, avec ce goût de noyer mon malaise dans une fête. Je me rappelle bien ces quelques minutes auprès de cette fille. Mon regard s'attardait sur ses seins libres à travers son chandail. J'éprouvais un goût de lui faire l'amour, un besoin de vibration. Je la sentais libre et en voie d'assumer sa liberté dans sa difficile recherche. Elle me montra un livre traitant de l'encadrement du mariage. Je l'enviais, au fond, et je me sentais comme paralysé, tiraillé par ma conscience qui envahissait tout mon être. Katia m'attendait. Incapable de sentir vraiment ce qui se passait en moi, je pris les herbages. Katia, elle, dans le jardin, était heureuse comme une fleur sauvage, qui respirait l'air pur. Et c'est ce soir-là que les ombres du bonhomme sept-heures me terrorisèrent...

# Chapitre IX

Il était convenu que j'assiste à l'accouchement. J'essayai de me rappeler ce que j'avais appris lors des cours pré-nataux sur les exercices de respiration. J'étais craintif, ayant peur de voir surgir un monstre. Debout, près du visage de Katia, je voyais l'enfant naître dans un miroir, qui me renvoyait une image plus petite que la réalité. Mais je ne le savais pas. Quand je vis une toute petite tête paraître je crus à une infirmité. Mais l'enfant était bel et bien normal avec des poumons bien développés. Mais une grande surprise m'attendait. Une autre petite tête se présenta: j'étais père de deux jumeaux, beaux comme des dieux de l'Olympe.

J'avais peur de leur faire mal en les prenant pour les bercer, d'avoir l'impulsion de les laisser tomber sur la rampe de notre château. Mon insécurité prenait la forme d'idées énervantes, plus rongeantes les unes que les autres. J'étais toujours aussi terriblement conscient de chacun de mes gestes. Quand je lavais la vaisselle ou encore, pendant le bricolage, je pensais aux dangers représentés par un couteau, un marteau, ou tout autre instrument de l'âge de fer.

La veille de la fin de ma quarantaine coïncida avec la tenue d'un congrès. J'avais le goût de l'aventure, de l'interdit, du clandestin, et les atmosphères de congrès étaient toujours, pour moi comme pour d'autres, le prélude au défoulement, à l'innocente frénésie. Un groupe assez important se réunit dans une espèce de brasserie, et la fête commença. L'Acadie était bien représentée, et la plupart des participants avaient soif, après

avoir passé un trimestre dans les bancs de neige. Le hasard me
desservit, et je me retrouvai seul, ivre ou presque.

Je connaissais un endroit assez chic où j'étais allé épancher
mes pulsions quand Eva s'était évaporée. Je me retrouvai finalement avec deux filles de joie, le regrettant déjà... Je pouvais
bien avoir des peurs de castration! Au moins, mon hôtel était
luxueux. Mais il était trop tard pour reculer. Il me fallait bien
consommer. Entre autres choses, je vivais là, me semblait-il,
une sorte d'agressivité dans l'utilisation de mon pénis comme
une arme, dans le besoin de posséder et la sensation de ne
posséder que par la jouissance de l'autre, une sorte de revanche
symbolique sur les emmerdements du destin de ma propre
sexualité. Le condom perça.... Le cercle des peurs et des maladies recommença bientôt, toujours accompagné de culpabilité
et de honte.

Le lendemain, j'eus mal à la gorge. Évidemment, j'avais
tellement fumé. Puis la fièvre fit son apparition. Dans ma tête,
c'étaient les premiers symptômes de la syphilis. Je me trouvais
déjà des boutons, n'en finissant plus de m'examiner; comme
Narcisse devant sa fontaine. En cachette, je me soumis à des
tests de laboratoire, qui éliminèrent ces possibilités, mais je
n'étais jamais rassuré quant à ma pureté...

Peu de temps après, on se loua un chalet pour quelques
semaines en Acadie, dans le petit hameau de Pont-Cendré. Mes
obsessions de maladies vénériennes ne me lâchaient pas. Peur,
de surcroît, d'être une source de contamination: c'est là que
se cristallisait toute ma culpabilité. Le doute, toujours le doute,
qui m'engluait comme un grand dérangement. Le climat était
à la pluie, et les quelques promenades le long des falaises, ne
me calmaient pas beaucoup. Je ne sentais aucun appui de mes
amis et de ma famille qui se demandaient bien pourquoi j'étais
distant et froid. Comment faire connaître cette impuissance,

ce désarroi, aller chercher leur aide alors que je me calais davantage à la mesure des énergies investies pour me sortir de l'engrenage?

Je me surprenais moi-même chaque jour, comme une rivière qui après des siècles d'une vie rangée, sort tout à coup de son lit pour explorer de nouveaux territoires. Je vivais des situations qui auparavant n'effleuraient même pas mon imagination: par exemple m'enticher de Consuelo. Drôle d'idylle! Elle était plus vieille que moi de quelques années, avait deux filles et un gars et, une douzaine d'années d'étude. La rencontre de l'intellectuel et de la paysanne... Elle semblait libérée de tous les interdits. Imprévisible et dynamique, elle avait un amant, mais ne refusait pas les aventures, et arrivait encore à maintenir, face au mari, une attitude irréprochable. Consuelo conciliait passion et sécurité. Quant à moi, fragile et vulnérable, pataugeant dans ma boue, elle eut tôt fait de me désarçonner. Mes défenses affaiblies ne me permettaient pas en effet de jouer aussi facilement le jeu du marivaudage, quoique sans se l'avouer, Consuelo déjà luttait pour sa survie, à sa façon. Elle était, comme moi, à la recherche d'une source qui pourrait la nourrir, le reste n'étant que distraction et poudre aux yeux. Douée de belles qualités de femme, elle exprimait une vision des choses et des réflexions qui m'attiraient. Je la connaissais depuis plus d'un an et je l'imaginais femme intouchable et modèle à suivre. Ce qui forçait mon respect.

Lorsque j'appris de Katia qu'elle avait un amant, je commençai à la regarder d'un autre oeil. Comme les perceptions deviennent parfois surprenantes! J'avais envie d'elle. Ce soir-là, en compagnie de Katia, devant le feu de foyer d'un chalet de ski, ma nouvelle passion arriva avec son homme. Je décidai de fumer, refusant de me priver plus longtemps comme un malade en me disant que, de toute façon, ça ne pourrait jamais être pire que la panique que j'avais vécue dans la remise. Je ne voulais plus continuer dans l'éloge de la fuite, préférant faire face à ma manière. Les herbages aidant, tout le monde s'endormit, sauf Consuelo et moi. Mes idées étaient incohérentes, et le contexte n'était pas des plus propices.

La semaine qui suivit s'écoula en tiraillements, et je confiai à Katia que, pour le moment, je n'avais pas le goût de revoir ce couple, mais mon message ambigu ne lui disait rien. On se retrouva dans la même situation quelques temps plus tard, pour se faire surprendre à s'embrasser. C'était vraiment tenter le diable.

Il n'y eut pas d'éclat, comme si tous, nous voulions enterrer cela en sourdine. Jusque-là, mon univers consistait à ne pas être bien, à ne pas me sentir proche de Katia, à vivre des libertés, mais non pas à me sentir plus ou moins amoureux de quelqu'un d'autre, et là, ça devenait trop déconcertant, menaçant. Consuelo m'avait atteint dans ma sensibilité et ma sensualité. Je profitai par la suite, d'un cours de sculpture avec des modèles nus, pour m'offrir quelques rencontres brèves et clandestines, jamais satisfaisantes ni sexuellement, ni autrement.

Ce furent là des échanges teintées de culpabilité, sur lesquelles flottaient les soupçons de Katia. Finalement, je me refusai à tout contact, afin d'essayer de sauver ce qui restait de ma peau. Ce ne fut pas chose facile, car Consuelo travaillait dans l'édifice voisin. Et dans mes méditations, que j'avais reprises, ne ressortait que Consuelo et encore Consuelo. J'étais accroché: elle symbolisait les fantômes et l'inaccessible, la vie et le parfum des contes de mon enfance… et comme j'étais dans mes périodes d'obsessions, je ne pouvais glisser même sur un rien.

Au printemps, à mon insistance, nous partîmes, Katia et moi, pour l'Europe, avec des amis d'Acadie. Les enfants avaient été confiés à une femme qu'ils connaissaient bien. J'attendais beaucoup de ce voyage croyant me rapprocher, me trouver, nous retrouver. Mais, la distance n'empêcha pas Consuelo de me hanter jusqu'au Colisée de Rome.

Je connus quand même, en Bavière, des moments où je me sentais bien, comme avant, à l'exception toutefois de cette journée où la visite d'un château en Forêt Noire me plongea dans une de ces peurs de perdre le contrôle et de sauter du haut d'une tour.

Puis, un soir avec un groupe d'amis, dans un manoir, je posai un geste marqué du goût du suicide. À cette soirée, dans un contexte de boucane, de danse et de frôlement non équivoque, sans réfléchir et sans vouloir réfléchir, je me retrouvai au lit avec la femme de l'hôte qui m'avait bien encouragé. Je croyais, à la suite des discussions de l'après-midi sur leur style de vie, être resté dans leurs normes. Et je fus surpris une fois de plus. Vraiment, fallait-il courir après les complications! Cela brisa le voyage, d'autant plus que l'hôte, pour se venger, m'annonça que, à la suite de leurs échanges libres, sa compagne avait probablement attrapé une gonorrhée. Katia avait décidé de m'abandonner et de repartir pour le Québec. J'essayais bien de me justifier intérieurement en me disant que, puisque je ne pouvais m'en sortir, il valait mieux prendre les plaisirs qui passaient, me suicider à ma façon. J'accompagnai Katia en train jusqu'à Rome. Les amis nous avaient offert leur appui. Je réussis à convaincre Katia d'attendre au lendemain, et on se loua une chambre au quatrième balcon.

- Ulysse, c'est un bidet, ça, pas une toilette. Ce n'est pas pour pisser, c'est pour se laver les pieds...

- Mais où sont les toilettes?

- En bas, je crois.

Je filais doux comme un agneau, cherchant à réparer ma faute, et je décidai de me coucher aussitôt. Au milieu de la nuit, j'entendis deux sons vagues: le premier, comme le crépitement de la pluie sur le sol, le second, la voix de Katia qui disait:

- Ulysse, qu'est-ce que tu fais là?

82

Je me réveillai sur le balcon, en train d'uriner, suspendu dans le vide au-dessus de la Ville Éternelle. Faute de trouver la toilette, le bidet étant interdit, il ne me restait que nos traditions des grands espaces....

Finalement, une trêve s'amorça et nous séjournâmes une semaine dans un petit village de la Côte d'Azur, pour essayer de nous retrouver. La trêve continua, avec une brève excursion à Monaco et un flirt avec l'histoire, à Avignon, pour contempler la beauté de la chambre des papes, puis à rêvasser à l'hôtel Napoléon, ce quatre étoiles où l'empereur lui-même avait séjourné. Après le Louvre, le Jeu de Paume et Pigalle, on se retrouva tous sur le parvis de la Cathédrale Notre-Dame. J'y relevai, vers la nef avant, une peinture probablement exécutée par un lointain ancêtre.

Et nous retournâmes au quotidien.


Je me sentais comme une bête traquée, cherchant inlassablement une issue à chaque coup de piston du moteur qui haletait pour affronter la poudrerie des caps du Nord. Une tempête tout à fait démente qui se heurtait aux falaises que je longeais de retour d'un Noël avec Katia et les bambinos.

- Oui, c'est ça, si je pouvais créer quelque chose d'unique, de sauvage, de primitif, quelque chose qui m'appartienne à moi, juste à moi et qui soit reconnu en propre, une évasion grandiose, gigantesque, explosive.

Mes réflexions furent interrompues par une rafale un peu plus forte que les précédentes. Même la nature s'en mêlait: le cosmos s'était déchaîné comme si ma furie s'était extériorisée.

- La musique, le piano, oui, mais je ne joue que trois notes...

- L'écriture, oui peut-être... j'ai déjà écrit un roman historique dans le cadre d'un cours de français au collège. Comme c'est loin... où ai-je bien pu le placer? Dans le grenier peut-être...?

- Puis il y a le théâtre...

Les souvenirs poudrèrent, s'engouffrant dans mon collimateur. Je me rappelais mon premier rôle d'acteur alors que je parlais au bon Dieu, lors d'un monologue joué pendant le carême devant une salle comble. Les commentaires des gens me grisaient presque de gloire:

- Ah! que tu as des talents.

- Tu as beaucoup de "jarnigoine"!

- Comme tu es mignon: tu ressembles au petit Jésus!

Oui c'était un peu vrai à l'époque, car je respirais la naïveté et l'innocence: un peu plus et je me serais couché dans l'étable pour satisfaire les exigences de l'image qu'on me garrochait.

Mais je me voyais mal débuter une carrière au théâtre. La lumière surgit tout à coup alors que j'aperçus entre les flocons de neige, des espèces de feux chalins rosâtres se dandiner dans le bas du ciel, une féerie de couleurs.

- La peinture, tiens, tiens! Mon père n'en faisait-il pas dans les voiles de sa goélette!

- Katia, j'ai le goût de peindre une grande épopée, un long poème sur le pays, la contrepartie d'Évangéline, une immense fresque qui susciterait la fierté, la dignité, le sens du défi.

- Y a sûrement d'autres images de l'Acadie que celle d'Évangéline martyre, et de Gabriel soumis... Moi je t'encourage, me disait Katia.

Le bas du ciel m'apparut plus clair alors, comme si ma boule en foudre allait pouvoir trouver la brèche quelque part. Je me demandais bien comment il se faisait que je n'y avais point pensé auparavant: une merveilleuse façon de m'exprimer.

À partir de ce Noël là j'avais commencé à peindre. C'était, en dehors du travail et des folies de la sexualité, le seul domaine où je pouvais me défouler. J'avais en tête quatorze tableaux, le même nombre que les stations du chemin de croix, les dernières peintures exprimeraient une sorte de résurrection du pays, une symbolique représentant à la fois une tentative pour me reprendre et une sorte d'espoir d'en sortir pour notre collectivité, un rêve d'émancipation nationale. J'y voyais-là la volonté de renouer avec mes racines et une possibilité d'apporter quelque chose à distance. Curieuse trajectoire! Après avoir passé des sciences aux sciences humaines, je découvrais et j'acceptais mon goût pour la peinture, m'avouant que le monde de l'art exerçait, chez moi, une fascination et une libération, comme si ce champ pouvait englober tous les autres. En tout cas, ça me réchauffait le coeur de constater que je pouvais créer au milieu de ce chaos, en ayant accès à des états de conscience différents où je me permettais de rêver de devenir musicien, cinéaste, peintre... J'éprouvais à cette époque un goût de créer, un besoin de m'extérioriser par l'art, ce prisme sur la spiritualité, dernier refuge du refus de l'homme-robot, et, surtout la sensation d'en être capable.

# Chapitre X

Presque deux années s'étaient écoulées depuis le déclenchement de ma folie. Mon chaos était indescriptible. Un confrère m'avait parlé de Carl:

- C'est un bon thérapeute, très humain. Il m'a beaucoup aidé lors d'un passage difficile, me dit-il.

J'avais tenté auparavant, à une ou deux reprises, de trouver un gourou, mais, rapidement, j'avais été déçu par la vision simpliste de mes consultants.

Durant ma première entrevue, je ne crois pas avoir laissé à Carl le loisir de placer dix phrases, tant j'avais de choses à dire. Comme s'il représentait ma dernière bouée de sauvetage. C'était un grand bonhomme, mince et barbu, qui parlait peu, mais écoutait beaucoup. Il s'employait à faire ressortir, se dérouler les fondements positifs de la personnalité de ses clients et cela sans jamais intervenir directement. C'est donc principalement avec lui que j'ai examiné, pendant quelques années, les jalons marquants de mon vécu.

Carl et moi avions eu à peine le temps de faire connaissance que les vacances d'été arrivèrent. Elles s'écoulèrent dans les villages de mon pays avec Katia et mon ami Richard, surnommé coeur de bouc. Richard était un bonhomme fascinant en plus de ses origines acadiennes du côté de sa mère. Nous exercions le même métier ce qui facilitait peut-être aussi une certaine complicité.

Je traversais de bons moments qui alternaient avec des périodes d'incohérence, probablement l'expression d'une intolérable sensation d'étouffement qui se heurtait à mon incapacité de partir, de vivre différemment. Par ailleurs, mon syndrome de Reiter, en déclenchant des douleurs d'outre-tombe, me rendait facilement très maussade.

Pendant l'été, à l'angoisse d'être seul avec Katia, que ce soit avec ou sans herbage, s'ajoutait cette ridicule peur de perdre contrôle vis-à-vis d'elle. Un soir, j'eus peur de ma propre violence en allant veiller avec elle, près du ruisseau à Archimède. Il était pourtant savoureux ce vent dans les branches des sapins et cette mélodie que composait à chaque instant la source qui s'amusait sur les claviers de pierre. Mais dans le décor, Consuelo me suivait, accrochée aux jupes de mes souvenirs... Cette tigresse et ses escapades me faisaient régresser à l'époque des cavernes.

Surgissaient aussi des instants d'euphorie, entre autres, ceux que je connus à cette soirée sur la plage où nous avions préparé un agneau à la broche. La boucane avait amplifié mon bien-être, chez Athénagoras, près des rochers, avec les truites, les homards, les amis, le vin et les chansons. Quelle magnifique soirée de retrouvailles! Dans ces moments, j'étais capable d'un plaisir très intense, contrairement à mon état habituel d'errance végétative. Bien loin de moi, ce soir-là, la peur du grand couteau...

Cet été-là, j'assistais à la grande fête commémorative des bonnes années de collège: une classe très unie, un esprit de famille très fort, bref, une gerbe de très beaux souvenirs dix ans plus tard. À la fin du classique, fidèle à la tradition, chacun avait écrit une lettre, où il rêvassait à ce qu'il aimerait être une décade plus tard, en y joignant des réflexions générales sur la vie. Ces messages furent scellés dans une grosse cruche et enterrés dans la forêt.

Dans ce texte oublié d'une époque révolue, se logeait beaucoup d'idéalisme, une grande croyance au bonheur, à l'amitié, à la solidarité, à l'amour, à la volonté. Toutes ces élucubrations sur Dieu, le sens de la vie, mon type de femme, l'absurdité de la souffrance, dessinaient le portrait de celui qui vibre devant la beauté, devant le mal en se drapant de la toge du poète. J'y ai découvert, cependant, qu'à une décennie de distance, je recherchais toujours les mêmes amitiés et constaté, à l'écoute des souvenirs, combien fondamentalement on change peu. Le poète reste bohème, celui qui est attiré par les affaires cultive des valeurs en conséquence et celui qui n'a pas de temps pour l'essentiel ne le retrouve que rarement une décade plus tard.

Que me restait-il de tous ces idéaux? Les mêmes étaient encore, semblait-il, au rendez-vous, mais teintés d'une pointe d'amertume: celle qui naît au cours d'une longue marche dont les pièges insoupçonnés m'avaient parfois fait sombrer dans un cynisme des plus profonds, n'ayant d'égal que ma désarmante naïveté.

Mais l'on s'amusa ferme, personne ne soupçonna ma détresse et moi-même j'en vins à l'oublier.

À l'automne, je décidai de mettre la maison en vente. Je n'aimais pas l'atmosphère bourgeoise qui entourait ce château en Espagne. Je désirais vivre plus près de mes racines campagnardes, mais aussi prendre mes distances face à Consuelo, en plus de pouvoir faire des feux et pisser dehors. Mais la tentative de rapprochement était désespérée. J'étais, à l'époque, coincé par trois femmes différentes: l'une au travail, qui suscitait chez moi beaucoup d'agressivité; Consuelo qui éveillait ma passion; Katia synonyme d'inquiétude et de culpabilité.

Je connus vers cette période, pendant le congrès de sexologie internationale, une difficulté de plus en plus évidente d'érection, sachant fort bien que je ne m'en sortirais jamais ainsi, même si toute l'Amérique "évoluée" et "célèbre" s'épivardait, entre les conférences, dans les chambres huppées, sans contraintes ni complexes, ayant depuis longtemps me semblait-il exorcisé la culpabilité.

Je pris la résolution de me tenir tranquille, ce qui coïncida avec des périodes plus intenses de désespoir. Je croyais avoir atteint le fond du baril pour constater qu'il y a toujours plus creux. Une douleur à l'estomac, coïncidant avec mon désir de tranquillité, me le rappela. J'accrochais à tout. Ça m'énervait de voir quelqu'un avec de la morve au nez, et il en était ainsi de toutes saletés, des choses anales. Je commençais à comprendre les histoires de Freud, harcelé que j'étais parfois par ces images où je léchais des culs sales et vieux, comme si le corps représentait la saleté. J'avais réellement peur de me mettre à manger dans les poubelles pour obéir à certaines impulsions.

En thérapie, j'explorais l'enfance, la force des interdits de mon père et de la religion, souvenirs tenaces qui me disaient que, dans la vie, on ne doit pas avoir de plaisir, qu'on est tenu de souffrir pour gagner son pain et qu'il y a des engagements qui sont éternels. Je n'en finissait plus avec Carl d'explorer ces noeuds du passé qui semblaient empêcher l'émergence d'une paix, d'une quiétude, d'un sentiment de plénitude dans mon quotidien.

- Pourtant ça fait plus d'une décennie que j'ai lâché la pratique religieuse. C'était l'époque de l'apparition des Beatles en Amérique, au moment où l'on a commencé à larguer St-Thomas d'Aquin et compagnie, lui disais-je.

- Ce n'est pas la pratique, ni les rituels qui te dérangent. La morale religieuse telle que tu l'as vécue dans la peur, la crainte et le châtiment t'as légué en cadeau un champ d'ivraie, me répondait-il quasiment en termes bibliques. Et ta maladie a ramené ces épaves à la surface.

Tranquillement pointait l'impression que ma façon de vivre comme un adulte avant l'heure, pendant cette décennie d'enfant de choeur, cet Ancien Testament enrobé d'encens, avait creusé des sillons dans le fond de mes prés.

- Bon, je veux bien croire que mon inconscient est bourré d'interdits, d'instinct de mort et toute la bastringue mais qu'est-ce que ça vient faire avec les obsessions que j'ai, insistai-je?

Mais au fond je le savais.

- Dans tes souterrains, c'est rempli de choses défendues, que t'as pas le droit de faire parce que tu as ingurgité les interdits de l'Ancien Testament. Tu es là pour expier et souffrir, la vengeance de Yahvé est terrible, le droit au plaisir n'existe pas... Tu veux que je continue? me demanda-t-il.

- Non, ça va!

- Je vais continuer quand même. Les désirs qui s'écartent de ta norme sont punis par ta conscience sévère, mais si tu ne peux l'exprimer elle ressort sous forme d'obsession. Comme un geyser!

- Si je sors des normes pour satisfaire mes besoins, je me sens coupable, si je refoule je suis assiégé par les obsessions... ça me fait un bel avenir! Je croyais avoir classé cela depuis longtemps et je me découvre en plein orage!

La morale, la morale, oui au fond je le savais! En surface, bien des choses avaient changé. Les couvents s'étaient convertis en club, mais les ramifications de cette morale et des peurs qu'elle entretenait continuaient à influencer les fibres les plus profondes, surtout dans ce pays d'Acadie où le conformisme et la peur d'être différent nivelaient presque tout dans une espèce de moyenne du petit pain.

- Et puis t'as un grand désir de liberté.

Un long silence.

- Liberté ou étouffement, comme si c'était l'un ou l'autre.

- Y a autre chose qui m'a toujours nui confiai-je à Carl.

- Oui...

- Caneçons percés, caneçons sales, caneçons percés... longtemps ces quolibets m'ont glissé sur la peau tel un frisson. Je m'étais juré de les avoir, de leur montrer à cette bande de morveux que j'étais quelqu'un, que je serais quelqu'un.

- Assez pour perdre confiance dans l'autre, te barricader, pour ne pas laisser paraître ta peine, renchérit Carl.

- Oui, ensuite les humains sont devenus une source de danger pour moi, ils pouvaient me blesser... puis j'en suis au même point aujourd'hui, je ne suis pas devenu quelqu'un - la honte, encore la honte avec cet autre divorce qui s'annonce, lui criai-je révolté.

- C'est toi le plus important, Ulysse, pas ce que les autres pensent où ce que tu crois qu'ils pensent, essayait-il pour la centième fois de me transmettre.

Je gardai silence quelques instants comme pour envoyer au diable le jugement des gens. Et je me disais:

- Enfant, peut-être que sans le vouloir j'attirais la jalousie et les quolibets. Oui, peut-être que je manifestais un sentiment de supériorité alimenté par mes réussites scolaires, ma place privilégiée à l'église, certaines opinions de mon père qui ancraient chez nous l'idée que nous étions meilleurs que les voisins. Ce sentiment de supériorité qui n'était là que pour masquer la piètre estime dans laquelle je me tenais, en raison de cette difficulté d'avoir ma gang et du sentiment confus de vivre en marginal du village, comme une sorte d'extra-terrestre.

Carl me tira de mes réflexions, lui aussi pendant ces quelques instants n'avait pas perdu son temps.

- Je verse un peu dans l'interprétation mais ces surnoms ont probablement alimenté ton sentiment que la sexualité c'est honteux, c'est mauvais. Et ton goût de l'aventure c'est comme un moyen de libération, une façon de braver les interdits, d'envoyer au diable la honte, la culpabilité, le règlement, un geste quasiment agressif.

J'y avais déjà songé, cette réflexion avait effleuré mon esprit. Et puis après! De le savoir ne dégonflait pas cette boule de tension, d'énergie, qui me manifestait constamment sa présence par des obsessions et des images des plus honteuses. Oui la honte, quasiment une devise, à la fois ma propriété intime mais aussi incrustée dans mon inconscient collectif. Les images défilaient dans ma tête, un kaléidoscope d'images se télescopait. J'y voyais mon corps à huit ans, à dix ans, à douze ans, à quatorze ans, tout à fait préoccupé par ma maigreur, ayant poussé tout d'un coup comme une aulne. Et les voisins, et la parenté qui me disaient toujours en me voyant:

- T'as donc ben grandi!

Ou encore:

- Comme tu es intelligent!

Ils n'avaient probablement rien d'autre à me dire. D'autres images surgissaient dans ma tête: les baignades qui se succédaient été après été accompagnées des mêmes surnoms, mon torse que je bombais en déambulant devant les filles de la plage, les quelques poils timides qui passaient inaperçus au milieu des oursons poilus qui se baignaient nus au bout du quai et mon duvet au menton que je surveillais religieusement... Carl intervint comme s'il avait suivi mon cheminement.

- Tu te sentais mal préparé pour entrer dans l'adolescence, me confia-t-il.

Quelle révélation! Vraiment fallait-il dépenser ma fortune pour entendre pareille évidence.

# Chapitre XI

Surgissait parfois le désir de retourner en Acadie, comme si une cure miraculeuse m'y attendait mais, pour le moment, j'introduisais dans ma vie extérieure des changements: vente de la maison, peinture, thérapie, dans l'espoir de provoquer des changements intérieurs. Toute cette agitation pour si peu de résultats d'ailleurs.

J'obtins quinze jours de congé de maladie. Archimède était venu nous voir, et je descends avec lui au pays. Il me raconta l'histoire de cette femme qui avait connu des années atroces, à devoir vivre constamment avec un oeil qui l'observait, puis à se débattre pendant sept années avec sa psychanalyse. En fait, il me parlait du livre de Marie Cardinal intitulé *Les mots pour le dire*. Il était à cent lieues de se douter de ce qui se passait en moi! J'aurais aimé me confier, mais je me sentais bloqué dans un monde absurde.

Cette période ressemblait, pour moi, à celle d'un condamné à mort qui s'approche de l'échafaud. Je ressentais davantage ce sentiment d'enlisement, réagissant fortement au fait que mes efforts n'avaient pas amélioré mon monde intérieur. Un groupe avec lequel je partis pour la chasse ne m'emballait pas davantage. Je me sentais glisser dans un état de persécution, pas trop en confiance avec ces gens que je ne connaissais pas suffisamment et dont certains, plutôt à l'extrême gauche, n'exprimaient qu'aigreur et frustration à cause de nos luttes collectives inutiles. Lors de mes retours en Acadie, il m'arrivait parfois de retomber dans ce fond de tristesse et de désespoir qu'entretenaient certains groupes acadiens. J'avais l'impression d'être différent en tant que professionnel, entouré d'une certaine aura de bourgeois, et je craignais de me faire mettre sur la sellette par certains d'entre eux.

Ça fumait fort dans le camp, et nous mangeâmes des biscuits aux herbages. Je ne fis pas exception et je me retrouvai vraiment "parti", tandis que se renforçait en moi l'impression d'être un étranger aux propos qu'on tenait autour de moi. Oui, ça faisait longtemps que je n'étais pas revenu au pays! Les conversations bifurquèrent du côté de la sorcellerie et des meurtres pendant les saisons de chasse. Dans mon état, il n'en fallait pas plus pour que je sente là un complot tramé contre moi et dont je serais la vraie victime. Je m'éclipsai pour aller griffonner des incohérences dans la cuisine, essayant d'écrire à Katia pour me calmer. Mon état paranoïde avait atteint des sommets et ce qu'il me restait de raison étant en train de sombrer dans une bouffée délirante, à cinquante kilomètres en forêt avec mes "bourreaux". Je sortis ensuite, pour prier, je crois, et parler aux étoiles qui scintillaient comme des diamants d'espoir.

Un membre du groupe, pour calmer sa violence, attisait les bûches dans un immense foyer qui couvrait tout un pan de mur. Il me rappelait le démon pendant les inquisitions. J'avais peur que le feu ne prenne dans le chalet, mais je n'osai intervenir pour calmer ce Béelzébuth qui devenait de plus en plus déchaîné. Chacun prit place sur l'un des matelas disposés en fer à cheval autour du brasier. Quant à moi, j'étais niché le plus loin possible. Durant la nuit, une odeur de fumée, provenant d'un matelas, me réveilla. Je commençais à paniquer dans ce dortoir d'inconscience tout en essayant d'enlever les tisons qui jaillissaient de partout. L'occupant du matelas se réveilla enfin, et je lui demandai de contrôler le feu, me sentant trop nerveux pour intervenir, trop embrumé aussi par toutes les boucanes.

À l'aube, la chasse commença. Je me sentais particulièrement anxieux à l'idée de déambuler avec un fusil, angoisse qui s'amplifia rapidement en une gigantesque panique que ne parvenait pas à exorciser le croassement des corneilles. Je commençais bien à me croire possédé du démon. Je gardais pourtant à l'esprit la belle époque, où, dans des sublimes paysages de neige en montagne, je chassais avec les amis, heureux et insouciant. Mais là, préoccupé de ne pas laisser paraître mes malaises, je ne réussissais qu'à les amplifier, appréhendant qu'on ne déchiffre mes états d'âme. J'entendais déjà ces voix de mon enfance me criant des quolibets, mais cette fois pour me dire que j'étais fou!

En Acadie, les amis suivaient de très près la situation du Québec, et tous me demandaient mes impressions sur les élections du 15 novembre. Comme tous ceux qui demeuraient au Québec, j'accordais, au plus, vingt sièges au Parti Québécois. Tous mes amis, par contre, sentaient ou prévoyaient une grande victoire. Était-ce, chez eux, une projection nationaliste inconsciente, comme une forme d'identification à une liberté nouvelle, enfin possible, ou simplement le fait d'être à l'écart du contexte et d'en être réduit à percevoir à distance, à travers les médias et les contacts personnels? Mystère!

Je revins à Montréal à temps pour fêter avec de bons amis en dégustant avec eux une caisse d'huîtres. Pour continuer dans le ton de la célébration, je devins propriétaire d'une maison à la campagne, demeure remplie du charme de plusieurs générations. J'avais fait une autre tentative pour respecter la consigne: ''Si l'on veut changer, il faut modifier son environnement''.

Mes ruminations commencèrent alors à porter sur le passage du temps. Le temps, j'en volais en sacrifiant les tâches manuelles à mes tableaux représentant ce thème du pays qui ne me lâchait pas tout comme mes autres fixations, mais qui visait aussi à les remplacer par une forme de création plus positive et valorisante. J'entretenais ainsi en moi par la peinture, à distance, le souvenir de ma patrie, de mon patrimoine, de mon berceau, demeurant toutefois ambivalent face à un retour possible, par crainte d'aller m'y enterrer seul, sans être bien dans ma peau.

J'avais respecté la consigne de changer d'environnement, mais je ne jouissais que superficiellement de vivre dans ma nouvelle maison. Peindre, faire l'amour, contempler les montagnes au loin, voir un film d'action ou de sexe me calmaient un peu. En thérapie, je n'en finissais plus d'explorer, au rythme de deux fois la semaine et de quelques écus de moins. Je revivais le poids des responsabilités d'un aîné de quinze enfants, le modèle que je devais être, et que j'étais. J'avais l'impression que mes écueils remontaient au berceau, que je n'étais jamais vraiment né, que je n'avais pas suffisamment connu la chaleur physique du contact et la sérénité des premières années. Je mesurais ainsi l'importance fondamentale des premiers liens avec ma mère. Avaient-ils vraiment existé d'ailleurs! Je soupçonnais, toutefois, que, comme bien d'autres, mon marécage aurait pu s'aérer graduellement, à mon rythme, n'eût été de deux ou de trois tempêtes de trop, trop loin au large des côtes.

Je n'en finissais plus d'explorer cette ramée de souvenirs que le temps avait sans doute modifiés. Que recelait-elle donc cette enfance pour m'avoir légué pareille malédiction?

- Je suis tanné Carl de décortiquer, de ressasser, de piétiner. Mon enlisement est sans fin!

- Il faut continuer, tout dire, tout explorer, me disait-il avec douceur.

- Donne moi une piste, suppliai-je.

- C'est comme recommencer à nouveau, tout exprimer dans une situation de confiance.

- Aussi ben dire que je dois commencer au berceau lui lançai-je avec une pointe de cynisme. La prochaine fois tu apporteras le biberon et la couche.

Il ne répondait pas, imperturbable, imperméable à ma frustration. Je continuai de dérouler ma bobine.

- Je suis né à l'aube, à l'hôpital, ce qui est rare pour l'époque. La santé c'était important chez nous! On était certain d'avoir de l'affection quand on était malade.

Je m'arrêtai soudainement. Je venais de me rappeler des massages que mon père me faisait au pied droit suite à une foulure après une joute de hockey.

- Longtemps après ma guérison, je lui demandais encore pour des massages prétextant une douleur. Oui la santé c'était sacré chez nous.

- Et ta mère?

- Rien, le néant, comme si elle n'avait pas existé. Il me semble qu'elle était distante, sévère. Je ne me rappelle jamais de m'être fait embrasser. Je m'en souviens plutôt comme d'une servante.

Cela m'attristait davantage de constater cela. Je cherchais désespérément quelque chose d'affectif chez elle, une trace, un soupçon, une esquisse.

- Oui, j'ai trouvé criai-je tout heureux de ma découverte. Quand je revenais le matin de mes servages de messes, un bol de gruau chaud m'attendait toujours avec de la crème fraîche. Oui pour ça c'était imbattable. Y'avait aussi les pains au sucre et les toasts dorés. La nourriture c'était sa forme d'affection.

Je me tus pour y réfléchir; revenir en arrière, sentir cette arôme de pain frais qui imprégnait la cuisine. J'essayais de lui trouver des excuses.

- Elle était gênée avec nous. Elle a été orpheline jeune et cela a affecté sa capacité de nous materner. Elle... et puis de la marde... Quand j'aurai comblé ce vide affectif face à ma mère, je pourrai vivre heureux, je pourrai aimer une femme. Alors Carl je les attends tes miracles.

Il me répondait:

- Les images qui me viennent me dessinent un enfant dans le noir, une lutte contre la noirceur, une recherche de lumière.

- Oui, c'est un peu ça! Ma venue au monde fut marquée par un orage et une panne d'électricité alors que les soeurs aux premières heures de ce dimanche matin se dépêchaient pour ne pas manquer leur messe.

- T'étais déjà marqué au sceau de l'autel, me lança Carl.

Une impression de vide, de grisaille, de noirceur émergeait dans ma tête. Il n'y avait même pas la lueur d'une bougie ni d'une lampe d'Aladin. C'était peut-être de vagues réminiscences de mes premiers balbutiements, alors qu'en raison de braillages interminables, probablement dûs à un quelconque inconfort, on devait pour la tranquilité de la maison m'isoler dans ma chambre noire.

Un autre long silence s'était installé. Mon père surgissait dans le décor.

- Je me suis certainement identifié aux modes fantaisistes de mon père et à son fonctionnement intellectuel. Y'avait aussi ses scrupules mais pour lui rendre justice il m'a aussi transmis cette grande curiosité qui permettait de caresser les projets les plus fous, les plus grandioses: sortir des sentiers battus!

- Toujours à l'intérieur d'une morale très sévère, continua Carl.

L'enfance remontait, des torrents de souvenirs, des cortèges d'enfants défilaient dans ma tête, des enfants souriants, des enfants tristes, certains qui changeaient le monde, d'autres qui déjà étaient vieux, des enfants morts-nés.

Mon père où se situait-il dans ce cortège? Il possédait un don de conteur, nous amenant dans ces espaces cosmiques du merveilleux où se côtoyaient Sinbad le marin, les Mille et une Nuits, et la griserie de ces princes et princesses qui recréaient le monde à la dimension de leurs rêves les plus fous. Comme un caillou ricochant sur un lac, les ondes de cette musique me berçaient dans une soyeuse spirale à la cadence des images que mon père inventait au gré de ses fantaisies. La chenille devait cependant, devenir papillon... Cette ère de prospérité éphémère s'estompa au-delà d'une frange nébuleuse où la sévérité et les raclées normalisaient les moindres écarts. Une grande douceur alternait cependant avec cette excessive sévérité.

Une sévérité qui m'aida aussi à cultiver une certaine débrouillardise. Il m'arriva ainsi de bien profiter de la géograhie de notre seigneurie. Deux escaliers, celui de la cuisine et celui du grand bord permettaient de gambader de l'un à l'autre via les greniers, et ces mouvements circulaires me permirent d'éviter bien des duels. La ruse aussi venait parfois jouer en bordure de mon instinct de survie. Avec un petit voisin, pas trop orthodoxe, j'avais construit une espèce d'arche de Noé, décorée avec de la peinture destinée à d'autres usages. Comme mon père m'avait promis la raclée à la fin du dîner, je restai à table si longtemps que le temps changea d'heure. Mais trève de souvenirs!

Il me fallait cependant admettre que mon père n'avait lui-même que peu vécu sous les auspices d'un âge d'or, devant sacrifier ses rêves les plus profonds pour tenir, en tant qu'aîné, les cordeaux de la famille lors du naufrage de ses parents survenu pendant son adolescence.

- Mais n'eût été de ce besoin de mortification, de cette difficulté à avoir du plaisir, fruit de sa religion mal vécue, il aurait certes pu aspirer ici bas à un pan du paradis, concluai-je.

# Chapitre XII

Un autre Noël s'annonçait. Et avec lui le flux des souvenirs des moments heureux de l'enfance, l'attente joyeuse alors que je partais, avec un traîneau et une hache, à la recherche du plus beau sapin, dans la forêt tapissée de pistes de lièvres. Je conservais bien en mémoire l'image des épinettes, des mélèzes et des bouleaux qui se dressaient l'hiver, appuyés sur la grange, ces grands arbres que je sciais en rondins, enveloppé de leur arôme et du picotement de la poudrerie. Et les images du passé de défiler alors que je me promenais à présent avec ma hachette dans un bocage à la recherche du plus beau sapin.

C'est alors qu'une frayeur me submergea dont l'intensité n'avait rien à envier à celle de ma nuit d'apocalypse: une peur de castration, de me couper le pénis, voulant sans doute blâmer par là ma source de vie, mes soubresauts de liberté. Comme si je rendais la sexualité responsable de mes malaises, de l'infection attrapée durant ma jeunesse, responsable de toute la série des événements que j'avais vécus avec Eva, puis avec Katia, responsable aussi de mon désir d'aventures. Les vieux dictons revinrent à la charge: tu paieras par où tu as péché, ou encore si un membre te scandalise, coupe-le.

Je ne voyais plus d'issue à ces avalanches de peur. J'en réglais une pour en voir surgir deux. Maintenant, c'était reparti de plus belle. Je redoutais de plus en plus de m'approcher des outils, de bricoler, d'aller dans la cave, mais j'y allais quand même, terrifié ou pas.

Je consacrai presque toutes les vacances de Noël caché dans la cave, à l'ombre des outils avec mes toiles et pinceaux, malaxant les bleus, les jaunes et l'arc-en-ciel sur une palette. Je me sentais un peu comme Van Gogh en train de lutter contre sa folie, en infusant cette énergie à la couleur et la forme. Ce passe-temps me permettait malgré tout d'avoir la paix avec Stanislas, qui m'imposait doucement, subtilement, avec l'appui de Katia, la nécessité à n'en plus finir de bricoler, d'arranger, de replâtrer. Ils avaient le don, gentiment, de m'encadrer à ce niveau sans qu'il me soit facile de relaxer dans d'autres activités, sans me sentir coupable lorsque j'allais faire du ski de fond, du ski alpin ou du hockey. De toute façon je voyais des dangers partout, jusque dans les défoulements les plus sains, et les plus inoffensifs.

Quoiqu'il en soit, je faisais mon cent mille, deux fois la semaine, m'accrochant aux conseils de Carl, convaincu pourtant qu'il n'y avait pas d'issue à cette folie. Quand je n'avais pas cette peur de castration, j'éprouvais la plupart du temps, un malaise physique, une sorte de tension intolérable dans mes organes génitaux. Cette peur de castration regroupait là toutes mes tensions, et mon refus de voir Consuelo en était une. Au début, je m'imaginais en train de couper mon organe en entier, fasciné par la fragilité d'un membre si petit et si vulnérable. C'était difficile pour moi d'associer force et fragilité. En entrevue, je tentais d'exorciser de la religion et de la sexualité cette incroyable culpabilité qui me collait à la peau. Mon symptôme évolua. Ce fut le grand que je craignais de couper, obsédé par la démarcation d'avec la verge, puis cela s'estompa, pour alterner entre le calme et la tempête. Les lames de rasoir me hantaient terriblement.

Aucun miracle n'était arrivé dans ma relation avec Katia. J'avais le sentiment de cheminer avec quelqu'un qui dominait, qui était trop différent, qui menait tout à un rythme qui n'était pas le mien.

Je commençai à me lier d'amitié avec un certain Tuck, qui représentait le bon vivant réaliste et fantaisiste, que les interdits n'arrêtaient pas, à l'image de Consuelo. Cette relation m'apportait beaucoup, et, souvent, j'allais chez lui pour me renflouer. Katia n'approuvait pas cela. Elle venait rarement et n'embarquait pas, jalouse probablement que j'aille chercher de la nourriture ailleurs. Et effectivement, je ne lui faisais au fond pas grand place. Cette relation me faisait du bien. Mais j'avais paradoxalement l'impression que plus je commençais à m'affirmer dans la relation et à revendiquer mes besoins, plus Katia réagissait en me tapant sur la tête. Je ne comprenais pas cette attitude, le chemin pour m'en sortir se compliquait. Elle semblait craindre que mon affirmation s'oriente vers un départ.

Je pris une quinzaine de jours de congé et partis me réfugier à Pointe-Lumière en Acadie, chez Claudel, un prêtre, un ami. J'espérais y puiser l'inspiration pour mon oeuvre d'art. Chez Claudel, dans son sanctuaire, je retrouvai outre la chaleur et la nourriture, de passionnants échanges sur le pays, toute cette souffrance et ces joies de notre peuple qui transpiraient dans les réflexions de mon ami. J'en profitai là-bas pour assister à un congrès d'orientation politique, d'accord avec d'autres sur l'adoption d'une motion pour un territoire acadien, une sorte de contenant essentiel, dont le contenu et les étapes de concrétisation restaient à préciser. Il m'apparaissait de plus en plus évident que c'était là une direction épanouissante, idéaliste peut-être, mais non moins nécessaire et logique à la suite des progrès accomplis. Mais en fait, toutes ces luttes, doublées de la sensation que je ne trouverais pas vraiment ma place dans cette société, me déprimèrent davantage.

En revenant, Carl fit avec moi quelques exercices de bioénergie, essayant de me faire émettre des sons correspondant à ma douleur. En entrevue, il servait toujours de bouc-émissaire à ma révolte. Je désirais son aide, sans pouvoir m'abandonner totalement: lui, au moins, ne m'aurait pas! Parfois il traduisait mes peurs en réalités plus convenables: la peur des objets pointus et mes états agressifs révélaient, me confiait-il, l'expression d'une grande peine.

Je devais souvent affronter des images subites; en conduisant sur les boulevards je voyais mon pénis frotter contre le ciment, se détruire, se mutiler dans une sorte de réaction contre l'inhumain du macadam et de mes instincts. Je m'inventai aussi des peurs du métro, crainte de pousser ou de me faire pousser; enfin, tout ce que la "folle du logis" pouvait dénicher d'absurdités.

Après chaque session avec Carl, il me restait à faire une heure de route pour réintégrer ma couche. L'occasion après ce remue-ménage d'une espèce de cinéma muet qui se déroulait entre mes deux oreilles, séquences entrecoupées des arrêts aux postes de péage. Souvent, sur l'autoroute, mes étés d'enfance défilaient dans mon pare-brise. Ces étés qui s'accumulaient entre les baignades et le négoce. Je collectionnais alors les écus en ramassant les bouteilles de bière vides trouvées sur le bord du chemin ou récupérées dans les "sheds à morue", en passant par les grillages d'égoût, preuve que l'argent n'a pas d'odeur! La quantité de bouteilles vides m'intriguait, mais j'étais incapable de comprendre que cela était inversement proportionnel à un puritanisme religieux. À croire que toute l'Acadie était branchée en permanence sur les biberons des brasseries à Irving. La vente des vieux métaux, du fer à un demi-cent la livre (je n'osais pas faire comme d'autres qui volaient des hélices de bateaux et des parties de moteurs), des vieilles batteries à vingt-cinq cents, des bleuets à sept cents la livre, des pommes de prés, des grisettes et des framboises de marécages m'assuraient une certaine indépendance. Les coques et les parlourdes à cinquante cents le seau étaient devenues mes alliées.

Mon alliance entre l'église et l'état se concrétisait par les innombrables messes servies et les loteries que j'inaugurais, trimballant sur mon bicycle jusque dans le haut des échelles de construction des copies de peintures religieuses, qui, déjà au moins, permettaient à l'art des vieux pays de prendre sa place dans le grand bord, à côté des tableaux des déportations.

Le plus proche voisin Eusèbe demeurait de l'autre côté du ruisseau du Cap Rouge, et j'aimais fréquenter ce lieu où l'on respirait un petit air de braconnage: jeux de cartes, vin à la salsepareille et arrivages clandestins de homards... Il y avait là une certaine chaleur surgissant de la théière qui trônait sur la bavette du poêle, mais je n'avais pas trop la bénédiction de mes parents qui trouvaient que ce milieu n'était pas des plus représentatifs de l'orthodoxie religieuse.

Quant à cette pourvoyeuse de contes modernes, la télévision, elle pénètre malgré tout dans notre sanctuaire, bloquée qu'elle fut pendant quelques années par les hésitations de mon père. Il y avait bien les histoires de tante Lucille, la méditation religieuse et les concours sur les bruits à identifier qui, malgré tout, nous calmaient, à l'écoute du grand radio marine. Faute de mieux, sous toutes sortes de prétextes réels ou imaginaires, j'assistai chez les voisins aux séances interdites de la lutte, à celles permises de Robin des Bois et de Guillaume Tell, malheureusement toujours à cheval avec les horaires du "Salut". Déjà campé depuis quelques lunes, dans l'adolescence, quand j'assistai à mon premier grand film, permis celui-là parce qu'il se voulait religieux, dans cet immense théâtre, digne pour moi de l'opéra de Paris, j'étais prêt à accorder à Moïse dans Les Dix Commandements le prix du premier oscar.

# Chapitre XIII

Je faisais de longues randonnées à bicyclette, méditant sur mon sort à chaque tour de pédale. Le printemps commençait à me picoter. J'entendais dans mes souvenirs les glaçons tinter comme des cristaux de verre en se détachant de la berge, se fracasser du haut des caps, hypnotisés par l'extase des profondeurs. Fallait-il croire alors que cette chute représentait une sorte d'attrait pour la fusion avec le tout immense de l'océan, un retour à la frénésie, à la mouvance de la vie après cet éternel hiver de poudrerie et d'apparente immobilité? J'en étais là dans mes cogitations. Après la traversée des sables du désert, se profilait peut-être enfin, là-bas, à travers quelques palmiers, la source du Graal ou, plus modestement un humble cocotier.

La réalité était cependant plus terre à terre: le printemps me ramenait l'odeur des fleurs et de Consuelo. Le propre de l'obsession et de l'attirance étant d'être nourris par l'imagination, je crus que de vivre quelques temps avec ma sirène m'aiderait à me déprendre, que le meilleur moyen de résister à la tentation était d'y succomber. Je lui proposai donc de passer une semaine avec elle dans un chalet; un désir de fusion, de lui faire enfin l'amour à mon goût. Avec elle, j'avais eu des pertes d'érection auparavant et je ne me sentais point homme. La semaine se condensa plus modestement dans une soirée où je me sentis correct comme mâle, et ce bref interlude me permit de constater que je commençais à être moins vulnérable à ses charmes et qu'elle avait plus d'interdits qu'elle ne le croyait.

En thérapie, je me sentais propriétaire d'une structure de personnalité irrémédiablement tordue, reposant sur une fondation craquelée. Je distillais le fiel amer de me voir si plein de talents emprisonnés, torturé face aux gens simples et heureux. Je ne comptais plus les nuits passées à jongler, à pleurer, à courailler, à boire, à fumer, à lutter. Quel karma me poursuivait? Pour qui dans une vie antérieure étais-je condamné à payer? Il ne me restait plus qu'à en finir avec la vie ou partir. À choisir entre les deux, je préférais partir: il serait toujours temps, ensuite, de changer d'idée! Il m'arrivait, mais si rarement, de vivre de bons moments avec Katia, avec encore, par instants, l'espoir que tout allait s'arranger, que je pourrais faire une petite soeur aux jumeaux, que j'aimais beaucoup bercer en chantonnant.

En entrevue, Carl me disait:

- Tu traduis des émotions menaçantes en idées terrifiantes.

- Je veux bien croire, mais que puis-je y faire?

Il ne me proposait aucun moyen mais il m'encourageait à continuer d'approfondir avec lui les moindres nuances de mon vécu, dans l'espoir de rencontrer mes sources positives.

- J'ai envie de me faire prescrire des anti-psychotiques ou autres médicaments du genre.

- Non, attends, ça ne réglera rien.

- Bon, alors, je vais demander pour être hospitalisé.

- Tu réussis, malgré tout, à bien fonctionner dans le quotidien et au travail, alors je ne crois pas que ce soit là la solution, me répondit-il.

Et il ajouta:

- Tu ne me parles jamais de tes premières amours.

- Y a rien d'intéressant là. J'étais toujours le perdant, trop gêné pour foncer.

- Raconte, continua-t-il.

Le silence s'installa. Par où commencer?

- Ben vers mes quatorze ans j'ai réussi à balbutier "Allô chère" à une compagne de classe mais d'un ton si bas que je ne suis pas sûr qu'elle ait compris. Afin de m'en assurer, je lui écrivis une lettre hermétique et incompréhensible où il était question de la vache chez nous.

- A-t-elle répondu?

- Voyons, ne te moques pas de moi!

- Tu sais bien que je me moque point, rétorqua-t-il.

- Non elle n'a pas répondu et je ne lui en ai point parlé. Je vivais dans une brume de crainte, celle d'être surpris à poster cette lettre, la crainte qu'on rie de moi, la crainte de paraître stupide à me laisser aller à des sentiments tendres.

- Tu ne t'es quand même pas arrêté là.

- J'étais gêné, mais têtu. Mon coeur s'est ensuite embrasé pour la belle Vénus, maigre comme un clou, excitée et pleine de vie. Elle m'accordait une certaine considération, peut-être parce que je l'aidais en classe, et qu'on me disait intelligent. Mais j'étais trop gêné pour la courtiser, même si je lui écrivais comme bien d'autres des petits poèmes.

Carl semblait bien s'amuser et je continuai.

- Un de ces soirs de pleine lune, je me surpris à lui demander rendez-vous, ce qu'elle accepta, mais je me sentais trop gêné pour entrer chez elle, passant mon temps à circuler devant sa porte en bicyclette dans une sorte de ronde magique. Tu vois le genre Carl?

Il ne répondit pas directement.

- Elle était importante pour toi cette Vénus... et tu ne savais comment t'organiser avec tant d'émotions.

- T'as toujours le mot juste toi... lui dis-je malicieusement. Cette jolie fée meubla pendant plusieurs années mes rêves et désirs, mais je restais dans ma bulle, au milieu de ses nombreux chums successifs, au lieu de l'inviter à sortir, jouant à l'indépendant, comme si elle pouvait deviner mon désir. J'avais de bonnes raisons quand j'ai défroqué de ma soutane d'enfant de choeur pour aller gazouiller comme le rossignol et les cloches dans le choeur de chant de jubé. Le chant me fascinait, mais davantage, celui de la sirène Vénus qui y orbitait comme une diva.

Il n'y avait pas grand chose à ajouter et en effet Carl eut le mérite de se taire.

．

- Et l'école? me demanda un autre jour Carl.

- L'école, ah! l'école! C'est pas ben ben compliqué - j'étais toujours le plus jeune et le premier de classe. À cinq ans, je ressemblais à un perroquet savant récitant par coeur les livres de première année. Je perdais toujours mes crayons et mes livres en revenant de chez mes tantes qui me montraient à lire et à écrire.

- Tu étais heureux à cette époque me dit Carl en clignant de l'oeil.

- Oui j'étais insouciant et sensible et je ne croyais pas encore en la méchanceté... Je pouvais te réciter le Confiteor toute d'une traite... Je crois que je suscitais la jalousie en raflant les prix et les honneurs. À mon entrée à l'école grise en deuxième année, à l'aube de mes six ans, je faisais parfois des maths de troisième.

- Ta capacité d'apprendre et ton monde d'enfant ne se développaient pas au même rythme...

- Oui d'autant plus que notre demeure ne favorisait pas les occasions de se faire des amis. Construite par des générations de pêcheurs, elle surmontait un cap près de la mer, à l'écart des voisins.

C'est ben sûr que je renchérissais à mes malheurs espérant peut-être inconsciemment impressionner Carl par ma vie de martyr. Ou même finir par y croire moi-même. C'est pas parce que j'étais particulièrement sensible et original, pis que je sautais des classes et des étapes que je devais le traîner encore ce boulet. Mais je le traînais bel et bien. L'école ne m'avait pas très bien préparé au combat de la vie comme ils disent... une usine à diplôme... Mais parfois je n'étais sûr de rien. Était-ce ce passé qui me dérangeait, ou tout simplement un bris de moteur et de pare-brise qui m'était arrivé, m'amenant à regarder passer la vie au point neutre à travers un prisme craquelé? Au fond, c'était davantage le présent qui me préoccupait - cette paralysie, cette hibernation face au bonheur simple du quotidien.

- À ton insu tu subissais les frais d'une école conçue pour une moyenne...

- Oui, oui, c'est ça. Au fond je me disais: cause toujours mon lapin, t'es bien payé pour dire des balivernes qui ne changeront pas un iota à ma maudite situation...

Carl avait déniché un bouquin dans sa bibliothèque, et il continua:

- C'est le témoignage d'un Breton... ceux qui sont doués, qui ont du talent sont parfois condamnés à s'enfermer dans leur différence, leurs sentiments pour devenir rapidement peu communicatifs et impopulaires. Ce n'est que beaucoup plus tard que j'ai associé cette préoccupation du rejet parental, ce manque de confiance et cette curiosité aiguë de la sexualité chez ceux-là qui, plus imaginatifs, plus originaux et spontanés dans leur vie intérieure, préfèrent la musique et la lecture à l'activité manuelle...

Oui, c'était bien ainsi que je l'avais vécu dans mes tripes surtout dans cette petite société minoritaire qui amplifiait à souhait conformisme et soumission, le nivelage au mitan. Une vie exemplaire qui se déroulait dans l'ambiance des prix gagnés, des livres de la bibliothèque tous lus et relus. Vies de saints pour la plupart, si l'on excepte quelques romans d'aventures que je dévorais pour me nourrir d'un monde de fantaisie et de merveilleux plus palpitant que la réalité extérieure, quand ils n'échouaient pas pendant la classe dans les mains d'instituteurs trop zélés.

Cela fit bien rire Carl.

- J'imagine que tu as fais du latin, me dit-il.

- Oui, au couvent, après la classe avec la mère supérieure,

supérieure à quoi, je n'ai jamais su... des cours de latin qui, une fois le travail accompli, s'achevaient par des mots croisés.

- Enfin, tout le temps des choses sérieuses! rajouta Carl.

"Rosa, rosa, rosam"... et aussi loin que remontait mon souvenir, il me semblait que se logeait en moi le sentiment d'être profondément différent.

Après mon entrevue avec Carl j'eus comme des remords. Après tout ces bonnes soeurs n'avaient-elles pas fait leur possible comme on dit, puis mes parents ne m'avaient-ils pas légué un moyen, une chance de m'en sortir, une chance dont l'ombrage de l'ombre ne s'était même pas présenté pour eux?

J'obtins un congé sans solde pour l'été, et nous partîmes en vacances au pays, dans la vieille maison ancestrale. J'étais plutôt satisfait d'avoir presque neutralisé mon désir de voir Consuelo, ce qui, je l'espérais, faciliterait un rapprochement avec Katia. Je voulais me baigner dans l'atmosphère de choses saines qui me vivifieraient, en retrouvant ces lieux séculaires et les scènes de mon enfance. Mes sautes d'humeur imprévisibles se faisaient moins fortes que dans les premiers temps de ma dépression. Ma peur de castration semblait plutôt apprivoisée. Mais, comme d'habitude, depuis le soir de la Bastille, lorsque diminuait la tension créée par un problème, il en surgissait un autre, comme si cette énergie se déplaçait, comme de l'air sous pression à l'intérieur d'un ballon qui fait surgir une bosse au point le plus faible.

Je devins anxieux face au pénis des enfants, une peur de castration, une sorte de projection de moi-même, une façon de refuser qu'ils puissent souffrir comme moi dans leur corps et leur sexualité. J'essayai de me persuader que ces craintes étaient reliées à l'anxiété et la responsabilité de la paternité, mais en vain. J'avais beau m'étendre au soleil, sur la plage, les voir jouer nus dans l'eau m'énervait. Dans mon état, la société acadienne de cet été-là réveillait encore davantage ma tristesse, mon sentiment d'étouffement, mes interdits. Je jouais à saute-mouton entre mes racines et l'évasion. Je vécus toutefois un grand moment d'euphorie.

À la fête nationale, on avait exposé mes tableaux, qui se voulaient un témoignage de nos caractéristiques profondes, de notre identité collective. Une grande fierté!

Je sentais qu'il me fallait poser des gestes plus importants, délimiter ce qui m'intoxiquait. À notre retour, après une soirée chez Tuck, qui me réconforta un peu, Katia me bouda, et je pris une grande décision, celle de donner ma démission au travail avec un mois de préavis, conscient de faire sauter un verrou entre Katia et moi.

Après avoir pris cette décision, j'écrivis, en quelques pages, un résumé de mes péripéties des quatre dernières années et je présentai ce texte à des amis, Tuck et Richard. La réceptivité et les réflexions de chacun m'étonnèrent. C'était là, pour moi, une nouvelle façon de partager, une porte de sortie.

Je songeais alors à consulter un spécialiste dans l'approche ''behavioriste'', approche qui donnait parfois des résultats surprenants dans les cas de peurs et d'obsessions. De toute façon, j'en avais assez de tourner en rond avec Carl. J'envisageai encore d'aller aux États-Unis, là où j'avais fait un stage quelques années auparavant. J'étais indécis sur les moyens à prendre. Finalement un collègue me parla de l'arrivée, le mois suivant à Montréal, d'un éminent psychiatre. Je pris donc rendez-vous avec lui. J'étais loin d'être à l'aise dans ce milieu anglophone de briques rouges. Il me rassura cependant:

- Tu ne fais pas partie de la caste des incurables; continue tes rencontres avec Carl, car je ne crois pas que l'approche ''behavioriste'' puisse t'aider. Cependant, je te suggère de rencontrer un de mes amis connu en tant que psychiatre et psychanalyste. Il pourra te confirmer mes impressions et peut-être te faire quelques suggestions qui pourront t'aider.

Je pris rendez-vous!

# Chapitre XIV

À l'automne, je me retrouvai donc sans emploi, envisageant plusieurs possibilités, avec la frénésie de sortir de l'ornière. Porté par un goût de peindre toujours aussi fort, je m'étais d'ailleurs lancé dans une recherche des sentiments exprimés par les visages. Ces différents visages, d'inspiration plutôt style naïf, représentaient mes multiples personnages, certains terrifiants, d'autres merveilleusement beaux. Cette création fournissait un palliatif à ce besoin de me nourrir alors que je m'évadais d'un univers terne où il n'arrivait rien de palpitant, où je ne trouvais plu ni passion, ni absolu, ni raison de vivre. Dans l'univers des couleurs et de la lumière, je transformais ma langueur en énergie, inventant un autre univers plus riche de sensations, enfin, un moyen d'oublier mes terreurs.

Mais que faire en attendant! Un collègue avec lequel j'avais travaillé, me suggéra de former équipe pour ouvrir un bureau privé. Je connaissais bien le milieu, pour y avoir déjà fait mes preuves. Je savais, d'une part, que l'emploi répondait à un besoin de la communauté et que, d'autre part, je n'aurais aucun mal à obtenir des recommandations du monde médical et des services en sciences humaines auprès desquels je disposais d'une certaine cote.

- Que penses-tu de ce plan, Carl?

- Excellente initiative, tu n'as pas à te préoccuper de ton état puisque, jusqu'à présent, tu as bien distingué tes états personnels de ton travail professionnel.

- Oui, mais, actuellement, je ne me sens plus bon à rien. Pourtant, si je n'entreprends rien, je vais ruminer davantage.

- Je n'ai aucun doute sur tes capacités. Tu as beaucoup

d'intuition, un bon jugement, une grande sensibilité ce qui t'a permis de dénouer bien des impasses. Alors n'hésite pas, car au fond, je vois que tu en as le goût.

Je n'en demandais pas tant.

Depuis près d'une décade, j'explorais les replis de l'âme. Que de destins perturbés, que de rencontres diverses et profondes, mais parfois jaillissait du coeur de ces rencontres une renaissance qui me prouvait, au delà d'une certaine valorisation personnelle, une grande joie à sentir l'essence de l'autre, à mettre le doigt sur le grain de sable dans l'engrenage, à me sentir parfois témoin de l'harmonie émergeant du chaos! Témoin parfois d'une unité de temps, de lieu, d'identité! Quand je ne devais pas faire face à mon impuissance devant l'absurde, l'incurable!

Je rencontrai des gens de tout âge, sans distinction de sexes, de pouvoirs, de statuts ou d'argent: personne ne semblait à l'abri des intempéries. Des gens hantés par des peurs les plus diverses, des crises d'angoisses, des obsessions les plus folles, des états dépressifs, des troubles somatiques de tout ordre, des suicides ratés, signe de désespoir. D'autres encore, comme tous les "normaux" de la planète, à la recherche d'un sens à la vie, à leur vie. Des gens de tout azimut, ayant vécu une vie heureuse jusqu'à ce qu'arrive, sans crier gare, telle folie, telle lubie, ou alors en lutte, depuis l'enfance, pour se prendre en main; des gens brisés, des révoltés, plusieurs étouffant dans leur relation de couple et transposant partout leurs symptômes. Un bon nombre, esclaves de drogues diverses, réelles ou imaginaires, essayaient de se défaire de liens malsains avec l'école, la religion, la famille, de liquider des relations incestueuses, ou encore de se libérer de la révolte née d'un stage en prison et qui les rendait incapables de se réadapter dans le nouvel asile des grandes villes. Une immense cour des miracles. Tant de difficultés rattachées à la sexualité: impuissance, frigidité, identité sexuelle mal vécue, mal acceptée. Des homosexuels pointés du doigt et contraints de fuir dans l'anonymat des tours de béton. Beaucoup de problématiques impliquaient des interdits face au plaisir qu'une morale religieuse s'était chargé d'imprimer dès l'enfance. Sans oublier ceux-là qui me menaçaient le plus, ceux qui devenaient bizarres, souvent décrochés de la réalité, quasiment à la remorque de la chimie, dans l'absurde pour la vie. D'autres enfin qui zigzaguaient de thérapie en thérapie, escaladant les années, accrochés à l'espoir de trouver la lumière.

Sur le territoire desservi, près d'une personne adulte sur sept transitait chez nous! Tant d'espoir placé dans les nouveaux gourous; deux mondes, deux images différentes de la réalité, l'image de celui qui se confie dans ce confessionnal et l'image, si différente, affichée au travail, dans la vie quotidienne. Point n'est besoin de chercher des thèmes de romans, chacun de ceux-là en vivait un dans des pages de sang et de sueur, avec si peu de chance de le raconter à ses semblables. Au moins se trouvaient-ils chanceux de disposer d'une oreille attentive dans ces nouvelles cathédrales.

Au terme de mûres réflexions je décidai d'embarquer avec mon collègue.

- Pourquoi pas! On aura chacun son bureau, avec la possibilité d'échanger soutien et information et de partager les thérapies selon nos habiletés particulières.

- Parfait!

- J'adresserai à ton bureau toute demande de consultation qui m'apparaîtra relever essentiellement de difficultés conjugales. Je sais que tu as un flair particulier pour les mésententes; moi je ne m'y sens pas à l'aise.

Je manquais cependant de sécurité, loin de toute structure officielle d'organisation. Il fallait se montrer autonome en tout. Je ne pouvais pas compter sur une assistante pour dactylographier, prendre les téléphones, etc. Il fallait payer chaque crayon, savoir que ma pause-café n'était pas gratuite, que je n'avais plus de fonds de pension. Mais je goûtais par ailleurs à cette sensation de liberté que procure le fait d'être son propre patron.

Les hantises de castration m'accompagnaient toujours. Par la fenêtre de mon bureau, sur le toit, j'apercevais des morceaux de vitre, ce qui m'énervait. Et les bouchons acérés et tranchants des cannettes qui traînaient sur les trottoirs, ce désordre me rappelait trop à la réalité d'une civilisation sale, polluée, où il n'y avait plus de pureté.

À l'automne, je fis une excursion en Acadie pour une exposition de mes tableaux et je fus invité à souper par une admiratrice. Une soirée charmante et beaucoup de tendresse; une nuit en douceur, affective. Ce fut nourrissant. Mais après, la culpabilité. J'avais l'impression de devoir constamment me débattre avec un corps bafoué, comme d'autres doivent composer toute leur vie avec un besoin de sucre dans leur organisme; un corps qui n'avait jamais réussi à avoir dans sa vie une relation vraiment significative. J'étais à l'éternelle recherche d'un manque profond. Que faire? Je tournais en rond. Ma formation professionnelle et mes expériences d'aidant me nuisaient dans mon cheminement avec Carl; j'étais trop conscient, j'opposais facilement des résistances.

Katia m'accompagna chez Carl à deux ou trois reprises, mais je crois que déjà à cette époque, et depuis plusieurs mois, elle avait décidé de mettre un terme à notre relation. Même si, tout comme moi, elle s'en sentait incapable. Curieuse de période où régnaient cette distance et cette sourde agressivité entre nous. Était-ce le fait de me sentir plus solide qui, en changeant le rapport de forces, faisait naître l'agressivité, ou alors la crainte qu'après tant d'espoir et cette ouverture de notre sensibilité, un rapprochement ne débouche à nouveau sur l'impasse. À moins encore que Katia, en se rapprochant de ses sentiments, n'ait découvert que, profondément, elle voulait en finir? À quoi imputer ce va-et-vient entre la distance et l'agressivité? Je ne pouvais le décoder. Me sentait-elle plus fort pour recevoir maintenant ses frustrations? Ma boule de cristal me laissait sans réponse...

Les fêtes approchaient. Mes peurs vis-à-vis des petits surgissaient parfois, me dérangeaient. Englué dans l'absurdité de cette mare visqueuse, je m'en occupais moins. J'avais l'impression de fouler aux pieds les valeurs les plus sacrées, les sources de joie les plus grandes. Les préparatifs des fêtes furent une folle course à l'apparence; course au bricolage à un rythme infernal, peinture, décapage d'un buffet antique, décoration. On devait recevoir la famille de Katia.

Ce jeudi, après ma thérapie à Montréal, j'allai voir un film pornographique, et par une sorte de lapsus, le soir, je ratai mon autobus. Katia dans tous ses états annula deux jours avant Noël, la veillée des veillées. Les digues commençaient à céder annonçant pour chacun de nous une période difficile. J'avais développé cette perception d'elle où je la voyais dominatrice, avec cette façon de chercher le rapprochement en me donnant des corvées. Curieuse image de cette période où je la trouvais trop grande alors que je m'imaginais déjà vieux et courbé. Derrière ce fatras, l'image de mes parents, un père peu pratique, quoique très débrouillard, enveloppé par une femme douce, patiente, et infaillible. Mes perceptions de l'époque me donnaient, de Katia, l'image d'une femme parfaite, image trop proche peut-être de celle de ma mère.

Katia me jeta à la porte la veille de Noël. Je me réfugiai dans mon bureau d'où j'appellai Carl, le priant de faire un miracle. Je m'imaginais Noël dans un bar ou une chambre d'hôtel, Noël qui me valait mes plus beaux souvenirs d'enfance! Je trouvais ce geste bien agressif de sa part. Elle n'avait pas fini de me surprendre. Nous nous retrouvâmes le lendemain. De se rencontrer en amoureux devant un souper délicieux, à cette veillée de tendresse, autorisait tous les rêves.

Curieusement, nos rapprochements durant ces périodes

116

de tumulte furent rares, mais chaque fois ils prenaient place après une de ces épouvantables confrontations, et là, c'était bon. Elle proposait enfin ce qu'elle me demandait déjà, je crois, depuis un certain temps:

- Retourne travailler au pays.

Comme si le pays pouvait encore faire des miracles. J'avais hésité, à l'automne, à accepter un poste intéressant là-bas, mais mon état intérieur maintenait encore mes hésitations, croyant trouver à Montréal une guérison.

- Pars, disait-elle, et on se reverra comme amant et maîtresse, puisqu'on accroche tant sur le quotidien.

Mais j'étais incapable de faire le saut, et il est probable qu'elle ne se résignait pas non plus à me laisser partir.

Après les fêtes, ce rapprochement, cette trêve, continua. Je m'affirmais davantage au niveau du bricolage, et Carl m'aida dans ce sens.

Mes entrevues, évidemment, ne portaient plus que sur notre relation de couple. Mon territoire se définissait mal, avec cette sensation de voguer sur des sables mouvants. Plus j'essayais de me rapprocher de Katia, plus je la sentais éloignée et difficile à atteindre. Mais j'étais incapable de percevoir l'imminence de la détérioration de notre relation, encore moins d'en comprendre l'urgence.

# Chapitre XV

La lecture du livre de Marie Cardinal, *Les mots pour le dire*, me fit comprendre que je me trouvais au moins en aussi mauvaise posture qu'elle. Ce livre me permit d'aborder un phénomène de l'inconscient d'une façon inédite et soudaine, tel qu'on se doit probablement d'avoir accès à toute manifestation de l'inconscient. Cette nuit-là, à la suite de cette lecture, l'image d'un immense pénis se projeta dans ma tête. Je ne savais trop ce qui m'arrivait encore, mais cette image m'angoissait. En entrevue, le lendemain, j'avouai que, depuis quelques jours, je voyais constamment dans ma tête un pénis de taureau et je racontai à nouveau à Carl ces interminables cauchemars depuis mon enfance. Je me rappellais que, très jeune, j'avais assisté à une castration. C'est à ce moment que je compris l'association que j'avais faite: la castration empêchait le taureau de courailler après les vaches, cette opération devant le calmer. À cette époque, je percevais ce geste envers le taureau comme une sorte de sanction contre le débridement de ses instincts. Je ne forçais rien, ces images se déroulaient comme dans un film, et je commençais à mesurer l'influence de la ferme sur ma conception de la sexualité. C'est à peu près le seul endroit en Acadie où il n'y a pas d'interdit apparent, où l'on peut voir les animaux mettre bas ou les surprendre à faire l'amour. Mais l'entrevue se terminait et j'étais bien déçu de n'avoir pu explorer davantage. Mon thérapeute fonctionnait à heure fixe et un autre client attendait.

Dans l'auto, en revenant, je repassai dans ma mémoire chaque section de la grange familiale avec son lot de souvenirs. Je ne pouvais supporter de voir tuer un porc avec un couteau ni entendre les cris et les hurlements insupportables qui duraient une éternité. J'étais sensible aussi au côté cru de l'animal qui chie, pète, pisse, l'anal à l'état pur. Les souvenirs continuaient à déferler. Le travail de douanier de mon père ne lui laissait guère de temps pour s'occuper de notre petite ferme. Je devais donc soigner la vache, les poules, le cochon, les lapins et les moutons, enfin veaux, vaches, cochons, couvées. À la suite de ce film sur la ferme, je réussis à établir un lien plus profond entre le côté instinctif (sexualité et agressivité) des animaux domestiques et ma peur des armes, ces outils qui justement servaient à neutraliser les instincts. Je comprenais un peu mieux le sens de mes terreurs nocturnes.

Il n'était pas rare, quand je parlais de ma sexualité en entrevue, que je ressorte avec une tension au niveau du sexe: le paquet d'émotions que je vivais ailleurs, se reportait là à un moment donné. Ce que d'autres canalisaient dans leur migraine, leur estomac, ou leur hyper-activité, moi je le ramenais au niveau de ma sexualité, bien imprégné que j'étais des lectures bibliques de l'Ancien Testament, où le sexe et la violence étaient presque toujours associés.

Je continuais donc à établir des liens entre cette partie de moi qui se nourrissait au plaisir et cette autre, qui me reliait au défendu, aux interdits bibliques. Après cette série d'images sur la ferme, se profila dans mes souvenirs l'image d'Abraham qui, pour obéir à Yahvé, devait immoler son fils avec un couteau (encore ce couteau), puis me revint en mémoire cette histoire du prince auquel on avait prédit un destin fatal avant l'âge de sa majorité et qui devait périr sous le couteau. Belle représentation de cette fatalité qui, particulièrement en Acadie, baigne notre inconscient collectif! Quoiqu'il en soit, le roi avait décidé de lui construire un abri scellé, gardé par un serviteur, et qui ne renfermait aucun instrument dangereux. Lorsque vint le jour de la sortie, le serviteur dut se fabriquer un outil pointu pour desceller la pierre. Malheureusement, il fit une chute et tua accidentellement le prince. Telle était l'imprévisibilité du destin qui me guettait, quelque part dans mes archives...

Même sur ce terrain miné, cependant, marqué comme bien d'autres au fer du péché, je n'aurais peut-être jamais déclenché ces malaises si je n'avais vécu ces brisures affectives.

119

Au contraire je me serais probablement nourri de succès et de positif, de quoi dissoudre les épaves ancrées dans ma mare.

Katia s'était inscrit à Québec à des sessions en relations humaines. Elle me faisait part de ses découvertes. J'y étais réceptif, fasciné par ce qu'elle vivait.

- Tu sais bien me comprendre, disait-elle.

Une fin de semaine, au retour de sa session, elle m'apporta un disque, genre musique cosmique.

- Écoute-le, c'est très beau, dit-elle.

Après l'avoir écouté, je lui répondis:

- En effet, c'est très agréable, mais je préfère le long jeu précédent.

C'était une musique que Tuck m'avait fait découvrir. Katia ne disait mot. J'eus le goût de lui montrer ma nouvelle peinture où j'avais tenté de capter l'essence de visages d'amoureux. L'homme, c'était un peu moi, la femme c'était celle que je cherchais, et j'avais l'impression que ça pourrait être aussi Katia. Sa réaction fut violente.

- Tu n'aimes pas les mêmes choses que moi, cria-t-elle. Tu préfères les influences de Tuck et tu es égoïste en me montrant des choses qui ne me concernent pas!

Je partis noyer quelque chose à un café-terrasse... Le lendemain, elle s'excusa. Les rapprochements s'opéraient sur des sables mouvants. Chaque pas amorcé pour se rapprocher, l'un de l'autre, débouchait sur des échanges acerbes plus que sur l'apaisement.

Katia continua ses sessions la fin de semaine suivante. Je lui téléphonai à Québec vers la fin de la séance.

- Ma dernière session de groupe m'a terriblement angoissée, me confia-t-elle. Je revis, entre autres, des épisodes de mon adolescence révélant beaucoup d'agressivité envers mon père.

Cette remise en question me paraissait être le prélude à quelque chose de plus important.

- Je vais aller te rejoindre, lui proposai-je.

- Je préfère me débrouiller seule. Ça va aller, continue de vaquer à tes affaires.

En fin de soirée je repris le téléphone.

- Je me suis confiée à un ami et mon angoisse a diminuée, me confia-t-elle.

J'étais touché par ce qui se passait, comme si une grande amie à moi me communiquait sa détresse.

À son retour, je la sentais anxieuse, mais elle fonctionnait dans son travail.

- J'ai découvert en moi un mur qui m'empêche de vivre mon côté enfant. Je suis en train de remettre en question bien des valeurs et des principes auxquels je croyais.

Cette confidence me remplit d'un mélange de joie et d'appréhension. J'avais peur qu'elle ne déclenche la maladie de sa tante, sa mère adoptive (une psychose maniaco-dépressive), mais je gardais aussi l'espoir d'un nouveau départ. Cette semaine-là, elle rencontra un psychiâtre féminin avec laquelle elle parla de notre vie conjugale. J'attendais chez une collègue de travail; une attente au compte-gouttes. Elle arriva enfin, distante; nos rapports étaient à nouveau empreints de froideur. Il se précisait davantage qu'elle avait besoin d'être seule et que je devais partir.

Je sentais la désintégration de notre relation mais je ne voulais toutefois pas partir, paralysé par un mélange de sentiments contradictoires. Mais Katia ne me laissait plus le choix. Je m'esquivai vers Montréal quelques jours et je louai une chambre. Ces moments, loin de la maison, me donnèrent l'impression que Katia me recevrait à nouveau. Je commençais alors à lui téléphoner chaque soir, mais qu'elle était loin! Je rentrai bientôt à la maison pour y voir une de mes soeurs, en visite, qui se rendait compte maintenant de l'évidence de notre rupture. Katia me traitait avec indifférence et désinvolture: un début de revanche qui était dans l'air depuis longtemps. Par ailleurs, elle entretenait avec ma soeur des rapports que je trouvais super chaleureux dans le contexte.

- Depuis quelques semaines je me sens bloquée sexuellement vis-à-vis toi, mais ce n'est pas nécessairement à cause de toi, une vieille agressivité d'adolescente, disait-elle.

Et de fait, tous les hommes y passaient. Ce qui ne l'empêchait pas de me proposer d'assister, avec elle et ma soeur, à un film à forte teneur érotique...

Face à ma soeur et à ma famille, je me sentais dépourvu. Je ne savais par quel bout commencer pour raconter les folies qui me grignotaient depuis toutes ces années. Les sentiments de ma soeur à mon égard étaient ambigus, mais elle se laissait surtout impressionner par l'extraordinaire gentillesse de Katia. Au fond, elle ne pouvait guère se rendre compte où j'en étais puisque je ne le savais trop moi-même. Katia se protégeait à sa façon, et au bout de quelques jours, nos fondations croulantes se révélèrent complètement ruinées.

J'envisageai de demeurer quelque temps avec mon ami Richard. Parfois, j'allais encore jusqu'à imaginer que c'était moi qui gardais la maison, qu'elle partait vivre ailleurs son cheminement. Tuck m'aidait à dédramatiser.

- Tu pourrais demeurer dans le solarium, ta pièce préférée, pour peindre et dormir, puis garder un droit de passage pour la chambre de bain et lui louer le reste de la maison!

Son humour un peu noir me réconfortait. Tuck avait déjà vécu une rupture affective, mais lorsque l'évidence était arrivée, qu'il n'y eut plus rien à faire, il avait agi très rapidement, en fonction de lui, uniquement.

Après chaque session, Katia revenait plus agressive et plus impitoyable que jamais, et nos deux torrents s'affrontaient. Elle recevait ma famille et les amis comme si de rien n'était, m'accordant alors à ces moments le droit de visite et le rôle de comédien.

Pendant que je faisais des démarches pour rembourser l'hypothèque de son oncle, afin de me sentir plus libre vis-à-vis des biens, elle avait en catimini rencontré un avocat pour le divorce. Rien n'allait plus, nous étions comme deux étrangers en lutte. Finalement, sur mon insistance, nous nous retrouvâmes en entrevue devant Carl. Je la sentais impitoyable. À ses yeux, je méritais bien mon sort. Aux miens, j'avais investi tellement d'énergie pour sortir du précipice que je m'accrochais à mon point de vue.

- Je ne te permettrai pas de me faire reculer, ma mort je l'ai éternisée, et rien ne m'obligera à la revivre à nouveau. Je ne veux pas envisager une seconde fois cette procédure légale et servir de cure ou de cobaye à la magistrature alors même que tout le reste n'est pas réglé. Entendons-nous d'abord sur nos nouveaux rapports et sur le partage des biens avant de confier tout ça à l'engrenage des lois.

J'eus finalement gain de cause et cette entrevue mit Katia d'accord sur la façon de procéder.

Je partis quelques jours plus tard dans ma famille en compagnie des enfants, alternant entre l'espoir et l'angoisse, ne sachant vraiment où aller, souhaitant étirer le temps. Encore l'humiliation et la honte face à ma famille. Qu'est-ce qu'ils avaient fait au bon Dieu pour mériter ça? Et moi alors? Dans l'avion, mes peurs revinrent à la charge. Le tourbillon des hélices me ramenait l'image du pénis déchiqueté. J'allais rendre des comptes, je retournais dans mon coin, comme Job sur son tas de fumier.

En Acadie, j'adoptai la tactique du silence. La vieille résignation acadienne de ne rien dire de la souffrance, par les vertus d'un silence talisman. J'y ajoutais un effet personnel de rationalisation pour me persuader, qu'après tout, cela ne concernait que moi! Et pressentant la rupture, les autres, habitués comme moi à refouler, évitaient aussi le sujet. Ce n'est qu'à mots couverts que j'effleurai le secret avec mes frères, qui ne comprirent pas vraiment, et avec ma mère, qui savait déjà, sans pour autant le réaliser vraiment.

Pendant ces deux semaines, je m'enfermai dans la peinture, ne dessinant que des visages hagards et confus. Je sentais que la création me fuyait, que ce style d'expression venait en réaction à une situation émotive non comblée. J'essayais de consacrer du temps aux petits, mais je le vivais plutôt comme une responsabilité.

La solitude me pesait lourdement le long des routes enneigées du Nord. Un soir, je rendis visite à un vieux copain, sans lui dire un mot de ma véritable situation, incapable de me laisser aller aux confidences. Puis, j'allai noyer ma peine dans une réunion de militants. Quelle tempête, ce soir-là! Dans la rafale, une militante vint me reconduire et me lança:

- C'est-tu pas ton deuxième mariage, toi?

Bref, rien pour me renflouer ou m'intégrer à mes racines. Je flottais dans le noroît.

Ma mère, pour raison d'affaires, venait au Québec avec mon père. Ce voyage m'arrangeait, et j'espérais que ses affinités avec Katia faciliteraient un rapprochement. J'étais malgré tout tiraillé, car cette visite m'empêchait de faire mes valises. Bref, une semaine de sursis, à jouer la comédie, même si ma mère soupçonnait ce qui se tramait.

Quant à mon père, il vivait déjà un drame personnel, qui l'empêchait de se rendre compte de la situation qui se déroulait sous ses yeux. Pas très âgé encore, il était atteint depuis quelque temps d'une sorte de détérioration des cellules du cerveau, un mal pernicieux qui accélérait le vieillissement des neurones. Je le sentais plus perdu et désorienté que jamais par cette maladie à évolution lente, incurable et sans retour ou graduellement la victime perd ses qualités humaines. Pire que le cancer, où au moins tu gardes une certaine lucidité et tu reçois la sympathie des gens. Mais ce mal là fait peur aux gens. D'étiologie inconnue on soupçonnait cependant une intoxication au plomb qui graduellement aurait modifié la chimie du cerveau. Il me revenait alors en mémoire cette hypothèse sur la décadence de l'empire romain accentuée par une série d'empereurs à demi-fous qui s'intoxiquaient par le vin gardé justement dans des contenants à teneur de plomb. Mon père ne m'avait-il pas raconté que quelques années auparavant, lors d'une tempête au large qui avait épuisé les réserves d'eau douce, il avait, pour apaiser sa soif, sucé des morceaux de plomb! Quoiqu'il en soit je restai sans voix devant l'écroulement de cet être cher. Je ne pouvais espérer que dans les miracles de Lourdes.

Semaine où je parlai peu, pendant que Katia resplendissait de son air d'hôtesse, capable de composer avec notre rupture et la réception de mes parents, gymnastique que j'étais bien incapable d'accomplir.

Dans les derniers temps, j'étais passé par une frénésie de lectures. J'avais emprunté à Carl le livre d'Erich Fromm, *L'art d'aimer*, mais je ne me sentais pas meilleur amant. J'avais dévoré un texte sur la théorie de Gendlin, thérapeute s'apparentant à Rogers et dont s'inspirait beaucoup Carl, mais la vague de fond se faisait attendre. J'avais médité un livre prêté par Carl, intitulé *Notes to myself*, où l'écrivain avait jeté, éparses dans son texte, parmi des dessins de fleurs, des pensées axées sur ses émotions et son présent. C'était très beau, mais ça ne changeait rien à ma vie. Je n'en finissais plus d'essayer.

En thérapie, ma révolte s'exprimait contre mes parents, passant de l'un à l'autre, pour blâmer à tour de rôle l'un pour les difficultés de l'autre ou même pour ma propre problématique. J'en étais arrivé à concevoir une terrible agressivité contre mon père, qui faisait de plus en plus les frais de mes cogitations en thérapie. Mais comment échanger avec un être qui ne pouvait plus comprendre, déjà perdu et si désarmé? Et puis, nous n'avions jamais communiqué dans le monde des sentiments autrement que par des histoires fantaisistes ou des soins physiques quand j'avais des bobos. Je ne lui en voulais pas moins, à ce moment-là, d'être venu au monde. Une rage de sentir qu'il était maintenant trop tard pour communiquer. Je me sentais coupable de ces sentiments, car mon père avait joué dans ma vie le rôle d'une figure dominante par son habitude de me bercer, ses histoires fantastiques, l'importance qu'il accordait à l'éducation, aux livres, au nationalisme, et à l'honnêteté. Mais il y avait aussi tout ce stock maudit: cette méfiance à l'égard du voisin, le sentiment d'être meilleur que les autres suivant le schéma biblique des saints au-dessus du menu peuple, le manque de sens pratique, faussé par la religion mal comprise qui perturbait l'instinct. Cette maudite gangrène qui entretenait la méfiance des instincts et du corps, et qui valorisait la souffrance un peu à l'image du Christ en croix. Il ne me suffisait pas de penser que c'était malgré lui qu'il avait été marqué par cette religion de peurs et d'interdits et que cette petite société fermée, minoritaire, en butte à la survie, n'avait pas facilité l'épanouissement de sa grande sensibilité, de son originalité et de son érudition. Ce matin-là je devins comme un volcan à la vue de celui qui, dans la salle de bain, courait refermer la porte, culottes baissées, avec cette odeur de marde, les jambes poilues, l'image d'un monstre. Je me souviens de ce passage de la Bible où un saint homme répudie son fils parce que ce dernier l'avait vu nu. J'étais pris d'une grande pitié, d'une révolte contre l'injustice pour lui, et pour nous...

Après le départ de mes parents, je m'installai chez Richard avec mon sac de couchage. J'avais dans l'idée que la garde-robe vide impressionnerait Katia. Je l'appelais chaque soir. Elle était gentille, sans plus. Je ne semblais pas lui manquer... Espérait-elle mon retour? Ce n'était pas clair.

Par période, j'étais déprimé chez mon copain, j'accrochais aux outils qui traînaient partout dans sa maison. Je constatais que plus j'étais déprimé, plus les outils m'apparaissaient comme des armes.

Je passais parfois à la maison pour voir les petits et, indirectement, Katia qui m'invitait… Peut-être essayait-on encore tous les deux de repartir à neuf? Mais le choix s'imposait avec une cruelle simplicité: vivre ou mourir. J'en étais rendu là. Katia et moi, nous voulions vivre, mais, cela, il fallait le faire séparément.

# Chapitre XVI

Il fallait que je parte, que je fasse une autopsie avant de prendre de nouveaux sentiers. Il me fut difficile de résister à l'annonce suivante:

"La Grèce au printemps sur l'île Mykonos. Le soleil qui s'étend en douceur sur les îles et l'odeur du large annonçent que les fleurs ouvrent leurs corolles. Sur la grève, ta création t'attend, celle que tu découvriras dans ces voyages, des racines du réveil de la vie, les racines de ton rêve. Travail de groupe, approche Gestalt, vie en commun avec un équipage de quinze personnes qui veulent entreprendre l'Odyssée."

Il fallait que je quitte la maison, car Katia me le demandait constamment. Comment partir sans avoir l'impression d'un départ définitif, comment retarder l'échéance? Ce voyage permettait la transition. Et puis, il devenait important que je sois confronté à un groupe, que j'y vive ce que, seul, j'avais si difficilement et timidement déterré avec Carl. J'avais aussi le goût d'explorer ailleurs, par d'autres approches, mon monde intérieur et de rencontrer d'autres femmes afin de voir pourquoi et comment mon contact avec la femme était toujours aussi problématique. Je pensais retrouver ma mère en Grèce. Je fus bien surpris d'y découvrir mon enfance. Déjà, je m'étais imaginé des scénarios où les femmes me rejetteraient comme bouc-émissaire de l'autre sexe, et là, je me promettais bien de les envoyer au diable en me promenant seul sur l'île, afin de nourrir leur culpabilité. Mais comment vivre affectivement avec un groupe si disproportionné - deux hommes, quatorze femmes? L'essentiel était ailleurs, mais je n'avais pas l'intention de vivre ici comme un ermite.

Je décidai de considérer le groupe, non pas comme groupe féminin, mais comme groupe humain, avec ses possibilités de contact et d'enrichissement. De toute façon, j'étais prêt à aller sur une autre planète s'il le fallait, à me rendre là où il y aurait un espoir de vivre une vie normale. J'étais disposé à parcourir tout mon village, à genoux s'il le fallait, avec des cendres sur la tête et un sac à patates sur le corps, comme dans les séances d'expiation du Moyen-Âge, s'il y avait là un moyen de sortir de l'abîme pour renaître de ces interminables hivers. Je me réveillais alors d'un cauchemar qui me faisait dire:

- Il faut que j'arrive à rejoindre Katia.

Mais devant moi, un mur impossible à franchir me soufflait aussitôt la réponse:

- Je n'y arriverai jamais.

Là-bas, je me tins avec la belle Pénélope et je partageai sa couche. À Athènes, le groupe se divisa pour que chacun puisse explorer à son gré une partie du pays. Je pris, avec Pénélope, la direction de la Crête. La nuit était bleue sur ce grand cargo. Nous n'avions pas de cabine et étendus sur le pont avant, l'air pur et les caresses venaient de partout. Pénélope semblait ouverte à tout, même aux échanges avec ses compagnes.

Au soleil levant, la Crête était en vue. J'allai visiter les ruines du palais de Knossos, là où prennent leur origine les légendes du labyrinthe avec le Minotaure, Ariane et Icare. Quelle splendeur dans ces fresques toujours aussi fraîches après des millénaires d'existence, dans cette superbe peinture de dauphins, qui semblaient, dans leur voltige, donner à l'homme un message d'harmonie. Et la fraîcheur des plages, les minutes qui s'égrenaient langoureusement, à déguster des crustacés mi-homards, mi-crabes, arrosés de vin et de douceur dans un espace où le temps ne compte plus.

Nous nous rendîmes à l'île du rendez-vous, lieu sauvage et montagneux. Près de notre hôtel, dans une crique superbe, une trentaine de fiers moulins disposés en cascades pointaient vers la liberté. Je voulais m'installer seul mais le sort en décida autrement et, finalement, je choisis de partager avec Pénélope.

J'avais par intermittence des périodes d'obsessions, voyant mon pénis frotter sur les falaises rouges, le long des chemins sinueux. Culpabilité probable, même s'il me semblait que ce qui se vivait était pur. Inquiet aussi qu'à la faveur d'un si long séjour auprès d'une autre femme, mes peurs ne s'amplifient pour me faire chuter à nouveau. Pourtant les bons moments s'accumulaient. J'avais l'impression encore de vivre mes difficultés sur un mode symbolique, différemment du reste du groupe. Pour moi, les autres menaient des existences normales entrecoupées d'anxiétés, de peurs, d'états dépressifs, de crises existentielles, ou éprouvaient tout simplement un désir de croissance, alors que moi, il me fallait essayer de dissoudre des obsessions précises, rattachées à l'agression, à la sexualité, à la folie.

Mes peurs étendaient parfois leurs tentacules, comme si cette mise en situation de groupe réveillait tout un passé, et qu'il me fallait scrupuleusement raconter au groupe tout mon vécu, dans une sorte de confession. On utilisa d'abord le dessin, et pendant que s'amorçait une espèce de tentative de contact à l'intérieur du groupe, je dessinais furtivement tous les symboles phalliques, phare-clocher, moulin, fusée, pénis, espérant que le graphisme pourrait exorciser le mal. Mes méditations sur les rochers furent, au début, entrecoupées de malaises sexuels. Je dessinais des pénis castrés et je retrouvais là les images religieuses de l'enfance, le coeur du Christ transpercé par un couteau. J'avais du mal à détacher mes pensées des roches coupantes. Dans un cahier, je notais mes pensées:

- Je me promène entre la soif de la solitude et la soif du contact.

Par ailleurs, la mer m'inspirait beaucoup. Elle représentait l'espoir. Je l'enviais d'être furieuse pendant des jours, d'être totale et belle, pour ensuite devenir calme, une façon de se purifier en luttant dans ce combat pour la vie que je vivais, moi, en silence. Et, jouqué sur ma roche, je déclamais:

"J'ai à ma montagne deux versants. Au pied de la

cime, du côté du soleil couchant, la mer caresse mes pentes fleuries et parfumées, d'où s'élève un murmure de tendresse. De l'autre côté, là où se lève la lune, là où les nuages se brouillent, je suis volcan et j'ai peur de ce qui bouillonne alors que je ne suis encore apprivoisé qu'à la boucane du printemps et des feux de grèves."

Quelqu'un parla de se rouler dans le sable, de faire l'amour avec la terre, comme dans une scène du film *1900*. J'éprouvais ce désir, moi aussi, de me rouler dans le sable, de revivre ces moments heureux de mon enfance, mais j'étais arrêté par la peur de blesser mon sexe sur des débris de verre. Je tentais de traduire cela en pensées plus intelligibles et pleines d'espoir:

– Je n'ai pas appris à accepter mon corps, ma sexualité; si je canalise mes énergies, mes problèmes se dilueront au niveau de tout mon être et il y aura place pour la joie, comme avant.

Je décidai alors pour apprivoiser mon agressivité et ma peur des objets dangereux de dessiner des armes: dessins de pénis mutilés et, sur la même page, un bateau à voile, un souvenir des goélettes de mon enfance, une façon d'y associer un souvenir rassurant. Je dessinais aussi un serpent qui avalait sa queue au rythme de la marée tourbillonnante en contre-bas. Ces esquisses mutilées me faisaient penser à l'arbre sans feuilles, le tronc bourré d'énergie sans pouvoir rayonner par une couronne de verdure. Je stagnais à la surface de moi-même, mais, en creusant, je ne rencontrais que peur et tristesse, une peine profonde et interminable. Je voulais être comme la mer et pleurer aussi longtemps que le calme ne serait pas revenu. Il me venait l'image d'un enfant qui tient la main de sa maman, ce qui me ramenait au souvenir des petits. Puis surgissait l'image d'un bateau à la dérive, sans port d'attache, une sensation d'être puissant, mais éparpillé à cause de cette peur de moi.

Un autre dessin représentait la nature et l'instinct, encadrés par un gribouillis noir à travers lequel jaillissaient de longues racines bleues qui puisaient à la vie et touchaient au quotidien, avec, à côté, un petit lutin malicieux, cette partie saine de moi tout près des racines bleues. Tel un diamant poli par la source.

J'ai découvert là-bas l'importance du rythme et du mouvement. Je recherchais tout ce qui berçait: certains regards, une mélodie, un sourire, une chanson, la danse. De beaux moments. Entre autres cet exercice en position couché, où l'on émettait des sons en accord avec l'émotion du moment, alors qu'un partenaire tout près posait une main sur notre poitrine. Et je m'abandonnai au rire, un rire profond et interminable, qui déclencha celui des autres. Rire à la face de toute cette ménagerie de notre vaste comédie humaine. Un orgasme du rire!

Cet après-midi-là, j'étais assailli par mes peurs et mon agressivité, lorsque l'animateur me demanda si j'envisageais une façon de l'exprimer. Si ce n'était en coupant une corde de bois, je ne voyais pas. Il me proposa alors de l'approcher et de lui faire des grimaces. Je ne pouvais pas. Évidemment c'était ridicule. Je cherchai un exercice qui me représenterait plutôt comme Acadien en colère. Comme je ne trouvais pas, je décidai de quitter le groupe. Je réussis à pleurer une bonne heure sur un rocher, aux sons des vagues, en dessinant mon désarroi. Cela me soulagea. Le soir, je me fis beau pour le souper pris en commun, arborant un ancien médaillon de Crète, le disque de Phaistos. Je gardais en mémoire un passage d'un livre de Castanada intitulé *Voyage à Lxtlan*, où il nous incitait à vivre chaque moment comme si c'était le dernier. Les chants acadiens et grégoriens me procurèrent un immense plaisir. On se laissa aller à une sorte d'exorcisme religieux mimé.

Une excursion fut organisée dans un superbe petit village de pierres blanches. Cette visite fut remplie pour moi de malaises tenaces, cristallisés autour des objets pointus dans les boutiques. Je voyais peut-être aussi dans cette visite une manipulation à peine voilée des animateurs qui, conscients de leur difficulté à faire progresser le groupe, profitaient du dernier après-midi de leur mi-session pour ventiler, alors qu'il y avait encore dans le groupe et dans chacun de nous tant de choses à explorer. J'ai exprimé cette visite en quelques lignes dans mon journal:

Je sens en moi le charme, l'hospitalité, la beauté, la

simplicité et la tendresse de ce village. Je sens en moi aussi l'épouvantable peur quand me viennent à l'esprit l'angoisse, l'agression, et la laideur de ce village. Et depuis longtemps, j'ai une immense peine de ne m'engager que si fugitivement du côté de la beauté. Je crois que je me punis en me créant des faux problèmes, une façon de me faire peur à tout prix pour éviter d'être bien.

La confiance revint avec l'arrivée du grand Manitou, Jungi, durant la dernière partie de la session.

Cette dernière session me fut très profitable en me faisant prendre conscience de la peur que suscitait toute mon énergie, toute cette force que je contenais par ma posture courbée. Quand je me redressais, j'avais l'impression de jouer au fanfaron alors que les autres ne percevaient là qu'un signe de force. L'animateur me demanda, durant la soirée, d'inviter à danser des Françaises un peu figées qui résidaient à l'hôtel, et cela tout en corrigeant ma posture pour me redresser complètement et même accentuer la carrure de mes épaules. Ce que je fis. Mes compagnons avaient de la peine à retenir leurs rires. Ce fut comme une séance de joie inépuisable, le contact avec le plaisir, celui du joueur de tours qui se joue des tours.

L'exercice du lendemain consista à mimer le vent fort ou doux, le soleil, la mer calme ou agitée. Je me voyais respirer une source d'énergie chaude comme les rayons du soleil, d'abord par la bouche, puis par le coeur, le ventre, le coccyx, pour la faire revenir ensuite par un arc vers ma tête, prenant ainsi conscience de l'énergie qui se cachait au fond de moi. Lorsque l'exercice suivant nous demanda de choisir un animal, je devins un aigle puissant et libre, puis un gorille, qui frappait sur sa poitrine, un King Kong impressionnant, qui se transforma finalement en petit chat quêtant de la chaleur et qui demandait:

- Qui me nourrira demain, au coeur, au ventre? Katia, les petits, Tuck, Pénélope?

C'était une simple projection de mon désir sans doute, mais j'avais l'impression qu'il était imminent ce moment où j'allais enfin être nourri.

Nous nous retrouvâmes sur la plage pour méditer, bercés par la brise et les diverses mélodies des vagues. L'occasion d'un retour dans le temps, avec, au loin, le bruit d'un bateau à moteur à piston unique, comme à l'époque de mes premiers pas... alors que la mer attirait plus mon oreille que mon regard. Et j'invoquais alors les souvenirs de ma première enfance auprès de mon ami Anouk, qui me nourrissait, pour voir surgir une fleur près de la mer où s'amusait un beau petit lutin malicieux, un enfant pur, sans aucune méchanceté.

Le dernier jour, je racontai à Jungi un rêve où, entre les orgies de Salomon, je parlais avec l'oracle de Delphes. Il me répondit:

- T'es pas obligé d'être prisonnier de ta sexualité.

C'était vrai. Pourquoi au fond faire des montagnes avec des petites buttes.

L'exploration et le décodage des rêves se poursuivaient. Sur les rochers, se manifesta une certaine nostalgie face au départ imminent. Le goût de vomir. Le désir aussi de vivre une expérience axée sur le plaisir pour comprendre que, parfois, le plaisir vient après la peine.

Je vécus, avec une participante, la sensation de vivre ma naissance tandis que, curieusement, elle vivait, elle, celle d'accoucher. Elle me rappelait ma grande soeur et les beaux souvenirs d'enfance qui lui sont attachés. Ces exercices m'amenèrent à constater qu'il était plus facile de donner que de recevoir, dans la mesure où j'étais alors en position de contrôle. Ces exercices en bio-énergie me rejoignaient beaucoup. Ma dernière méditation m'avait permis de retrouver cet enfant en moi, heureux, pur, naïf, le joueur de tours qui habite le coeur des scènes heureuses d'avant sept ans. Je me suis alors bercé avec mes petits dans un champ de marguerites près de la mer. Je leur ai parlé, j'ai caressé leur épi de blé, puis je les ai tendrement enfermés dans mon coeur avec une petite clé d'or pour pouvoir l'ouvrir au besoin.

Après la session sur l'île, je décidai de partir seul, consulter l'oracle de Delphes; un pélerinage dans ce lieu sacré de l'antiquité. Je réalisais un vieux rêve, datant de l'époque de mon cours classique, alors que j'étudiais les mythes et les légendes grecques. L'autobus, plein à craquer, prenait son élan dans les plaines d'oliviers et les troupeaux de moutons pour cascader de collines en collines.

Lors d'une escale, je téléphonai à Katia. Au pays, là-bas, c'était le matin et elle se préparait à se lever. L'accueil fut froid, et beaucoup de peine m'étreignait le coeur lorsque je pris des nouvelles des fistons que j'entendais marmotter tout près. J'avais gardé l'espoir secret qu'une reprise pourrait s'amorcer. Ce téléphone accentua ma solitude: j'avais hâte de revenir pour vérifier ce qui en était. Le voyage se terminait et je revenais à la réalité, mais laquelle?

Je m'installai à la pension Odyssée, un site extraordinaire dans ce village de Delphes, situé dans une espèce de cuvette à flanc de montagne. En bas de ma fenêtre, s'allongeait un précipice, puis une plaine magnifique où coulait, dans l'antiquité, une rivière maintenant remplacée par une forêt d'oliviers. Et, à une dizaine de kilomètres, la mer bleue de Grèce. Je remontais le temps, admirant le défilé des milliers de pélèrins, jeunes ou vieux, riches ou pauvres, des rois, des nobles de tous les pays de la "mare nostrum" qui montaient dans la plaine à la recherche d'une réponse.

Les touristes avaient envahi la place, et cela m'agaçait. Malgré les vibrations du lieu, je me sentais déprimé et rempli d'obsessions sexuelles, anales et agressives. Les premiers jours, je vagabondai un peu partout dans les petites boutiques, remplies de bijoux, de poteries et de batiks superbes, achetant des bijoux que je voulais offrir en cadeau. Intérieurement, je me préparais à rencontrer l'oracle de Delphes, muet depuis près de 2,000 ans. Il me semblait que ces lieux m'inspireraient, et je passai une grande partie de ma troisième journée dans les ruines de Delphes, d'abord près du socle de la Pythie, puis à l'emplacement du temple d'Athéna. Une réponse s'y dessinait:

- La mer te sauvera, toi et ton pays.

En ce qui concerne Katia, l'oracle restait muet.

Je visitai l'emplacement des Arcadiens, ce peuple de l'ancienne Grèce, qui avait élevé un temple à la déesse Athéna. Rappel inévitable du nom de mon pays, l'Acadie, qui, d'après certains historiens, fut baptisé ainsi par l'explorateur Verazanno, lorsque la vue des côtes de la Nouvelle-Écosse actuelle lui rappela les terres fertiles de l'Arcadie. Devant ce tas de ruines non identifiées, me revenait la nostalgie du pays, lui aussi éparpillé dans l'espace nord-américain, sans pancartes pour identifier son territoire. Mais j'avais d'autres chats à fouetter.

Je téléphonai à Katia deux fois encore. Ce dernier contact fut plus chaleureux. J'appris que ma mère venait à Montréal. Comme si cela pouvait changer le cours du destin! J'appréhendais de faire face à ma réalité éparpillée: reprendre mon bureau, reprendre contact avec le quotidien. Le groupe avait hâte d'arriver, chacun préparant son atterrissage, et, pour le moment, Pénélope et moi, nous souhaitions en rester là!

# Chapitre XVII

Mes tentatives de rapprochement ne donnaient rien. Katia était gentille, mais hors d'atteinte. Cette fause entente devant ma mère m'était insupportable. Katia agissait comme si de rien n'était. Je n'étais pas prêt à revenir au stade d'une simple amitié. Les ponts furent rapidement coupés, et je passai quelque temps chez mon ami Richard, temporairement installé dans la chambre de ses enfants, parmi les jouets et les posters.

Je constatais que Katia s'éloignait à mesure qu'elle suivait ses sessions en relations humaines. Malgré les bizarreries de nos cheminements, j'avais encore le goût de lui souhaiter bonne chance dans sa recherche d'elle-même, oscillant entre l'agressivité et la tendresse. Elle m'en voulait beaucoup de n'avoir pu mener avec elle une vie de famille normale, et parfois, je lui donnais presque raison d'ériger entre nous ce mur d'agressivité et d'indifférence pour se protéger et me punir à la fois. Je souhaitais encore qu'on se retrouve heureux, comme aux premiers temps de notre vie, et je lui écrivais des lettres que je n'envoyais pas, ayant l'impression que tout avait été tenté qu'il était futile de me décaper plus longtemps le grain du coeur!

J'essayais de faire le point sur ce qui pressait le plus: un logement. Mais je ne voulais pas m'engager par un bail d'un an dans un appartement de ville, conscient qu'un gars de la mer, de la nature, passerait difficilement l'été près du macadam. J'eus l'heureuse idée d'installer ma tente pour l'été sur un petit lopin loué à flanc de montagne, au fond d'un camping. Un site magnifique entouré d'arbres où coulait, en contre-bas, un petit ruisseau. Sous la pluie battante, portant un imperméable neuf, je construisis, avec des planches et des madriers, une sorte de plate-forme sur pilotis pour recevoir ma tente.

J'étais fier de moi, et les enfants trouvaient bien joli ce petit havre.

Problème pratique d'organisation: où ranger mon linge? Je ne pouvais quand même arriver au bureau dans des habits tout froissés. Je fis le tour de l'armée du salut, d'un marché aux puces, du comptoir d'Emmaüs, pour finalement commander une armoire en carton que je dus remporter, car elle ne cadrait pas avec le décor de mon bureau. En dernier ressort, j'optai pour la solution la plus simple: me servir de l'immense garde-robe de mon collègue, ce que j'avais d'abord rejeté, ne voulant dépendre de personne.

Au bureau, les clients diminuaient de façon dramatique, car les vacances d'été approchaient, et, de plus, je refusais les clients présentant des difficultés conjugales. Financièrement, j'étais dans l'impasse, toujours à compter mes sous. La vie continuait cependant et je voyageais entre mon bureau, le petit restaurant familial et le camping. Parfois, en fin d'après-midi, je rendais visite aux petits, qui pleuraient quand ils me voyaient partir. J'avais le coeur gros. Je commençais à éprouver des difficultés à dormir, les yeux grand ouverts dans la nuit. Mais je pouvais au moins, en m'endormant au petit matin, profiter de mon horaire flexible.

Un soir de pleine lune où, sans tenir compte de mes limites, je m'étais laissé aller à épancher mes désirs auprès d'une demoiselle qui ne me plaisait pas, je crus que ma fin dernière était arrivée. J'avais parfois l'impression que mon signe astral me rendait très sensible à la pleine lune. Pour me détendre un peu, j'avais fumé, mais la culpabilité et la solitude me submergèrent. J'avais dans les yeux ma hache, près du billot. Entre la vie et la mort, je promenais au fil des heures une épouvantable peur de castration, la culpabilité, le désespoir, tout le chaos de cette vie tout à fait absurde sous la lune blafarde. Une vie perdue, inutile. Cette maudite hache me poursuivait, et il me fallut toute la nuit pour l'exorciser.

Mais graduellement j'appris à habiter tranquillement mon coin de nature, seul avec les feuillages, le vent, le ruisseau. J'apprivoisais le feu. Je découvrais par période l'harmonie de la nature, la brise, la mélodie du ruisseau. Je me découvrais auditif. Chaque soir, je faisais la lutte aux maringouins, aux moustiques! Ça faisait quelques bibittes de moins dans ma tente. J'y amenai les petits de temps en temps; ils aimaient particulièrement cette petite cabane. J'y berçais leurs coeurs et ma tête.

Des amis acadiens vinrent nous voir, ne se doutant de rien concernant notre situation. Katia préférait que je n'assiste pas au souper. J'étais tout "croche". Où les recevoir? Je sentais que je me laissais voler mes amis. Je les reçus finalement dans un lieu neutre en apportant mes photos de Grèce. Je n'avais pas le goût de paraître déprimé comme lors de ma rupture avec Eva. Ils me donnèrent de ses nouvelles: dans la lointaine Scandinavie, elle venait d'avoir son deuxième enfant. Une bouffée de nostalgie: tout cela aurait pu être si différent...

Les jours qui suivirent, je reçus une requête de divorce pour adultère et cruauté mentale... L'huissier, tout en excuses, vint à mon bureau pour l'accusé de réception. J'avais demandé à Katia, avant qu'elle ne s'empêtre dans les procédures juridiques, de nous laisser le temps de démêler le partage. Elle refusait. Je la haïssais. Il nous arrivait, bien malgré nous, ce que jamais nous n'aurions pu concevoir, ce qui arrive fréquemment aux gens raisonnables et ordinaires lorsque se présentent ces situations chargées. Cette menace de divorce, qui planait dans l'air, m'incitait à faire de même, quoique cette procédure légale m'énervât et réveillât en moi les souvenirs de mon premier divorce. La semaine précédente, Katia m'avais indiqué qu'elle me laisserait la garde des enfants, puisqu'elle voulait vivre dans une commune avec son ami. Carl m'avait donné le nom d'un avocat à Montréal. Les épreuves se précipitaient, et nos positions se durcissaient. Je ne savais plus où j'allais. Katia avait décidé de déménager. Je mis la maison en vente.

J'avais parfois l'impression de commencer à naître, mais en sortant la tête et le corps, je ne voyais que le chaos. Je trouvais injuste d'avoir dû végéter pendant ces dernières années, les plus productives de la vie parfois, et de me retrouver maintenant tout nu. J'enviais même Katia d'avoir moins de handicaps avec une sexualité mieux intégrée, un milieu à elle, une famille, des enfants. Je luttais contre la culpabilité afin de ne pas chavirer. Mais il fallait que je me rende à l'évidence.

- Le soleil ne se lève pas encore au delà du marais, mais si je peux réunir toutes mes énergies et les mettre à mon service, j'atteindrai peut-être la porte de sortie. Je suis trop compréhensif, trop bonasse; il me faut désormais m'affirmer.

Voilà où me conduisaient les pensées de l'ivresse dans un petit bar perdu au versant de la montagne.

En ce début d'été, j'écoutais, étendu dans ma tente, la chanson du ruisseau, le bruissement du vent dans la cime des arbres, et je berçais ma tête en écrivant à Katia.

- J'ai réagi comme un oiseau blessé, après les moments difficiles des derniers mois, mais je désire respecter ton cheminement. Je voudrais vendre la maison et partager financièrement avec toi, ce qui aiderait à clarifier chacun notre départ. Cela rendrait plus facile la visite aux petits que je trouve actuellement pénible, empêtrée dans tous les souvenirs de ce lieu. Attends, avant de demander le divorce, qu'on se permette de régler d'abord tous les pré-requis. Cette procédure évoque chez moi trop de choses, et j'ai cette peur de la cassure, du définitif... Puis on pourrait reprendre contact, cheminer ensemble, se bercer pour un soir, se permettre une défaillance... Ces journées en forêt me ramènent la nostalgie, l'odeur et la fraîcheur des bons moments en Acadie.

J'avais pris le moyen le plus noble pour moi, celui de l'écrit. Il était cinq heures du matin. Une mouche à feu éclairait ma tente. J'étais incapable de dormir. Comme Job sur son tas de fumier, je me sentais nu.

Katia me répondit, touchée par ma lettre:

- Je traverse les mêmes épisodes que toi de vouloir vivre moins dans le matériel, avec ce désir d'explorer de nouvelles avenues. Mais le fossé entre nous est trop profond, et le divorce représente pour moi un moyen de ne plus t'appartenir, comme une libération. En ta présence je ne suis plus moi-même; il en est de même avec mon ami. Cette peur de succomber avec toi est si forte que je désire rompre légalement et cheminer seule. Et puis, un divorce ne signifie rien, car certains reprennent parfois après.

Le dialogue avait repris.

J'avais rencontré Lou-Salomé chez l'amie de Richard où l'on pendait la crémaillère. On s'était plu. Je décidai de pendre de nouveau la crémaillère dans ma hutte à la Crusoé, et elle y vint quelques temps. La détente, les promenades en pleine nature me firent suffisamment de bien pour me ramener à une échelle de stress normale. Les obsessions s'étaient envolées. Juchée en haut d'un nichoir, une tour d'observation pour oiseaux, le calme et la douceur des gazouillis nous enveloppaient d'harmonie.

Juillet fut un mois de réorganisation, entre mon camping, mon bureau et la belle Lou-Salomé, que je voyais souvent. Je passai quelques jours avec elle sur le bord de la mer à Ogunquit. J'y rencontrais parfois de petits enfants jouant dans la vague et les sanglots m'emplissaient le coeur. Le contact était bon; on n'exigeait rien l'un de l'autre. Je restais quand même très prudent, déçu de l'éphémère, conscient aussi que je pouvais l'effaroucher par la période mouvementée que je traversais.

J'étais bien indécis face à mon avenir. Il m'apparaissait de plus en plus évident que je fermerais mon bureau, ne pouvant fonctionner adéquatement avec tout ce stress. Et je voulais quitter ce milieu où je ne m'étais jamais intégré, m'étant souvent senti prisonnier de cette ville que je voulais quitter, mais où me retenaient encore une maison, un travail et la peur de l'inconnu.

Chez Tuck, j'explorais la possibilité de partir seul sur le pouce vers l'Amérique du Sud où résidait pour un certain temps mon ami Archimède. Je me voyais déjà déambuler vers l'Ouest canadien, puis vers la côte du Pacifique, jusqu'à San Diego et, de là, l'autobus, l'auto-stop, carnets de notes sous le bras, comme les ménestrels d'antan. Mais je revins vite à une réalité plus saine. Tuck me disait en riant:

- Si tu t'installes comme clochard à Montréal, j'irai fêter avec toi.

# Chapitre XVIII

Fin juillet, je décidai d'assister à une autre session de groupe d'une dizaine de jours dans les Laurentides. Avant ce départ, Lou-Salomé me gâta vraiment autant que faire se peut afin de me laisser pendant cette absence le meilleur souvenir d'elle.

La session était commencée, et cinquante personnes se reniflaient déjà dans la grande salle. Jungi, le grand Manitou, vint me serrer la main, et immédiatement, le tourbillon m'emporta. On nous demandait d'abord, de choisir un partenaire, ensuite de doubler, puis finalement, de former un groupe de huit personnes. Comme bien d'autres, je désirais faire le meilleur choix et m'intégrer au groupe le plus intéressant. Malheureusement, tout allait trop vite; il fallait se fier à l'instinct. Je décidai de m'adapter au nouveau groupe, d'y trouver autant de richesses qu'ailleurs, conscient qu'il est important dans la vie de savoir patiner vite, que l'on ne choisit pas toujours et que la capacité personnelle d'adaptation à son environnement devient alors primordiale. Je me disais encore qu'il ne dépendait que de chacun de nous que le groupe soit intéressant, et que notre expérience soit aussi profitable que celle du voisin.

Ma chambre s'appelait "ancre" ce qui pour moi avait valeur de symbole, car c'est bien un point d'ancrage que j'étais venu chercher. Je la partageais avec un autre Ulysse, avocat. Il s'occupait de son fils, à la suite d'une séparation, et pouvait m'éclairer sur tous les aspects juridiques. Je dormis très peu cette première nuit, cherchant à me situer face à mon avenir. Aux petites heures du matin, j'avalai une pilule. Dans mon rêve matinal, j'essayai de battre Katia, sans pouvoir la toucher, un peu comme dans ses rêves où elle essayait aussi de m'atteindre sans résultat.

Il s'agissait, ce matin-là, de faire aux crayons de couleur des dessins libres à l'intérieur d'un cercle, technique orientale adoptée par Jung et appelée "mandala". Au son de *l'Apocalypse des animaux*, je laissais voguer mon coeur et ma main. Mon "mandala" se présenta comme un mélange de couleurs et de lignes représentant ma révolte, les petits, Katia, Lou-Salomé, l'Acadie. Mais comment mettre de l'ordre dans tout ce gribouillage? À la mise en commun des mandalas, succédèrent des exercices de bio-énergie en grand groupe ou cette incohérence se dilua un peu.

L'après-midi, en petits groupes, une animatrice nous parla d'aller à notre rythme, de s'occuper de soi d'abord et, avant tout, d'être en contact avec soi. L'exercice consistait, en se mettant la main sur le coeur, à se choisir un animal qui ne serait pas menaçant. Difficile d'en trouver un. Finalement, s'imposa l'image d'une petite mouette en liberté représentant les fistons, ces êtres chers que je devais laisser libres, mais qui devaient sentir qu'ils pourraient toujours compter sur moi. Il me semblait entendre les petits me dire:

- On a de la peine quand tu pars.

Comment éviter qu'ils n'aient, comme moi, l'impression d'être un peu orphelins? Comment leur faire comprendre que je ne les abandonnais pas?

Le soir, le travail portait sur les influences familiales à décoder. Personne ne voulait participer prétextant que ça n'avait aucun rapport avec nos cheminements depuis longtemps libres des influences de la famille. Les résistances étaient finalement à la mesure des conflits plus ou moins conscients que chacun vivait, directement ou indirectement, avec sa famille.

Sur une grande feuille, nous traçâmes le génogramme de notre famille, côtés maternel et paternel, une sorte d'arbre généalogique avec les noms des ancêtres connus ou transmis et cinq caractéristiques pour chacun, bonnes ou mauvaises. Chacun se rendait compte que les absents nous avaient influencés autant que les autres, à travers la perception et les valeurs que nos parents nous avaient transmis d'eux. Il fallait aussi représenter, à l'aide de symboles, les conflits que nous connaissions de notre lignée. Il était clair que mes frères et soeurs plus âgés avaient eu plus de difficultés que les cadets, les garçons davantage que les filles. Je constatais que mon père, l'aîné comme moi, avait dû très tôt prendre de lourdes responsabilités sur ses épaules pour s'occuper de sa famille à la suite du décès de ses parents. Je réalisais encore plus que ma mère, orpheline en bas âge, n'avait pas toujours reçu de sa seconde mère la chaleur nécessaire. Ces manques chez mes parents, à cause de l'absence, à un moment donné, de leurs propres parents, nous avaient aussi conditionnés.

J'en vins à conclure que mon premier amour à l'adolescence, avait les traits de raffinement des ancêtres d'Écosse, à l'image d'Eva. Quant à Katia, elle ressemblait plutôt à ma mère. Je prenais conscience aussi qu'avec les femmes, j'avais souvent ce besoin de séduire et cette même sensation d'étouffement qui imprégnaient ma relation avec ma mère.

- Explore surtout la lignée maternelle, car en allant jusqu'à la déportation, tu remontes trop loin du côté paternel! me conseilla Jungi, l'animateur.

Ma mère! Orpheline en très bas âge de ses parents, elle fut loin d'être gâtée par la suite, ce qui ne l'aida pas à assumer ''l'élevage'' de sa ramée d'enfants. Peu de souvenirs de ma relation avec elle à l'exception des moments où elle faisait le gruau et raccommodait le linge. Mais, avec une pareille armée, avait-elle d'autres choix que d'être au poste constamment? Après cette réflexion de Jungi, j'ai arpenté ma mémoire afin de revivre les souvenirs d'une étreinte, d'une caresse, d'un bercement. Rien: le néant, le vide! Et pourtant ils avaient dû exister ces souvenirs! Il y avait une mystérieuse distance entre nous, une gêne. Pourtant, je la percevais remplie de douceur et d'affection avec les petits. Mon père était affectueux et démonstratif avec ma mère, en dehors de ses monumentales colères et de ses directives sévères. Il me semblait qu'elle ne se prêtait pas devant nous à ses avances, sûrement par gêne. Cette relation était, finalement, l'alliance d'un curé et de sa ménagère. C'est ainsi que je la voyais, émergeant du passé comme une image embrumée.

Ce fut l'occasion d'une rencontre étrange. Physiquement, une participante ressemblait étonnamment à Eva. Je passai de bons moments avec elle pendant cette session, à cheval entre le passé et le présent. Jungi l'appelait Évangéline pour avoir lu en elle beaucoup de souffrance résignée. Cette rencontre détermina les songes de la nuit qui suivit. Je rêvai au frère d'Eva qui avait fait pipi au lit pour embêter sa mère. Par ce rêve j'essayais de punir l'ancienne belle-mère que je blâmais intérieurement de mon échec avec Eva. Cette famille m'avait toujours semblé inaccessible. Et Ulysse l'avocat me rappporta que ce cauchemar semblait offrir le spectacle d'une lutte, d'une supplication par rapport à tout ce passé.

Le lendemain, nous traçâmes un second "mandala". La consigne était de se laisser aller, comme lors d'une marche en forêt où l'on suit un ruisseau. Je dessinai un oiseau symbolisant la liberté. Il me rappelait étrangement les images du Saint-Esprit de mon enfance. Puis je demandai à Jungi de me suggérer des exercices pour m'aider à retrouver le sommeil.

- Tu n'as pas de bras comme en Grèce, me répondit-il avec un clin d'oeil.

Il me proposa alors de faire un exercice d'abandon, afin d'apprendre à décrocher du quotidien pour dormir. Je devais me tenir sur une jambe, le dos penché, les mains effleurant un matelas et m'abandonner à la fatigue. Ma tête résistait. Tombe, tombe pas. Finalement, je tombai en faisant une pirouette. Jungi me fit reprendre l'exercice en me tenant sur l'autre jambe, et je m'écroulai comme une masse de plomb, les bras étendus. Encore cette image du Christ en croix!

Je participais à des exercices s'inspirant d'un mouvement oriental, le soufisme, où il s'agissait d'harmoniser le rythme de la respiration avec le mouvement rotatoire des bras. J'imaginais le mouvement continuel d'une roue munie de seaux déversant de l'eau polluée pour puiser dans une source pure, puis je voyais ensuite une autre image celle de la mer se purifiant. Je prenais conscience de l'importance de mon mysticisme, un moyen probablement d'intégrer amour et sexualité, un besoin d'absolu et d'extase qui rappelait ce goût que j'avais parfois d'aller peindre dans les abbayes pour éprouver cette paix qu'elles semblaient rayonner. On s'étendit sur le dos. Je sentais très bien les contours de mon corps, mais j'éprouvais une tension au niveau du sexe, qui semblait flou et mutilé, et, dans mon imagination se dessinaient ces images de castration du taureau de mon enfance. Je me sentais sensuel au fond, mais énervé par ces visions, auxquelles s'ajouta bientôt celle d'une petite croix figurant dans mon esprit le paradoxe sexe-religion comme à l'époque où j'avais répondu au curé que je n'entrais pas au séminaire parce que j'avais une blonde! Je restai étendu, tout en faisant des mouvements circulaires avec les jambes, et les malaises se dissipèrent bientôt, remplacés par le plaisir. Je racontai mon expérience.

- Tous les mystiques sont aux prises avec une forte sexualité, me répondit Anne de Luxembourg.

Chacun avait fait à travers le soufisme un voyage étrange, un peu cosmique pour certains; les chakras de la colonne vertébrale nous avaient mis en contact avec les vibrations de la terre et du ciel.

- Vérifies avec les membres de ta famille les perceptions qu'ils ont de toi, me conseilla Jungi.

La soirée se termina au son de la musique de Horn, enregistrée dans les grandes pyramides.

Les exercices de bio-énergie reprirent le jour suivant. J'avais la tête et la nuque lourdes, avec un sentiment d'impuissance face à ma situation. Ma tête tournait comme une pointe de stylo, puis j'agrandissais le cercle, le dos penché et je faisais le même geste en sens contraire; difficile de décrocher, d'oublier, de lâcher ma tête. Mélange de force, de rage, de peine, d'impuissance... Puis midi arriva. La brise, sur la plage, se promenait sur mon corps nu et m'enroba d'oubli.

L'après-midi se passa en compagnie d'Astérix le Breton. Je me sentais proche de lui. L'humour breton profond et perspicace semblait s'apparenter de façon indéfinissable à celui des peuples opprimés comme le nôtre. J'étais debout, face au groupe, en costume de bain, sentant le blocage d'énergie entre ma tête et mon sexe.

- Ton mouvement de balancement est un alibi pour ne pas bien respirer et sentir ton coeur, me lança Astérix.

Silencieux, il faisait le tour de ma personne, puis commença à me raconter sur la Résistance, pendant la guerre, une histoire symbolique de ma situation. J'avais une tension dans le cou, comme l'attelage tirant le colosse de Rhodes. Ma posture et ma respiration témoignaient de mon malaise. Inconfortable dans cette position, je me suis assis, obéissant au rythme de mon corps. Astérix posa ses mains sur ma poitrine. Ce qui déclencha chez moi un long accès de rire. J'étais libéré d'un fardeau.

Le grand groupe se reconstitua ensuite pour exécuter des exercices inspirés de Feldenkrais, petits mouvements à l'orientale doux et reposants, tout en finesse et en lenteur, afin de nous faire prendre conscience des émotions contenues dans notre corps. Exercices qui permettent d'augmenter les zones de confort du corps pour diminuer les zones d'inconfort; un moyen de se reposer de la compétition, de ne pas trop taxer son organisme, bref d'en faire toujours un peu moins qu'il est possible d'en faire sans s'étiqueter de paresseux. Je continuai avec des exercices de respiration pour essayer de débloquer, entre la poitrine et l'abdomen, l'énergie souvent retenue au niveau du diaphragme.

J'avais pris comme résolution de m'occuper de moi, de respecter mes limites.

- L'Acadie demeure pour toi une ressource au même titre que ta sensiblité imagée d'artiste de la mer me disait Jungi. Ce jour-là, mon "mandala" représentait une croix en forme d'épée, chargée de symboles cosmiques. L'un des pôles de la croix était une tuyère de fusée en partance: un mélange d'énergie mystique, cosmique et sexuelle. J'avais l'impression de commencer à naître, d'être la cause de ma naissance, d'acquérir le goût d'aimer, de me donner de bonnes chances. Je pressentais que tous mes problèmes et mes solutions étaient liés d'une façon indissoluble, représentés par une série de lignes croisées de différentes couleurs. Une vague montait en moi, mon regard et ma voix exprimant la force de mes mains et de mes mouvements. Jungi intervint:

- Ton "mandala" part trop de la tête.

Cette réflexion me poursuivit toute la journée.

Le lendemain, je décidai que c'était moi d'abord qui étais important!

- Je suis tel que je suis!

Mon "mandala" se développa comme la brise qui devient ouragan, tout en cercles concentriques oranges, noirs, rouges et verts, la mer, un raz-de-marée, l'Acadie, un bateau à voile, un phare... Je pleurais sans arrêt, en exécutant ce dessin. À l'extérieur, je plaçai l'étoile d'Acadie, me rappelant ces beaux moments de la pêche aux coques dans mon enfance. Je trahissais là mon désir de retourner au pays, mais j'avais peur d'être trop seul, marginal et loin des enfants. Jungi me disait:

- Tu restes dans une bulle, il faut communiquer et crever ta bulle.

C'était bien ce que désespéremment je tentais de faire.

La peur était installée dans cette pièce et elle prenait, pour chaque membre du groupe, des visages différents. Le tisonnier m'énervait. Je décidai de faire du feu. Une façon de l'apprivoiser. Puis je me suis assis en cherchant une façon de crever ma bulle. Je suis allé chercher le tisonnier et une bouteille où il y avait une fleur. J'ai commencé à jouer avec le tisonnier. Quand chacun se fut exprimé, j'ai demandé qu'on s'occupe de moi. Mais là, je ne savais plus si je voulais exprimer la tendresse représentée par la fleur ou la peur évoquée par le tisonnier.

- Effeuille la marguerite pétale par pétale et dis à tour de rôle: Je veux explorer ma tendresse, je veux explorer ma peur me demanda Jungi.

J'étais incapable de choisir, il ne restait finalement que la tige et le coton. Cela me représentait nu devant rien.

- Dis à quelqu'un: regarde, c'est moi, je suis rendu là.

Je résistai, car il me semblait que ma tige et mon coton étaient encore vivants. J'allai vers la tendresse, la réceptivité, vers Anne de Luxembourg, voyant en elle une mère à qui je dis:

- Regarde, c'est moi, je suis rendu là.

- Choisis un homme, me dit Jungi en plaçant sa main sur mon épaule. Je me sentais ridicule de dire à un homme:

- Regarde ce que je suis devenu. J'ai honte de te dire ma peine.

Dans ces moments d'anxiété, je brisais ma tige, ayant l'impression de parler à mon père. Jungi me demandait de dire à un homme qui symboliserait mon père:

- Regarde la peine que j'ai, ce que je suis devenu. Garde les yeux fermés.

Je choisis un participant qui, comme mon père, semblait "poigné" dans son corps, mais je trouvais ridicule de lui dire que j'aurais aimé qu'il vive se sensualité, bla, bla, bla, pour finalement avouer que j'avais envie de le castrer.

- Ouvres les yeux, et dis-lui de bonnes puis de mauvaises choses et ne brise pas ta fleur, me conseilla Jungi.

La tige sur mon coeur, je dis au compagnon choisi:

- Trouve l'équilibre entre ton coeur et ton sexe, ne fais pas comme mon père, ne mêle pas les cartes, apprends à goûter au plaisir.

Ma révolte montait et Jungi me donna le tisonnier. J'essayai de fuir en disant:

- Je vais faire un feu de bois pour réchauffer mon père.

J'avais le goût de retrouver une fleur.

- Promène-toi dans le camp avec le tisonnier et la tige puis tu diras aux gens: voici ma révolte, en présentant le tisonnier, ou voici ma peine, en leur présentant la tige, me demanda Jungi.

Enfin, j'avais déjà eu la tâche plus facile... Le temps d'un dîner à osciller entre la révolte et la peine et j'eus tôt fait d'abandonner le tisonnier pour une belle fleur à pétales.

Le "mandala" qui suivit représentait un visage décomposé par la souffrance, comme une image du livre des martyrs ou la figure d'un clown, qui amuse sous le couvert de la tristesse. Je réfléchissais beaucoup sur mon contact avec la femme, hésitant entre l'agressivité et la séduction, avec cette tendance à ignorer les plus belles filles, comme si, quelque part en moi, j'étais arrêté par la peur d'être trop vulnérable, de me faire avoir, réminiscence d'un lointain passé où j'avais été blessé dans ma naïveté et ma tendresse. Quant aux femmes plus âgées, elles éveillaient chez moi un autre mode de relation où l'élément maternel effaçait, chez elles, l'aspect sexuel. Je pensai beaucoup à ma mère cette journée-là; j'aurais souhaité qu'elle se rapproche, qu'elle vienne me chercher et insiste davantage pour savoir où j'en étais, qu'elle m'enveloppe de son contact affectif.

Mon sixième "mandala" représentait encore un visage, mais moins désordonné, plus sympathique, un début d'harmonie. Je reprenais courage. On travaillait en petit groupe avec Florence, qui dirigeait nos ateliers sur la famille.

- Laissez voguer votre imagination pour choisir les personnages que vous aimeriez être, demanda Florence.

J'en découvris toute une panoplie. Napoléon représentait pour moi la capacité de conquête, de pouvoir; Che Guevara, l'idéal révolutionnaire, l'engagement; Einstein, l'intuition, l'intelligence créatrice. Il y avait encore Soljénitsyne qui me fascinait comme exilé politique, à la recherche lui aussi de liberté dans sa droiture et son engagement littéraire. S'y ajoutait enfin, un pape d'une dynastie ancienne, imposant par sa sagesse, son pouvoir, ses orgies et ses vastes connaissances dues à ses contacts multiples avec les savants de l'époque. Mes craintes s'incarnaient dans le personnage d'Abraham sacrifiant son fils sous l'autorité du Dieu austère du châtiment. Je me rendais compte que je n'avais pas choisi de personnages uniquement affectifs, comme un couple heureux par exemple. Le groupe exploita, dans ses choix, toute la gamme des grands personnages anciens et modernes. Plusieurs femmes s'identifiaient à des personnages féminins tels que l'oracle de Delphes, la reine Victoria, la Sainte-Vierge, Marie-Madeleine, Jeanne-d'Arc...

Florence nous demanda alors de jouer au cours d'une soirée tous ces personnages mis en présence. Je choisis de faire l'enfant qui se promenait à la hauteur des genoux de ces grands personnages.

- Je vais te composer une sonate, m'annonça Mozart.

Quand mon rôle d'enfant était bien accepté, je pouvais communiquer ma tendresse, mais dès qu'il était mal reçu, par exemple, par la reine Victoria sur le plan du pouvoir, je devenais rapidement Napoléon. Ce genre d'exercice me faisait me poser bien des questions sur mon contact avec les femmes.

Mon dernier "mandala", le plus beau, fut un visage tout en fraîcheur, teinté de vert, de bleu et d'orange. Les yeux en forme de feuilles symbolisaient l'influence de la forêt, de ma mère; la bouche et le nez, comme un bateau sur l'océan, l'influence de mon père. J'ai reconnu là que la tendresse me faisait aussi peur que l'agressivité. Un autre exercice vint clôturer cette journée. J'avais de la dificulté à imaginer une image constante et nourrissante en dehors de la purification, encore un thème

152

religieux. J'étais tantôt berceau, tantôt oiseau, tantôt foetus dans le ventre de ma mère, qui bêchait. Puis sur une musique, genre quadrille, les yeux fermés, tous en grand cercle, se tenant par la main, nous sommes devenus mouvement, formant une chaîne d'énergie, inspirant à gauche, expirant à droite, nous imaginant ensuite, au son d'une flûte, respirer la lumière du soleil pour la transmettre à notre voisin. Je donnais cette énergie aux petits, sentant qu'ils la désiraient et qu'ils en auraient besoin.

Notre dernière journée fut fertile en découvertes. Une participante, suivie en thérapie individuelle par Florence, éprouvait un fort sentiment de culpabilité, qui remontait à son enfance. Sa mère, enceinte, fit une chute en voulant arrêter une querelle d'enfants et accoucha par la suite d'un enfant infirme. Pour dénouer cette impasse, Florence et Astérix décidèrent de consacrer une journée entière à rejouer ces séquences en psychodrame. Cette participante commença par choisir les personnages qui pouvaient représenter son génogramme à partir de ses arrières grands-parents maternels et paternels. Je fus choisi pour représenter un oncle, bon, travailleur et alcoolique, un modèle typique de cette époque. Notre jeu s'inspirait de ses perceptions, pour finalement remonter jusqu'à ses aïeux qui avaient fait, dans ce cas, un mariage apparemment sans amour. Plus le psychodrame avançait, plus la culpabilité apparaissait diluée à travers tous les personnages. Ressortait aussi l'éternel mouton noir de chaque famille. Pour certains, l'émotion était trop intense: ils revivaient là une dynamique familiale personnelle. Cette cliente avait un double, une autre participante, qui l'aidait à se voir positivement.

À l'heure du dîner, on nous demanda de ne pas parler. Après une baignade dans le silence, je vécus une des plus étranges sensations de ma vie: l'impression qu'à la suite de tout ce brassage de famille, il se nouait, entre chaque personne du groupe, une communication, mais à un niveau profond de l'inconscient. Je n'étais certes pas seul à la vivre, cette impression, mais il est bien difficile de restituer fidèlement, par la parole, ce genre d'état de conscience.

Ce psychodrame m'avait fait prendre conscience jusqu'à quel point je me percevais comme le mouton noir de la famille et combien il était difficile de chercher un coupable: soi-même, les parents, les grands-parents? Les gestes posés le sont toujours pour le mieux, compte tenu des circonstances et des relations antérieures de chacun.

Je gardais de Florence un merveilleux souvenir. Avant de danser avec elle, ce soir-là, je n'avais jamais éprouvé au coeur une telle tendresse, pénétrante comme un rayon. Nous avons marché ensemble sur la terre mouillée, pieds nus, comme des enfants.

# Chapitre XIX

Au retour, les retrouvailles avec Lou-Salomé me réservèrent de délicieux moments, malgré ma fatigue et mes tiraillements. Mon agressivité face à Katia s'était évaporée, et j'essayais de conserver mon humour face au partage des meubles. En prenant les petits pour un séjour en Acadie, je succombai à ce désir d'elle et le lui confiai:

- Accompagne-moi.

Elle pleura en disant qu'elle viendrait probablement. Je la pris dans mes bras.

- Tu me téléphoneras et je te donnerai l'heure de mon arrivée à l'aéroport. Entre temps, je vais déménager, je ne veux plus demeurer dans cette maison, me confia-t-elle.

Mon séjour en Acadie fit renaître l'ambivalence entre Katia et Lou-Salomé. Au téléphone, Katia était indécise sur sa visite. Au pays, le contact avec les petits, les liens avec la famille et les amis me remplissaient de nostalgie; ils me renvoyaient trop aux bons moments passés avec Katia. J'y rencontrais des gens plus heureux, plus simples, moins tiraillés et, pendant les excursions en mer, je sombrais dans la méditation, sentant peser sur moi toutes les attentes, les soupirs et les silences lourds de signification qui émanaient de mon entourage. Katia rappela une semaine plus tard:

- Je ne viendrai pas... Je vais suspendre les procédures.

Je décidai donc d'envoyer au diable toute ma culpabilité. Après tout, elle avait ses buts, et elle me disait ne pas s'ennuyer. À quoi bon se laisser aller au désordre intérieur, devenir tout ''croche''? Au téléphone, Lou-Salomé me confiait:

- Je m'ennuie et je sens toujours ta présence à l'appartement.

J'avais hâte de la revoir.

Les semaines s'écoulèrent; de bons moments avec Lou-Salomé, exaltants même, malgré quelques difficultés sexuelles, lorsqu'elle m'amenait dans des fantaisies qui me réchauffaient et me refroidissaient à tour de rôle. Mais j'avais finalement mis cela sur le compte de l'adaptation. Je me rappelais bien sa petite crise de bouderie lorsque le groupe de Grèce décida de s'offrir une soirée commémorative anodine. Mais pour moi ces détails étaient mineurs. Deux motifs par contre me faisaient plafonner: la vie en terre québécoise, puisque Lou-Salomé n'accepterait jamais de quitter la métropole, et, en toile de fond, cette attirance pour Katia, qui semblait plus gentille. J'en parlais constamment avec Carl sans arriver à démêler, face à Katia, la part respective des sentiments positifs et ceux de culpabilité, de nostalgie et de deuil.

Ce soir-là, Katia s'était arrêtée à la maison. Ce fut l'occasion d'une certaine intimité retrouvée, et, en partant, elle me laissa un magnifique dessin, décoré de fleurs. L'épisode ne fit qu'aviver mon ambivalence.

- Elle sait pourtant que je m'engage dans la direction de Lou-Salomé, me répétais-je.

La culpabilité me rongeait, se traduisant par des jonglages et des insomnies. Une foule d'interrogations surgissaient:

- Mais pourtant à part de m'être jeté dans la baie des Chaleurs, que n'ai-je pas tenté pour retrouver mon centre et vivre une vie de couple normale; fugues, jeûnes, thérapies, folies, effort de vie rangée? Comme si quelque chose au fond de nous empêche la chimie d'opérer.

Lou-Salomé commençait à percevoir mon ambivalence et j'appréhendais ce dimanche soir où je devais ramener les petits.

- Tu me téléphoneras quand tu seras rendu chez toi? me demanda-t-elle.

Lorsque j'arrivai avec les petits chez Katia, elle m'implora:

- Reste suppliait-elle.

Que faire? J'étais pris au piège. Je téléphonai à Lou-Salomé. Katia se sentit rejetée. Je me détestais. Je partis en claquant la porte. Katia m'écrivit sa peine de voir que je ne l'avais pas mieux supportée et sa rancœur parce que j'étais parti aussi brutalement. Elle attisait ma culpabilité, mais je ne voulais pas rompre avec Lou-Salomé. Je ne savais plus trop comment interpréter les messages de Katia.

- À l'été, lorsqu'il m'a fallu l'attendre pendant une dizaine de jours, je suis passé bien proche de la fatalité lorsqu'un soir, là-bas, je fus pris de vertige à vingt kilomètres des côtes, alors que j'étais en train de pisser en haute mer à la pleine lune. Oui, je suis passé bien proche du paradis... Katia semble se mettre en travers d'un bonheur possible en jouant ainsi au chat et à la souris.

Mais le doute était semé; le doute qui doute.

Depuis quelques jours, comme un moine en retraite, je m'étais installé à l'abbaye Saint-Benoît. Tiraillé, des obsessions à fleur de peau, je n'investissais aucune énergie.

- Katia cherche mon soutien, mon amitié. Serait-elle prête, éventuellement, à reprendre, malgré sa peur?

La culpabilité me suivait comme une ombre.

- Si Katia avait maintenu son rejet, je n'aurais pas à assumer toutes ces décisions...!

Mes pensées revenaient vers Lou-Salomé. C'était bon.

- Elle souhaite une relation plus intense, me parle d'un enfant, m'offre de perdre la tête pour retrouver mon cœur.

Avec Eva ça n'a pas marché. J'ai cru le retrouver avec Katia. Même échec. Vaudrait mieux être seul, ne m'embarquer avec personne. Des envies de tout lâcher et de faire comme bien des compatriotes qui se sont retrouvés sur la côte lorsqu'ils n'arrivent pas à cicatriser leur blessure ailleurs. Mais, seul dans son milieu, je glisserais très vite dans la dépression... Que je suis donc embrouillé!

Je me promenais dans les sous-bois, avec le crissement des feuilles d'automne; des torrents parcouraient ma tête...

- Si je pouvais vivre avec Lou-Salomé en oubliant tout le passé, il me semble que je serais heureux. Je suis bien avec elle... quand je me laisse aller. J'aurais aimé la rencontrer à un autre moment, arrêter le temps et partir six mois en voilier... Si je la quitte, j'aurais à faire mon deuil, novembre, arbre sans feuilles. Mais si je fais fausse route avec elle, je vais me retrouver dans une situation pire que celle d'avant...

Quelques feuilles voltigeaient autour de moi, et une perdrix roucoulait dans l'air matinal...

- Parfois, le matin, en ouvrant les yeux, je pense à Lou-Salomé. Mais c'est encore une illusion. Je ne peux lui faire perdre son temps... Pourtant, je tente d'écouter mon coeur..., peut-être que je résiste au plaisir.

Les pommes s'accrochaient à ma mémoire dans le verger de l'abbaye.

- Carl semblait content de me voir en relation avec Lou-Salomé: cela me rapprochait de lui. Peut-être a-t-il perçu dans mon regard et dans mon corps, des joies que je n'avais jamais exprimées auparavant? Je voudrais bien le voir, lui, pris dans ma peau... Hier soir, la fille de la page couverture illustrant le livre de Lowen, *"Le plaisir"*, ressemblait étrangement à Lou-Salomé. La seule place où je me repose la tête, c'est quand je suis avec elle. Même chez Tuck je ne suis plus bien. Loin de mes racines, je suis tout décentré. Avec Lou-Salomé, c'est Montréal et ce n'est pas chez moi. Mais où en Acadie pourrais-je me sentir chez moi? Les petits villages c'est trop tranquille, il n'y a pas de travail et les villes ne reflètent que notre rang de citoyens méprisés par un pouvoir qui n'est pas le nôtre.

J'étais parvenu à une clairière, un peu plus haut dans la montagne. L'abbaye se profilait en contrebas, oasis de paix contrastant avec le déluge de réflexions qui m'assaillaient.

- Katia s'est toujours présentée comme la femme parfaite, pourtant plusieurs de ses messages contradictoires ont mis en doute mes propres perceptions. Ses influences d'enfance ne lui ont pas appris à être positive avec moi: elle était toujours en train de critiquer! Ce qui me donnait souvent l'impression d'être inférieur, de ne jamais être à la hauteur de ses exigences. Pourtant elle est tellement forte et riche... Non, je retombe dans les chimères... J'avais caressé l'espoir que l'histoire d'amour racontée dans mes peintures aurait pu se réaliser avec elle. Puis il s'est passé quelque chose... Je ne sais plus... Je n'ai pas à me sentir coupable. Puis, avec l'été, a surgi l'espoir que l'Acadie nous réunirait peut-être... Non, l'espace où l'on se retrouve est sans importance. Si l'on ne se rejoint pas ici, on ne se retrouvera pas davantage ailleurs.

Une corneille croassait en haut d'une grande épinette...

- Et ces maudits somnifères que je prends depuis des mois... Je me réveille hagard, et je fixe le plafond. Je dors très mal chez Lou-Salomé. L'autre soir, cependant, j'ai bien dormi chez Katia, comme si tout rentrait dans l'ordre; la culpabilité s'était diluée.

Je suis redescendu à pas de moine, arpentant la grande allée des saules pleureurs, et je me suis assis sur un banc de la chapelle. Mes pensées continuaient à bouillonner...

- Je pourrais dire à Katia: j'ai une blonde, et, avec toi, c'est vraiment terminé. Je pourrais dire à ma famille: fichez-moi la paix, j'ai une amie et je mène ma vie comme je l'entends. Je vous la présenterai à mon prochain voyage. Investir avec Lou-Salomé... Je vais me sentir terriblement obligé de réussir ma relation!

Dans ce lieu de recueillement, je voyais la peau de Katia, celle de Lou-Salomé, toutes sortes d'images érotiques montaient, chaudes et vivantes, prêtant vie aux statues de ce lieu...

Je grimpai finalement dans ma chambre pour écrire une lettre à Lou-Salomé.

- Ma seule façon d'être bien actuellement, c'est avec toi. Ce n'est pas correct, je dois être bien seul, aussi. J'ai marché et médité beaucoup, sentant ta présence et ta beauté intérieure. J'ai passé des heures à la chapelle m'imaginant en train de peindre à l'intérieur du dôme, une grande fresque, une belle histoire d'amour qui pourrait être la nôtre. J'aimerais une petite fille de toi. Je suis monté jusqu'aux rives d'un lac par un chemin qui te symbolisait. Je me suis couché dans les feuilles. J'ai pris une décision: j'ai des choses à dénouer seul, avec moi et avec Katia. Je vais peut-être le regretter. Je sais qu'un deuil n'est jamais facile à oublier... Si je pouvais arrêter le temps et partir avec toi en voilier, pour Djerba la douce! Je ne voulais pas te causer de peine, mais c'est le risque que je dois prendre. Je suis incapable de vivre cet amour présentement. Et j'ai besoin de temps pour brasser cela avec Carl, pour me situer par rapport à Katia. C'est important pour moi d'aller au fond, d'être auto-nome, de retrouver ma beauté au-delà du chaos avant de m'en-gager. J'avais pensé te demander un mois de grâce, l'espoir d'une porte entrouverte. Mais ce sera peut-être plus long. Le risque, je le prend maintenant. Même si je sens ta présence souvent, je sais bien que je suis trop mélangé actuellement pour vivre une relation épanouissante avec toi. J'aimerais que se terminent là nos relations...

Je renonçai à poster la lettre.

La nuit suivante je rêvai que ma mère était morte, décou-pée en morceaux par mes frères et que je n'en avais rien dit à mon père. Quelle agressivité! Comme si, l'accusant de tous les maux du ciel et de la terre, je lui en voulais pour mes difficultés à mordre dans la vie.

En cet automne de l'ère du Verseau, je téléphonai de l'abbaye à Lou-Salomé. Ma décision était prise.

- Ne m'attends plus, je ne suis pas sûr de moi!

- Viens me retrouver demain soir, on en reparlera, me répondit-elle.

Ce lendemain, je rencontrai Carl qui ne semblait pas apprécier ma décision; mais j'y tenais. J'étais anxieux et coupable à l'idée de voir Lou-Salomé pour la dernière fois. Mais tout se passa d'une façon imprévue. Lou-Salomé avait décidé de faire une fête avec du vin et du homard pour notre dernière soirée. Ce fut superbe. Elle me laissait partir avec un très beau souvenir.

De retour avec Katia, je ressentis un certain soulagement, une culpabilité moindre. Sans l'avouer elle semblait contente que j'ai laissé Lou-Salomé. Je lui avais écris une petite note:

- Apporte miel et berceuse, ton rire si je dramatise et dans ta besace ta source de plaisir.

Elle devait s'absenter pour cette fin de semaine et me demanda de garder les petits. Ce que je fis, déçu de son absence. En revenant, le dimanche soir, elle conclut:

- J'avais seulement besoin d'un support; je ne t'ai jamais demandé de rompre avec Lou-Salomé.

- Pourtant ce que j'ai perçu des messages des derniers mois me laissait croire à quelque chose de différent. Mon ambivalence ne se nourrissait pas toute seule.

- Ce que tu as perçu n'est que le produit de ton imagination.

Un volcan montait en moi; elle crut que je voulais l'étrangler.

Deux jours s'écoulèrent. Katia revit son consultant qui l'amena à se rendre compte qu'elle aussi avait mis du bois dans le poêle, qu'elle avait joué un rôle dans la rupture et la reprise si l'on pouvait appeler cela ainsi.

À l'aube, je me suis levé aux rayons du soleil qui filtraient au delà des montagnes, et, à bicyclette, je suis allé dans les sentiers sauvages, méditer.

- Hier soir, ce fut bon pourtant, me disais-je. Je trouvais en elle une confidente. Ce fut bon aussi dans mon corps, mais moins que dans mes souvenirs... Pourtant je sens qu'elle prend trop d'espace, qu'elle envahit. Et cette négation d'une partie de notre relation me désarme...

Je m'étais arrêté quelques instants près d'une petite source sous le feuillage diffus...

- Je l'ai encore sur le coeur ce contrat, pensais-je, et tout ce qu'il a symbolisé pour moi. Si j'avais eu le temps de récupérer après mon divorce, le temps de me sentir à l'aise pour en parler, mais non, il fallait que je m'embarque rapidement, pour rassurer le beau-père, disait-elle, ne pas lui faire de peine. Si elle m'avait aidé à affronter au lieu de couvrir... Se laisser simplement le temps de respirer... De toute façon nous ne nous serions peut-être jamais rejoints! Et tout ce monde qui voyait en nous un couple heureux... Enfin, il s'est replacé disaient-ils. J'étouffais de réfléchir cette image. La solution est venue par la voie de l'incohérence des obsessions. Mon départ du pays signifiait mon incapacité à me tirer de ce pétrin-là, là-bas... Ce serait plus facile si Katia avait des défauts évidents; mais non, elle est bien acceptée de tous.

Je regardais, au fond de la petite source, un caillou poli par le perpétuel bouillonnement. Il me ramenait le souvenir de ces interminables nuits où je me réveillais après avoir rêvé que je ne pouvais franchir la muraille étrange qui nous séparait, où j'acceptais quasiment d'être membre de cette caste de parias qui n'arriveraient jamais, quoiqu'ils fassent, à trouver le bonheur sur cette planète.

- Je me disais: mes obsessions furent moins fortes quand j'ai commencé à assumer mon départ et à me nourrir de positif. J'ai des choix à faire qui nécessitent des deuils.

Je revins au foyer. Katia était à nouveau énigmatique,

distante et froide, me signifiant, qu'au fond, elle était ailleurs. Cette nuit-là, dans le grand lit à baldaquin, je me réveillai d'un mauvais rêve. Il y avait eu une chicane; je me sentais envahi. Une de mes soeurs était présente. Katia me disait:

- Demain tu partiras.

Et je répondais:

- Jamais, je suis chez moi ici, ton appartement est ailleurs.

J'étais fâché. Dans mon rêve, ma mère venait d'arriver:

- Ton père est en bas avec sa soeur et sa tante, me confiait-elle... Est-ce que ça va bien avec Katia?... Comme tu es le fils aîné, vas offrir à ton père ce cadeau, cette bouteille de vin.

J'étais mal. Ma tante était assise dans l'escalier. J'offris le vin à mon père qui me répondit d'une façon incohérente. Ma mère expliqua:

- Nous sommes venus parce que ta tante désire un avis de Katia avant de subir une opération.

Je me sentais de trop; je n'étais pas l'objet de la visite. Les plus grands interdits dans mon milieu étaient représentés par mon père, sa soeur et sa tante. Leur jugement me faisait peur, et ils étaient tous là, non pour m'écouter, mais pour me juger et obtenir un conseil de Katia. Je sentais qu'elle était la préférée et qu'on me disait de me compter chanceux d'avoir une femme si extraordinaire... Je devenais plus conscient du regard de ma famille.

Au réveil, je fus pris à nouveau d'obsessions de toutes sortes: la gamme complète. J'étais mal à l'aise de voir Katia venir dans ma famille prochainement, malgré l'ambiguïté de la situation. J'avais hâte de partir: le sentiment de m'être fait avoir et d'avoir laissé tomber Lou-Salomé pour des chimères. Toute la journée l'incohérence dans ma tête. Ce retour avait brassé trop de choses enfouies. Je me sentais tiraillé entre la mer et Lou-Salomé, que j'aurais bien aimé emmener au bord de la côte... Finalement, je partis pour le pays...

Je passai une semaine à l'Anse aux-Varech à ressasser l'idée que ma conscience, aux prises avec les interdits du milieu, m'empêchait d'assumer la rupture avec Katia et de repartir dans le positif. Que de cette incapacité naissaient mes obsessions. Les derniers jours, je m'ennuyais de Lou-Salomé, comme si une réponse était en train de se dessiner.

Tout au long de cette journée, dans l'auto qui me ramenait à Montréal, je rêvassais:

- C'est clair qu'elle me manque. Les enfants pourraient bien avoir deux mamans. Je me construirais un phare sur mon terrain de la côte, pour y séjourner à l'occasion et continuer à créer. Et, Lou-Salomé serait peut-être heureuse dans l'odeur du grand large...

C'était la première fois que je ressentais si profondément, si paisiblement ce désir de vivre ailleurs qu'au pays, que ça n'avait plus d'importance, l'essentiel étant de vivre là où le coeur appelait. Mais les rêveries repartaient de plus belle:

- Katia, elle, fait bien l'amour; j'aime son corps, la beauté chez elle part du bas pour monter vers le haut; chez Lou-Salomé, c'est le contraire. Comme c'est curieux. Deux beautés différentes. Comme j'aime le corps de Lou-Salomé sur le mien.

Une religieuse était assise à côté de moi dans l'auto, les mains jointes, égrenant les boules de son chapelet. En pensée, je faisais l'amour avec Katia, c'était sauvage, agressif, plein d'instinct. Les perles du chapelet continuaient à défiler près de moi, et je revenais à ma sexualité sauvage, le corps plein de malaises, le coeur loin de mes besoins. Un voyage anarchique...

À mon retour, Katia m'appela:

- Je suis déprimée, disait-elle, je n'ai plus d'argent, j'abandonne mes rencontres en thérapie.

164

Ma culpabilité s'enfla comme un immense ballon, mais j'avais repris des forces. Je l'encourageai de mon mieux, ma décision était prise. Lou-Salomé habitait mes pensées.

Je me rendis chez Tuck et sa compagne, au chaud, près du foyer, rêvassant à Lou-Salomé toute la soirée. Je m'ennuyais. Un bonheur possible semblait attendre tapi au coin du feu et toute la soirée il me réchauffa. J'avais apporté à Lou-Salomé une caisse d'huîtres, que j'avais laissée à sa porte avec ce mot:

- Des baisers en coquillage t'attendent.

Et je guettais un appel...

# Chapitre XX

Les retrouvailles avec Lou-Salomé furent merveilleuses: un va-et-vient entre les étreintes, le vin, les huîtres et l'odeur des draps frais. Les "je t'aime" fusaient, passionnés.

Elle encercla la date sur le calendrier. Quelques jours sublimes dignes d'un conte de fée...

Peu de temps après, au souper, chez mon ami Richard, la chicane s'engagea entre Richard et Lou-Salomé concernant les médiums et leurs capacités de communiquer avec les esprits. Richard ne voyait là que fumisterie et la conversation s'orienta vers le rapport de forces. Qui allait dominer l'autre? Je me tenais à l'écart avec la copine de Richard. Soirée lourde. Je ne voulais pas choisir entre ma blonde et mon meilleur ami. Richard était méfiant et accusait Lou-Salomé de le provoquer inutilement par sa prise de position. Et il semblait bien y avoir quelque chose comme ça dans l'air. Lou-Salomé se sentit frustrée par ma neutralité. Elle me bouda et s'enferma dans une sorte de glaçon. Le lendemain, il fallait reprendre le quotidien. La lune de miel avait dérapé. Des germes étranges menaçaient notre relation amoureuse.

Je me promenais de la cave au grenier ce lundi-là, peu de temps après nos retrouvailles. Je démêlais difficilement toute la complexité de notre relation, avec pourtant la fugitive impression qu'un rapport de forces se dessinait, que l'engagement amoureux signifiait, pour Lou-Salomé, la soumission et l'exclusivité totale de l'autre, mais en même temps aucune attente, afin qu'elle se sente en situation de contrôle. Je m'étais livré pieds et poings liés et j'avais oublié le principe de Tuck:

- Protège-toi et agis toujours en fonction de toi...

- Je n'ai pas le goût d'être amoureux uniquement à l'intérieur d'une pièce de théâtre. Je ne me retrouve pas dans ses compartiments. Naïf que je suis de croire que ma vie recommencerait lorsque je me serais engagé avec elle. Je n'ai plus le goût d'être exclusif. Elle joue avec mes sentiments! Pourtant elle était plus proche quand j'étais indépendant, quand elle me séduisait.

Ce mercredi-là, je lui ai téléphoné:

- Je n'ai pas le goût de te voir pour un certain temps. J'ai besoin de m'isoler à la suite de nos différends chez Richard, me confia-t-elle.

- Veux-tu me téléphoner vendredi alors?

- D'accord.

Je tournais en rond dans ma grande maison vide, éprouvant un sentiment de rejet, méditant sa dernière phrase:

- Tu me laisses pas assez approcher sexuellement... tu t'avances trop.

Seigneur! verrai-je le paradis un jour!

Vendredi, le téléphone sonna.

- C'est toi Ulysse; je n'ai pas le goût de venir te voir ce soir.

- Que dirais-tu de demain?

- Non, pas demain.

- Qu'est-ce qui t'arrive?

- Je me sens déprimée, angoissée par des vertiges et des peurs de mourir.

- Mais alors je vais aller te voir; on parlera, je te bercerai.

- Non, je me pose des questions sur notre relation. Je te téléphonerai demain midi pour te dire ce que je vais faire.

Une migraine du côté de l'oeil droit, celui qui analyse, commençait à me grignoter. J'ai couché les petits, puis j'ai pris mes pinceaux, mais l'inspiration ne venait pas.

Le lendemain comme dans un téléroman, empêtré dans la langueur du temps immobile, je suis rivé au téléphone. L'attente!

- Elle m'a bel et bien accroché!

À trois heures, le téléphone sonna:

- Je me suis rendue à ma thérapie! Je t'en reparlerai, me dit Lou-Salomé.

Je n'arrivais de toute façon jamais à savoir ce dont elle discutait dans ses entretiens.

- Je ne peux pas venir car je dois voter pour l'élection du maire, poursuivit-elle.

- C'est bien la première fois que tu t'intéresses à la politique, m'étonnai-je!

- Je te rappellerai plus tard, en fin d'après-midi.

- J'aimerais beaucoup te voir ce soir.

- N'insiste pas, tu n'es pas assez autonome.

- Je trouve que je ne me débrouille pas si mal dans ma situation. Tu joues des jeux avec moi; tu me séduis puis tu me fais niaiser. Si tu veux pas me voir ce soir, reste chez toi!

J'ai fermé la ligne en l'envoyant au diable, désemparé.

- Elle a voulu me faire plier face à ma neutralité dans son

conflit avec Richard. Elle se sait maintenant en position de force.

Je lui écrivis un petit mot lui disant que c'était fini. Je me couchai, le coeur serré...

Mais le lendemain, je décidai d'aller la voir, conscient que c'était bête d'en finir ainsi. Lorsqu'elle apparut dans le cadre de porte, elle faillit presque me violer. Je l'avais traitée d'hystérique au téléphone lui disant qu'elle jouait avec ses hommes, qu'on m'avait prévenu.

- Qui t'a dit cela? me lança-t-elle.

Il valait mieux changer de sujet... Et la soirée se calma. Je me promis d'essayer d'être plus autonome, mais je ne comprenais trop comment être disponible sans m'abandonner, comment rester amoureux tout en étant sur mes gardes. Sur son grand tapis mousseux, l'amour, les gestes dégelèrent un moment ma méfiance. Puis ses vertiges la reprirent. Je me sentais impuissant; elle ne voulait point m'en parler.

Comment vivre une relation saine en se méfiant à ce point? Mais je suis amoureux d'elle; peut-être que je suis trop envahissant et que je déclenche chez elle une peur d'être dépendante... Elle a tendance à ignorer des aspects importants chez moi: tout ce qui touche à mes racines, à mon goût de créer à ma façon... Il me faut inventer des stratégies pour me protéger... c'est fatiguant!

Une accalmie, une trêve s'installa. Ça faisait du bien. J'apprenais à être plus autonome, à me protéger tout en me laissant aller à la relation avec Lou-Salomé. Je constatais mieux combien à des niveaux profonds de soi, de sa vie, on est toujours seul. Telle est la condition humaine. À d'autres niveaux, on rencontre l'amitié, l'amour, une autre facette de la condition humaine. La trêve fut rompue ce vendredi soir-là, en cette fin de semaine de novembre alors que surgit un nuage au sujet de sa famille. Lou-Salomé me parla pendant des heures de ses photos d'enfant et tout commença à prendre l'allure d'un drame. Un long moment de tournage en rond sur ses nostalgies, l'impossibilité de glisser sur ses souvenirs par la fantaisie, la diversion, le rire. Elle me bouda jusqu'au samedi midi. L'imprévisibilité de cette relation me déroutait, m'angoissait. Le soir, elle se confia à propos de son histoire d'amour avec son père.

- Depuis deux ans que mon père est mort, disait-elle, je vis encore cette histoire d'amour. J'en parle beaucoup en thérapie, car ce blocage m'enpêche d'aller plus loin avec les hommes.

J'étais heureux qu'elle me fasse confiance, par cette importante confidence. Mais rapidement cela tourna en monologue, et je ne pouvais lui apporter aucun soutien. Je l'écoutais, la regardant s'enflammer sur des mots. J'avais le goût de la bercer, de la prendre dans mes bras. Mais elle me tenait à distance: une sorte d'initiation. Le marteau sur le bahut me dérangeait; j'avais l'impression de frapper une tête en plâtre qui ressemblait à la sienne. Le moule volait en éclats mais il était vide. Une frustration de ne pas avoir d'accès à son monde... Puis la nuit nous enveloppa dans une mystérieuse bouderie.

Toute la journée du dimanche, je gardai une sensibilité à fleur de peau, accumulant des images agressives. Mon contact avec le réel était vaporeux. Sur le Mont-Royal, où nous étions allés marcher, une peur diffuse m'envahissait, comme si je m'enfonçais dans une sorte de labyrinthe amoureux qui me laissait un goût amer.

Le soir, un nuage s'éleva à propos de nos conceptions politiques et sociales touchant le Québec. Nos vues sur l'évolution des francophones d'Amérique étaient difficilement conciliables. Lou-Salomé était issue d'une famille qui jouait un rôle important en politique canadienne, et ce que je pouvais penser n'avait pas grande résonance chez elle. J'avais l'impression de retrouver de vieux arguments éculés mais au fond, que venait faire ce sujet bâtard dans notre relation? Ce soir-là cependant il avait envahi toute la pièce. Je sortis faire une promenade en auto pour m'isoler de cette froideur qu'elle manifestait dès qu'il y avait entre nous divergence d'opinions. Je ne comprenais guère ce qui s'était passé entre la béatitude de la période précédant la déclaration d'amour et celle de l'ébullition actuelle, déclenchée au fond par de petits riens. Le lit ne réussit pas à régler davantage ce qui, affectivement, ne se dénouait pas. Préférant les somnifères à une confrontation, je m'endormis. Dans mon rêve de la nuit, j'entendis une voix de mon village:

- Viens t'en par icitte, tu y seras bien.


En thérapie, je parlais beaucoup de cette relation, essayant d'en trouver la clé. Je regrettais parfois de l'aimer. Katia avait des valeurs plus humaines, mais j'étais dans le champ magnétique de Lou-Salomé.

- Entre une passion torturée et une relation affective avec Katia où je ne suis pas heureux, que faire? Si je pouvais ressentir pour Katia la passion que j'éprouve pour Lou-Salomé... me disais-je.


Le bouillon de culture mijotait toujours à la mi-décembre.

- Apprendre constamment à ne compter que sur moi, ne jamais me décentrer. J'ai trop ouvert mon coeur, me disais-je...

Carl m'encourageait à éclaircir nos sentiments là-dessus, à y mettre de la transparence. J'écrivis une lettre à Lou-Salomé, lui expliquant que j'avais besoin de la sentir plus attentive, plus chaleureuse. Elle répliqua:

- Je n'accepte pas tes pressions.

- Ne prends pas ça pour des pressions, j'essaie seulement

de te communiquer comment je me sens parfois.

Je repartis chez moi, frustré.

Quelques jours plus tard, j'écrivis à Katia. Je sentais monter toute la nostalgie de Noël. Les familles nous avaient invités pour les fêtes, Katia désirait venir avec moi dans ma famille, bref, rien pour me faciliter la tâche.

- J'ai beaucoup de tristesse, lui disai-je, car je ne passerai pas les fêtes avec toi et les petits... J'aimerais te serrer dans mes bras. Ces derniers temps, quand je te vois, je pleure, mais c'est plus fort que moi cette muraille qui nous sépare. Je pleure pour toutes ces choses comme si le destin décidait pour nous. Je n'y peux absolument rien.

Je suis allé chez Katia avec les cadeaux de Noël. Rires et pleurs; les petits cherchaient à me retenir. Je les sentais bien avec Katia cependant. Elle s'en occupait beaucoup.

Noël à la maison de campagne jusqu'au Jour de l'An, avec Lou-Salomé. Les petits sont venus. De belles journées passées à arpenter les forêts enneigées, à se gaver d'air pur et de beauté. Scénario inchangé, moments merveilleux, moments tourmentés. Quand elle décidait de bouder, je faisais le vide et grimpais au grenier barbouiller mes toiles. Je commençais à me sentir atteint dans ma spontanéité amoureuse. Elle choisissait ou refusait le moment, le lieu, la façon. Mais je conservais toujours l'espoir qu'au-delà de cette barricade, fleuriraient les roses et le muguet...

Je n'avais pas téléphoné dans ma famille ni reçu d'appel pour le Jour de l'An et je me sentais comme le mouton noir qui ne s'était pas présenté à l'invitation de sa femme. Ce soir-là, angoissé, la tête de Lou-Salomé m'apparaissait encore comme une poterie que j'aurais voulu briser pour lire à l'intérieur. L'éparpillement généré par l'angoisse, le désir de revoir Katia avec la crainte d'être en train de consommer la séparation, l'inéluctable, un besoin plus immédiat de me défouler, tout cela s'entrecroisait au fil de cette soirée. La nuit m'apporta un cauchemar où j'étais poursuivi par un troupeau de bisons. Et un couple de mon village me disait:

- Reste par icitte; tu es un support pour nous autres.

Au réveil je me sentais loin de Lou-Salomé; un goût de me nicher au creux de Katia. Mes états d'âmes s'apparentaient étrangement aux mouvements des marées. Ce va-et-vient me créait des tensions sexuelles; l'impression peut-être que je trompais Lou-Salomé en ayant le désir de voir Katia et de me blottir près d'elle. Comme si la relation avec Lou-Salomé n'était qu'un voyage passionnel, un intermède sexuel, un magnétisme qui m'ennivrait en faisant jaillir une quelconque hormone. En tout cas, ce matin là.

Les fêtes étaient déjà loin. Le sommeil me fuyait toujours. Je le prenais à saute-mouton, perdu dans une absence de tendresse et de calme. Au bistrot, j'avais remarqué de belles filles saines, entrevoyant un chemin parsemé de moins de leurres... J'étais bien décidé à me protéger en allant le moins possible chez Lou-Salomé où je commençais à devenir jaloux de ses chats qui prenaient trop de place. Je gardais une distance, chèrement gagnée il fallait l'avouer.

- Est-ce la fin de notre relation ou le début d'une ère nouvelle, me demandai-je?

Tout comme les compagnons d'Ulysse qui, sur l'île des Lotophages s'abreuvèrent aux fleurs de l'oubli, les fleurs de lotus, je cherchai une parade à ma vulnérabilité, un moyen d'oublier les phases de froideur de Lou-Salomé. J'avais cette crainte de devenir son esclave, et j'étais conscient surtout quand je fumais, de ma méfiance, de cette peur de me faire avoir, d'être blessé. Se renforçait aussi le désir d'assumer mieux ma solitude en me retirant en ermite dans ma hutte pour consolider mes arrières d'une sécurité matérielle quotidienne. Pouvoir me retrouver le soir dans un logis où je me sentirais bien dans mes choses...

Mes derniers clients me rendaient visite dans le solarium, ma pièce de soleil et de fleurs préférées. J'avais beaucoup investi avec eux; ils se sentaient bien chez moi, reçus en toute simplicité hors des cadres formels des officines bureaucratiques. J'avais pourtant pris la décision de mettre un terme à ce travail, manquant de courage et de nourriture. À Montréal se présentait un nouvel emploi auprès d'enfants en milieu éducationnel. J'espérais que ce travail avec des enfants me permettrait de retrouver cette joie, cette spontanéité de l'enfance. L'énergie qui me restait après mes déplacements et mes entrevues était totalement consacrée à créer des liens et un climat d'équipe avec le personnel, charmant d'ailleurs. Je cherchais une nouvelle ivresse, celle de la volonté...

Il faisait bien frisquet chez Lou-Salomé en cette fin de janvier à contempler cette créature de rêve. Je claquai la porte et dévalai l'escalier en me promettant bien de ne plus y remettre les pieds. Faute de temps pour dénicher un abri dans la métropole, je demeurai, pour une somme modique, dans un vieil hôtel presque désert. Le premier soir, j'eus peur. Je ne trouvais personne dans l'édifice et je décidai de fermer la porte à clef croyant un moment voir surgir de grands fantômes blancs auprès de mon lit.

Dix jours déjà. Je commençais à m'ennuyer au milieu de mes occupations: le travail, la chambre, les quelques entrevues à terminer... et la plomberie de l'égoût qui avait gelé dans la maison en vente. Je téléphonai à Lou-Salomé, qui me répondit qu'elle n'était pas disponible pour le moment. Je revins à la charge et lui écrivis toutes sortes de fantaisies.

- Un bon souper dans un endroit intime, puis le cinéma, "L'arbre aux sabots".

Oui! elle aimerait ça.

- Tu sais, j'ai besoin de toi pour peigner ma barbe qui s'en va en broussaille.

Ça devrait l'émouvoir!

- As-tu lu le livre de Languirand que je t'ai prêté? Il y parle de la crise de civilisation que nous traversons. Il dit qu'on ressort plus fort de l'épreuve surmontée… Est-ce que tes chats s'ennuient de la campagne? As-tu encore mon numéro de téléphone au travail?

Elle aurait pu le perdre.

- Ce serait bien agréable de se dorloter…

On se revit finalement. Une rencontre délicieuse qui au moins dura tout un soir!

Quelques jours plus tard, je me dénichai un logis charmant sous les feuillages en bordure du majestueux Saint-Laurent.

Mes pertes de mémoire étaient moins fréquentes, mais le sommeil me boudait. Je pleurais en m'endormant, avouant à Carl que je voulais mourir. Un soir de brunante, je rêvai qu'un de mes clients s'était suicidé. Comment ne pas voir là un simple déplacement de mon désir. Malgré tout, j'étais bien déterminé à traverser l'Antarctique s'il le fallait, pour rejoindre Lou-Salomé.

En thérapie, je ne parlais que de ma relation.

- Comment briser le mur: quand je suis loin, Lou-Salomé se rapproche, quand je suis proche, elle retourne rapidement sur son île.

Je décidai cette semaine-là d'aller me distraire en bio-énergie avec Astérix le Breton, un moyen comme un autre pour trouver la clef de mon énigme. Je me disais bien que travailler sur soi, c'est jamais perdu.

# Chapitre XXI

Mes péripéties avec la "Gestalt" furent, dans l'ensemble et malgré de durs moments, des étapes positives de mon cheminement: de beaux souvenirs! J'aurais bien voulu à ce moment-là de ma vie décoder l'avenir déjà inscrit dans mon présent, explorer ce futur par une session utilisant le tarot et le Yi King, mais les circonstances me permettaient seulement de m'inscrire à une fin de semaine intitulée Bretagne-Québec en corps. Ceci afin de réapprendre à écouter, répondre, sentir mon corps, pour en laisser émerger le mouvement, le souffle, le cri, la parole oubliée. De concert avec mon guide, Astérix le Breton, je me suis laissé aller à respirer le souffle de la joie d'être, tout simplement, libérant mes épaules des charges inutiles que le passé avait inscrites dans les crispations de mes muscles. J'avais aussi en tête la ferme intention d'éclairer ma difficulté à m'adapter avec Lou-Salomé; être moins sensible à ce que je percevais comme un rejet féminin. C'est ainsi que mes rapports avec Lou-Salomé et la relation avec ma mère et les femmes en général mijotèrent dans mon pot-au-feu pendant cette fin de semaine de la mi-février.

Ma mère cette grande inconnue! Je me souvenais de cette fois où elle m'avait écrit:

- Bonjour mon grand!

Cela m'avait fait immensément plaisir. Pour moi, comme pour les autres, beaucoup se ramenait aux influences familiales, la matrice première de ces quasi-jeux de rôles riches pour plusieurs en traumatismes encore d'actualité. Je pensais à ce don de conteur de mon père qui, mille fois, me fit rêver avec les histoires d'amour du héros qui rencontrait la princesse exotique, ce qui, sans doute, constitua le limon où prirent racines d'une façon ou d'une autre mes relations amoureuses.

- Peut-être ai-je choisi mes amours en fonction du raffinement que j'ai toujours aimé chez la tante de ma mère... Elysa avait ce côté raffiné; Katia aussi... Ma mère a-t-elle été acceptée par la belle-famille, leur petit côté snob? Rien de moins évident, concluai-je.

Toutes ces réflexions foisonnaient à l'occasion de cette dynamique qui regroupait, pour cette session d'hiver, une quinzaine de participants des deux sexes dont quelques-uns se connaissaient déjà depuis la session d'été. L'atmosphère y était chaleureuse, dans cette salle où le tisonnier me rappelaient les moments difficiles de l'été.

Je voulais me pencher sur ma famille, sur cette absence de ma mère, sur ce manque de lien affectif qui créait chez moi une espèce de vide. Je me tenais debout, en costume de bain devant le groupe, sous l'oeil observateur d'Astérix, ayant à l'esprit l'image de ma mère d'un côté et celle de mon père, de l'autre. Entre les deux, se dressait un blindage qui empêchait leur rencontre, comme s'ils ne pouvaient aller ensemble. À la demande d'Astérix, le groupe m'entoura de matelas. J'étouffais, tout en essayant de temporiser, puis je réagis avec violence, renversant tout.

- Étends-toi, laisse-toi aller à émettre les sons qui te viendront, proposa Astérix.

Je hurlais ma révolte, ma rage, à ma famille. Puis il me donna une serviette que je lançais au plafond en criant comme pour envoyer au diable cette famille. Mais je ne pouvais m'en débarasser et je tordais la serviette en criant. Puis, curieusement, cela tourna en une sorte de jeu érotique qui réveilla bientôt un goût de pleurer, semblable à celui qu'on éprouve parfois après l'amour. Mon guide se rapprocha de moi, me regarda. Ma main gauche caressait mon coeur, mon poing droit serrait la serviette. J'alternais entre la confiance et la méfiance. La proximité de son regard devenait insoutenable. Mon ambivalence s'aiguisait, mais je réussis à placer une main sur son épaule, gardant toujours la serviette dans l'autre main. Je n'arrivais pas à me réconcilier avec moi-même.

- Vas-tu me donner un coup de poing? demanda-t-il.

Ma bouche crachait toutes sortes de sottises pour repousser cette tendresse, tandis que je lui demandais de caresser mon sexe. Je ne comprenais pas le pourquoi de toutes ces sottises; prétexte pour, à la fois, ne pas laisser tomber ma révolte et vivre avec lui comme avec un père. Je restais tout surpris de mon état de transe, de ces idioties surgies de l'inconscient, de ces avances sexuelles: l'image du diable qui veut tenter le Christ. Une main qui caressait et l'autre qui se défendait, comme la fleur et le tisonnier de ce fameux été. Je lui demandai alors de se colleter avec moi, forme de bataille amicale où chacun éprouve sa puissance comme s'il était ce père avec lequel je désirais mesurer ma force. Puis j'ai finalement déposé ma tête sur son épaule. Une étreinte, un accolade, une réconciliation...

Cet épisode ouvrit une brèche dans ce mur que j'érigeais face à ma famille dans ces dernières années. Je me découvrais subitement le désir de parler avec ma mère, de lui téléphoner, de l'inviter. Un participant du groupe exprima qu'il avait eu l'image de quelqu'un en croix. Un autre, qui avait suivi une assez longue psychanalyse, avait retrouvé l'image de Saint-Sébastien, martyr, avec un poignard dans une main, l'agressivité, l'autre sur le coeur, la tendresse. Après cette séance je penchais davantage du côté de la tendresse et j'ai demandé un massage au groupe pour me laisser aller à cette fantaisie du berceau. Curieusement je me sentais loin et dégagé de Lou-Salomé, comme lors de ma session d'été! C'était tellement nourrissant et d'une telle intensité affective que j'en oubliais mon amie et sa froideur.

La nuit m'apporta des rêves de lointaines amours. Bizarres, ces rêves de femmes... Pas si bizarres au fond, car je tentais de démêler ma passion avec Lou-Salomé, ce qui me faisait remonter le temps pour revivre mes autres passions inachevées. Il y avait aussi des gens de mon village qui me conseillaient cette fois de ne pas revenir, car les gens placotaient trop, et, déjà, j'entendais le jacassement des commères. Dans ce rêve, j'avais peur de leur faire des confidences, car mon père m'assurait qu'ils n'étaient pas vraiment fiables. J'oscillais entre la méfiance et la naïveté.

Un proverbe d'Alsace, traduit en français par un Breton à un Acadien au Québec m'impressionna:

- Jean qui ne veut pas ce qu'il a et qui a ce qu'il ne veut pas. Je trouvais là un sujet de méditation sur moi-même. Un second proverbe très beau me resta en mémoire:

- Prépare ton four, femme, on va boulanger.

Je ressentais déjà la femme comme un bon pain du pays, chaud, sortant du four. Je réalisais combien complexe est l'humain, que chacun est une boîte à surprises. Je constatai encore davantage qu'un objet, une action, une personne restent inaccessibles quand on ne demande rien, qu'on ne tente pas d'établir le contact. Telle ma passion d'adolescence, la lointaine Vénus; car je n'étais pas prêt pour le contact, n'osant prendre le risque de m'abandonner. Tous ces alibis pour ne pas en arriver là...

Notre guide demanda, pour ne pas nuire aux échanges affectifs, de s'abstenir de contacts sexuels. C'était la première fois que cette consigne était donnée. Cela nous permettait d'explorer davantage notre monde affectif, de sentir que la sexualité prend parfois, à travers un regard, une chaleur ou une étreinte, des formes qui la rendent plus satisfaisante. Cette consigne me soulagea, car je n'avais pas à me prononcer, dans des circonstances où l'occasion fait souvent la larron.

La nuit me ramena à Lou-Salomé. Je lui demandais de faire l'amour. Elle n'était pas prête, mais elle vint s'asseoir sur moi vêtue d'une grande robe blanche, celle de sa première communion, ou celle des noces de sa mère. Elle avait des boucles d'or dans les cheveux. C'était très séduisant, mais elle s'esquiva aussitôt. Un second rêve me prêtait des racines à Montréal. Un de mes grands-parents y avait vécu, ainsi que la soeur de mon père, la fille de mon oncle, la tante de ma mère... Je voulais par là me convaincre que Montréal n'était pas un lieu étranger pour moi, puisque vivaient là plus de natifs du pays que dans le pays lui-même. Mon inconscient cherchait à développer des bourgeons.

À mon retour, je trouvai une lettre de Lou-Salomé. Curieusement, j'avais l'impression de n'y lire que des mots, de très beaux mots, comme le chant des sirènes qu'Ulysse entendait, attaché à son mât, un rêve d'une grande beauté, l'amour des mots, l'amour de l'amour. Elle me disait bien que j'étais son trésor le plus précieux, mais deux minutes plus tard, elle me laissait geler sur le pas de la porte. J'en avais assez d'elle! Comment comprendre cette fille? Tant de richesses et tant de contradictions! Comme si toute la beauté de son corps et de sa tête bifurquait au niveau du coeur sans l'englober vraiment. Carl eut la même réaction à la lecture de cette lettre, et je le suppliai de m'aider à me dépêtrer dans cette relation pour que je puisse trouver un petit havre quelque part.

En cette dernière semaine de février, Lou-Salomé et moi sommes demeurés sans nouvelles l'un de l'autre pendant quelques jours. J'envisageais de plus en plus une séparation, mais la rupture me paraissait difficile. Cette relation me procurait malgré tout des moments d'exaltation et de bonheur. J'essayais de rompre sans le dire, gardant l'oeil ouvert pour me trouver une compagne ailleurs, mais je la voyais partout, elle était la plus belle et je me sentais coupable de regarder furtivement ailleurs. Cela créait une tension dans mon sexe. Mes malaises sexuels revenaient à la charge quand je faisais face à une séparation, une coupure, une sorte de symbolique de la castration.

Un camion m'avait heurté sur l'autoroute. Cet accident où j'avais frôlé le pire m'avais mis les nerfs à vif, ce qui me donnait au moins un bon prétexte pour changer d'auto. Je téléphonai à Lou-Salomé qui, en guise de réconfort, me jeta:

- Tu dois être plus autonome!

Je lui dis de ne pas s'en faire, car j'allais téléphoner à ma vraie blonde et je raccrochai.

Cette nuit-là, je rêvais que j'avais baissé les culottes de Lou-Salomé pour lui donner une volée aux fesses...

La cassure arriva au début mars. Au restaurant *Le Thépotte*, je bavardais avec un groupe d'amis du pays. Lou-Salomé vint nous rejoindre. Mon humeur n'était pas des plus sereines, jaloux que j'étais de son flirt avec un ami du groupe. Je réagissais au fond à un événement sans importance, ce soir-là, mais j'avais les nerfs à fleur de peau depuis pas mal de temps. De retour chez Lou-Salomé notre discussion s'envenima. Je quittai Lou-Salomé après lui avoir fait une scène, lui affirmant que je ne voulais plus jamais la revoir, qu'elle ne m'aimait pas. Je claquai la porte, bien décidé à ne plus tomber dans les mêmes ornières. Je pleurai chez moi une partie de la nuit et, le lendemain je préférai le lit au travail. Je savais, au fond, qu'elle ne ferait aucun pas, qu'elle n'appellerait pas. J'en étais sûr.

- Comment surmonter ce deuil rapidement?

Voilà bien la question qui me trottait dans la tête, ce lendemain alors que je gardais le lit en ces ides de mars.

- Qu'est-ce que je vais faire aujourd'hui qui sera positif pour moi? Il me faut vivre de belles choses en dehors d'elle. Oui, de belles avenues s'ouvrent devant moi. Je vais travailler avec mon copain architecte sur le plan de mon phare sur mon terrain de la côte. Comment dégager mon coeur quand il est pris? Ne pas me culpabiliser, ne pas nourrir ma souffrance, éliminer le doute pour éviter d'entretenir un deuil malsain, tirer finalement de cette expérience des leçons positives pour moi. Je veux être capable de ne plus ré-embarquer, même si elle téléphone. Ça fait assez longtemps que ça traîne, mais faire un deuil, ce n'est jamais le bon moment.

Le soir suivant, je me suis réveillé après quelques heures de sommeil, les yeux grands ouverts, la tête vide. J'ai travaillé le lendemain comme un zombi. Le troisième soir j'ai harponné ma petite pilule blanche. Culpabilité et grisaille au fond de moi.

# Chapitre XXII

- Ta thérapie est réussie quand tu découvres et actualise la partie de ton moi qui n'a jamais eu besoin de thérapie.

Cette phrase me fascinait, je me mis à le chercher, ce trésor égaré. J'avais l'impression que ma thérapie ne me menait nulle part et j'étais furieux contre Carl après trois ans de "niaisage". Je ne voulais plus faire aucun compromis dans le domaine affectif, ce qui signifiait que je ne voulais plus me leurrer avec une fille pour éviter la solitude ou par besoin d'affection. Au travail et ailleurs, l'énergie me manquait. Rien ne m'intéressait, sauf peindre par des symboles mon étrange destin, un moyen de thérapie éventuelle, une façon de briser ma bulle.

J'avais l'impression que ma thérapie prendrait fin si je vivais une relation amoureuse paisible, mais, en attendant, je rêvais à la belle inconnue que je croiserais quelque part. Chaque journée ressemblait trop à la précédente, sous le ciel gris et terne de mars. Je me sentais un voyageur de l'espace, en hibernation, en transition de survie, dans l'attente d'atteindre sa planète mère.

- Aucun homme ne pourra endurer Lou-Salomé; elle est trop exigeante.

Du moins j'essayais de m'en persuader pour me consoler. D'ailleurs seconde justification, je n'en pouvais plus de courir après elle. Mais le doute surgissait:

- Je crains que ma thérapie ne me fasse découvrir que j'aurais dû persister.

Mais quand je revenais sur ma planète, il devenait clair que j'avais fait avec Lou-Salomé le bout que j'avais à parcourir.

J'éprouvais parfois du soulagement à ne plus cheminer

avec elle. Je n'avais plus à me demander comment être, comment agir, comment se déroulerait la soirée, si je devais être tendre ou indépendant. Je repassais dans ma tête le film de toute ma relation avec Lou-Salomé. Cette période m'avait apporté de belles choses, mais j'en avais retiré tout le nectar possible. Une scène du film *"Au delà du bien et du mal"* me rappela mon ancienne amie, une séquence où Nietzsche désirait voir Lou-Salomé. Cette dernière résistait, et pour apaiser sa peine, elle mangeait la lettre qui lui avait été envoyée. Quant à moi lâcher de grands cris quand je me promenais en auto me soulageait.

En cette dernière journée de mars, je m'étais offert une journée de ski alpin sur les pentes d'une magnifique montagne, d'où le regard portait jusqu'au Vermont. Lieu idéal pour un bilan: bureau fermé, maison vendue, auto achetée, nouveau travail, nouvelle adresse, nouvelle solitude, nouveau départ. Je me rendais compte jusqu'à quel point mon travail de consultant avait été pour moi lourd de responsabilités. J'étais certain de ne pas recommencer avant bien des lunes. Pourtant je ne m'étais jamais senti aussi expérimenté, intuitif et sensible aux cheminements de l'autre!

Réminiscences! En attendant l'heure de ma thérapie, je me promenais parfois dans le cimetière de la Côte des Neiges, près du bureau de Carl. Au centre de ce cimetière, s'élevait un monument érigé à la mémoire des patriotes de 1837, dont certains Acadiens encore punis par l'exil. J'y voyais, inscrits sur les tombes, les noms des époux enterrés ensemble. Cette union gravée dans la pierre mettait en relief ma séparation.

- Si je prends mon envol vers un ailleurs, je voudrais

reposer dans le cimetière de mon pays plutôt que dans ce lieu qui me reste étranger.

Mes pensées voltigeaient au dessus des couronnes de roses.

- Il me faut absolument vivre pour témoigner de cet héritage de mes aïeux, de leur simplicité, de leur richesse, de leur ténacité. J'incarne le meilleur et le pire de mes ancêtres irlandais, écossais, français et amérindiens. Je dois me battre. Si durant l'ère napoléonienne, mes ancêtres d'Écosse ont réussi malgré les dangers de mort à se sauver de leur bateau au large de l'Acadie, cela signifie que, moi aussi, je peux fuir ce naufrage et créer. Je dois le faire, pour moi et en mémoire de ce sang indien qui teinte ma peau. Je dois m'inspirer de mon grand-oncle centenaire qui parcourt encore lacs et montagnes, de l'énergie créatrice de mon père, et du courage de ma mère qui a tenu bon malgré sa "trâlée" d'enfants. Oui, j'en suis capable grâce à cette force qui m'a été transmise! Je peux, une fois pour toutes, dénouer mes noeuds et tout le reste, ainsi soit-il!

Un pigeon venait se poser sur le monument des patriotes, porteur de paradis. C'était l'heure de me rendre chez mon gourou et de passer à d'autres réminiscences.

Avril se montrait le museau. Ce matin-là j'avais rêvé que je sauvais Lou-Salomé du danger des radiations d'une centrale nucléaire. J'étais seul dans ma cabane à remplir des boîtes, à crier mon absurdité, à régler les derniers problèmes de vente de mon domaine.

- Où est le sens du non-sens de ma vie me demandais-je? Le goût de renouer avec ma famille me revenait. J'éprouvais le sentiment qu'ils n'étaient pas éternels, que leur mort pouvait signifier aussi l'amorce de la mienne. Je retrouvais de la tendresse pour ces êtres chers et irremplaçables qui avaient forgé mon univers premier, mes balbutiements initiaux. Et je philosophais, assis sur un tas de boîtes.

- L'amour c'est mystérieux, tortueux, exaltant. Entre le morne et le gris, le rose et le vert, le bleu et la mer, mieux vaut peut-être choisir? À quoi correspond, dans l'univers, mon atome à moi en terme de destinée? Puis-je changer vraiment quelque chose à ce fleuve qui coule en moi et correspond sûrement à un ordre? Toutes ces souffrances doivent-elles s'inscrire dans mon cheminement avant que je n'accède au droit, à la chance d'un bonheur très grand, cette chance de bonheur que des milliards d'être dans l'univers n'atteignent jamais...? L'absurde fait-il partie quelque part d'un plan global...?

J'ouvris les portes pour écouter le printemps, qui n'attendait que sa chance de surgir à ma fenêtre.

- Si je me rapproche vraiment de moi, vais-je perdre ce goût de créer, de peindre, ou arriver à produire vraiment?

Je rêvais de pouvoir vivre de mes toiles et même de faire fortune, avoir une galerie d'art où défileraient les Crésus de la planète. Et je concluais, assis sur ma pyramide de boîtes, que fortune en poche, je pourrais écrire avec une équipe de chercheurs un genre de "Racines" acadien pour en faire un film.


Avril s'égrenait. Je passais une période de lecture, méditant à nouveau sur le livre intitulé *Illusions* qui me fascinait tant par son optimisme sur nos pouvoirs illimités. J'explorais toutes les directions: la bio-énergie, le bio-rythme, l'astrologie, ma carte astrale. Un astrologue me disait:

- Il n'est pas facile de se réaliser quand l'ascendant et le signe zodiacal sont identiques; que les cancers sont dans leur jeunesse trop sérieux et ne vivent pas assez leur enfance.

Lors de mes dernières entrevues avec un client, j'avais relevé quelque chose d'insolite. Ce dernier, tout comme moi professionnel, s'intéressait aux arts, par le biais de la peinture. Comme moi, cancer ascendant cancer, séparé d'une vierge, rien n'allait plus avec sa copine sagittaire. Cancer ascendant cancer, ce cancer de l'absolu. Il avait exprimé sa rupture conjugale dans une peinture remplie d'horreurs de l'inconscient, qu'il s'était empressé de cacher au fond d'une armoire. J'avais, depuis lors, rencontré deux autres phénomènes de ce genre. Un musicien, d'une richesse, mais d'une complexité affective, et une belle ténébreuse qui, elle aussi, s'était découvert une âme d'artiste, et possédait, pour le moins, une vie affective tourmentée. Comme moi, des êtres complexes qui nourrissaient le rêve de devenir empereur de Chine, mais qui ne possédaient que des moyens immédiats d'aller au village voisin. Mais à quoi bon chercher des coïncidences là où rien ne me prouvait qu'il y en avait.

Je me promenais souvent le soir dans le parc voisin, attiré par l'immense jet d'eau multicolore d'une fontaine. Le clapotis, le glouglou me calmait et rendait moins présente cette vieille crainte superstitieuse d'atteindre l'âge de la mort du Christ. J'y vivais de longues heures de recueillement alors que les gouttelettes d'eau qui tombaient diluaient mes mauvais souvenirs.

- Se réaliser c'est faire face et intégrer le dragon que chacun possède au dedans de lui... me disais-je.

Ma mère, femme intelligente et rusée, séjournait à Montréal pour affaires. Elle passait beaucoup de temps avec Katia. Cette lune de miel me dérangeait, mais je ne réagissais pas, ne sachant quoi dire, quoi faire. Je trouvais une consolation en pensant à Moïse, homme sévère et puritain de mon village, qui avait décidé sur ses vieux jours de refaire sa vie. Une moitié du village disait qu'il était fou, l'autre moitié disait qu'il avait bien fait. Autres temps, autres moeurs.

En visite avec ma mère chez un de mes oncles, je me rendis compte que personne dans la parenté n'était au courant de notre séparation. On restait tous les deux motus et bouche cousue. La conspiration du silence! Je sentais toutes ces pressions de la famille sur mon dos, et je décidai de parler avec ma mère. Elle me répondit:

- Que veux-tu! Si une roue de camion ne "s'adonne" pas avec une roue de char, eh bien!...

Au moins, ça c'était encourageant. Katia, ce soir-là nous invita à souper. Tous autour de la table antique, nous grignotions comme si de rien n'était. Ma mère, Katia, moi, les petits. Cette façon de nier la réalité me dérangeait. Plus encore quand je quittai tous ces êtres chers avant les douze coups de l'horloge, et que Katia m'offrit le disque *l'Apocalypse des animaux*, une musique du coeur. Ma mère avait des points d'interrogation dans les yeux!

Cette nuit-là, je me suis réveillé agressif envers Katia, ayant l'impression qu'elle s'accrochait. C'était plus fort que moi. Quand ma mère et Katia étaient ensemble, je chavirais. Pourtant, je souhaitais bien que ma mère apprécie ces bons moments. Elle n'avait pas souvent l'occasion de se détendre. Je me sentais coupable de réagir ainsi, mais je ne voulais plus faire de compromis avec moi-même.

- Je dois dépasser rapidement cette période flottante qui me détruit. Il faut me situer, m'affirmer dans ces ambiguités. Je suis trop bonasse et je ne me protège pas.

Déambulait dans ma tête une histoire d'un village d'Acadie à propos d'une pianiste aux doigts de fées, une jeune irlandaise amoureuse, dont les parents s'opposaient aux fréquentations. Un soir, à la suite d'un conflit violent à ce sujet, elle se mit les mains dans la braise; son adieu au piano. C'était là une forme de castration s'apparentant à mes peurs et aux interdits religieux qui les avaient générés. Je m'endormis, rêvant que je rencontrais Lou-Salomé qui m'ignorait, faisant des farces équivoques avec son collègue du cinéma. La jalousie me réveilla. Le deuil de Lou-Salomé, ainsi que l'alliance de ma mère et de Katia me grignotaient beaucoup d'énergie.

Un autre rêve m'apparut où j'épousais Katia. Puis je partais seul avec un confrère de travail dans un hôtel. J'appelais Katia deux jours plus tard, lui disant que j'avais oublié. Elle n'était pas très contente et ajoutait qu'elle devait passer des tests médicaux pour une maladie vénérienne. Je me suis réveillé à nouveau. Mes rêves reflétaient bien l'état d'un inconscient tout à fait éloquent.

Quelques jours plus tard, Katia décida de partir en Acadie avec ma mère et les fistons. Il m'était difficile de ne pas les conduire à l'aéroport. Près de la piste, je discutai avec Katia de ma volonté d'éclaircir les situations où ma famille était associée à nos rencontres.

- Je ne vois pas le problème que tu poses, répondit-elle. Quand ta situation financière sera plus stable, on rediscutera pension.

J'avais justement envie de lui donner un million, puis de l'envoyer sur une autre planète!


J'avais revu d'anciens amis du pays. Beaucoup d'eau avait coulé sous les ponts. Ceux qui, autrefois, formaient un groupe uni, différaient maintenant de valeurs et d'intérêts. La ville aussi changeait tout: le sens de l'accueil, le sens du service. J'accueillais pour la première fois dans mon logis, un intime, mon ami Athénagoras. Et je me disais:

- C'est sans raison apparente que tu me vois angoissé, mais je n'ai pas le goût de raconter ce que je vis...

Après son départ je me suis esquivé dans les Laurentides à un camp de yoga. J'y trouvai un mélange de religion, d'ésotérisme et de nourriture mal préparée. Face à tout ce courant de bouddhisme, je levai l'ancre si rapidement que j'en oubliai ma trousse de toilette. Je réussis à la récupérer à leur centre de la métropole, non sans avoir paniqué devant une toute petite, menue et innocente lame de rasoir sur le bord du comptoir. Je me demandais encore jusqu'à quel point la méditation transcendantale n'avait pas chez moi précipité une cassure en amenant trop rapidement à ma conscience des difficultés que j'aurais autrement pu éliminer au fur et à mesure. C'était, de toute façon, une question que je pouvais me poser jusqu'à la fin des temps.

En revenant à Montréal, j'ai soupé, à sa demande, avec une ex-cliente qui s'était un peu entichée de moi. Le tout avait mal tourné; j'étais mécontent de m'être trop ouvert à quelqu'un qui n'avait de moi qu'une fausse image. Ce même soir, je me suis "accroché" à une équerre aux bouts pointus sur mon bureau, imaginant tous les scénarios pour m'en débarrasser, penser à autre chose. Dans ce genre de labyrinthe, l'idée générait une force en soi. Quand j'attaquais de front, elle revenait en boomerang avec la même énergie. Alors je simulais l'indifférence en demeurant immobile dans ma tête à ce sujet, tout comme un prisonnier surveillé par un gardien, et qui fait semblant de se conformer au règlement pour obtenir sa confiance et profiter ainsi de l'occasion qui se présente pour se sauver. J'imaginais de le jeter, mais là, cet objet me semblait utile. Le mettre dans le coffre à outils, oui, voilà, ça pouvait aller. C'était sa place. C'était une sorte d'outil. Dorénavant, quand un objet me dérangeait, je concluais que c'était parce qu'il ne se trouvait pas à sa place. Et j'essayais de me convaincre de ma nouvelle approche, la trois centimème. En effet, que faisait une lame de rasoir à l'entrée d'une salle de yoga? Sa place était bien à l'intérieur d'un étui dans une salle de bain. Cette nouvelle stratégie m'apaisa, j'avais oublié de me dire, qu'une fois de plus, j'évitais le problème.


Comment rencontrer sans aller faire la chasse dans les cafés et les discos? Comment aurais-je pu penser qu'un jour j'en serais réduit à m'adresser à des agences. Je me suis finalement adressé à celle qui me paraissait la plus sérieuse. Quelques professionnels des sciences humaines y travaillaient à agencer les coeurs. J'en suis sorti le mien pas mal gros, les formulaires en main, à quelques rues de Lou-Salomé m'interrogeant sur le sens de cette démarche qui allègerait aussi sensiblement mon portefeuille.

- Il faut que je place toutes les chances de mon côté en me donnant un peu de chaleur pour traverser cette étape. J'ai vécu mon quota de solitude, et il n'y a rien comme une fille charmante pour en remplacer une autre.

Pour me consoler je me disais que j'avais le courage de croire que ce que je cherchais devait exister et que je le trouverais. Mieux encore, j'aurais pu dire que je ne cherchais point et que quelqu'un d'autre me trouverait en temps et lieu. Mais je n'étais pas rendu là!

Un bilan s'imposait avec Carl, et, pendant deux heures, j'ai essayé de me situer par rapport à Katia, Lou-Salomé, le travail, les obsessions, mes peintures, l'Acadie, le Québec, et quoi d'autre encore! Ce que je savais, c'est que je n'étais pas mieux qu'avant, m'encourageant cependant à la pensée que je devais bien avoir terminé de crever les abcès de ma boîte de Pandore.

- Je suis trop incertain de survivre seul à l'été, j'ai besoin de voir quelqu'un pendant ta période de vacances.

- Ma compagne de travail pourrait te voir, me proposa-t-il.

Mais je n'avais pas le goût de recommencer!

# Chapitre XXIII

En ce mois de mon signe, rien n'allait plus sur ma table de poker. Sans raison apparente, le travail me rendait de plus en plus nerveux et les fins de journées m'étaient devenues particulièrement difficiles. Un peu partout, j'étais pris de tremblements, même à table ou en travail de groupe. Ma nervosité m'empêchait de rester spontané. Je craignais de plus en plus qu'on m'observe et qu'on me pose des questions. Je rejoignis Carl qui me conseilla d'aller rencontrer Marie-Madeleine, une psychiâtre avec laquelle j'avais déjà travaillé. Cette rencontre me gênait, mais je ne voyais pas d'autre alternative. Elle me proposa des anti-dépresseurs, consciente qu'obsessions et anxiété n'étaient que le résultat d'une profonde dépression. C'était plein de bon sens. Les derniers événements avaient accentué ma solitude et mon désespoir. Je me retrouvais seul dans mes meubles, la maison vendue, le point d'ancrage disparu. J'étais déjà sur une mer démontée lorsque ma rupture avec Lou-Salomé était arrivée. Mon doris avait chaviré à nouveau. Je pensais au suicide, ne voyant plus d'issue, n'acceptant pas de dégringoler la pente si péniblement gravie. Carl semblait impuissant.

Écrire mon vécu, pour ensuite le traduire en couleurs sur des toiles, m'apparut alors comme une façon de sortir de ma bulle. Je me disais:

- Puisque par la peinture sur le thème du pays, j'ai réussi à prendre une certaine distance de l'Acadie, de nouvelles toiles m'aideront certainement à me libérer de mon mal intérieur.

J'étais prêt à tout pour exorciser mon mal. Je commençais ainsi la lecture de quelques romans s'apparentant à l'autobiographie: le livre de Roger Caron sur ses années de prison et l'espoir qu'il avait mis dans son roman, celui de Mary Barnes

*Voyage au delà de la folie*, le livre de Margaret et bien d'autres. Je voulais me libérer de mon travail pour plonger dans la couleur et la lumière. Je ne trouvais plus d'intérêt dans le quotidien.

- Ce goût envahissant de créer est-il un geste sain, un vrai, ou une fuite dans la marginalité, me demandais-je?

De toute façon j'y étais, en plein, dans la marginalité et je voyais déjà surgir en gros titre "Naissances" pour ma future exposition.


J'ai parlé avec Carl, pendant deux heures, plus précisément deux fois cinquante minutes, pas une de plus, car la chaîne de l'usine commençait dans l'antichambre. Que l'on soit vivant ou agonisant, c'était l'heure qui primait. L'impression d'abandonner les petits me harcelait toujours, mais je sentais qu'il valait mieux ne voir les petits qu'à l'occasion, quand je me sentais bien.... Carl m'encourageait dans tout ce qui favorisait mon autonomie. Malgré moi, je me transposais trop sans doute dans la peau de mes parents et dans leur manière de réagir aux événements de la vie. Trop empêtré par mes ancêtres!

Une phrase me revenait en mémoire:

- Qui fait l'ange fait la bête.

Et l'ange, je l'avais incarné pendant ces années d'enfant de choeur.

- Tu sais, Carl, on ne devrait pas laisser dans les mains des enfants la lecture de certaines horreurs de l'Ancien Testament.

Je sentais mes propos décousus, sans fil conducteur, inutiles. Quelque part en moi, je me sentais comme un pionnier sur une route difficile, un paria.

Ne pas avoir d'attente ne m'empêchait pas de planifier. Il me fallait, entre deux horaires, dans mon bureau, dans les toilettes, ingurgiter les médicaments pour terminer mes journées sans que ça paraisse trop.

- Quand pur, innocent, joufflu et affectueux je suis venu tout nu en ce bas monde je ne pouvais pas prévoir que trente-trois ans plus tard je serais cynique, calculateur, blessé, en train de me promener entre deux vertiges sur la crête d'un précipice. Oui! j'aimerais tout recommencer, me trouver un berceau, me ré-inscrire à une école libre comme mes petits.

Pour me rassurer sur mes possibilités de survie je téléphonai pour avoir des nouvelles des deux clients que j'avais adressés ailleurs. Un d'entre eux, qui présentait depuis plusieurs années des symptômes s'apparentant aux miens, ne se sentait pas mieux. C'était quasiment aussi grave qu'un cancer.

- Au moins, dans le cas de cette dernière maladie, les gens vous accordent de la sympathie...

J'oscillai entre la folie et la réalité sans espoir, pris dans des obsessions insensées vis-à-vis des petits.

- Je n'ai pas voulu cet engrenage. S'il y avait un centre de suicide, j'irais...

J'orientais toutes mes énergies vers un seul but, tenir jusqu'à la fin du mois pour prendre des vacances. C'était un dimanche atroce: obsessions et idées de suicide. J'étais, avec les petits, chez des amis que je voyais souvent, surtout quand les enfants étaient avec moi. J'étais toujours bien reçu, et nos enfants s'amusaient comme si le ciel ne pouvait leur tomber sur la tête. Mais j'avais l'impression que je devrais traîner cette situation toute ma vie, à tenter de démêler les questions de pension, de famille et d'amis; que je ne pourrais plus vraiment repartir à zéro.

- Pourquoi ne pas les donner en adoption à une vraie famille...?

La chaleur de mes amis ne me faisait pas oublier les idées noires. Ils ne comprenaient guère où j'en étais.

- On connaît des amis dans ta situation qui amènent leur ex-femme avec eux lorsqu'ils viennent avec les enfants.

Ce que je comprenais, c'est qu'ils essayaient de m'aider, pensant que je me sentirais peut-être mieux si Katia venait. Mais, à ce moment-là, je voulais couper tous les ponts, oublier cette réalité qui me suivait partout. En regagnant Montréal, tout s'agitait dans ma tête: mes soeurs qui venaient s'en mêler, mes amis qui ne savaient comment m'aider, des obsessions plein la tête, le désespoir d'un bord, l'absence de perspectives de l'autre. Un tout petit coup de volant et ouf! tout serait fini!

Je vivais seul, sans paniquer, face à ma solitude affective. C'était déjà un immense progrès. Je m'organisais graduellement dans ma vie quotidienne. Me nervosité était toujours présente au travail, avec les amis, mais, par ailleurs, j'avais moins d'idées folles, j'étais donc plus près de moi. Enfin je trouvais là une consolation, car, pas plus tard que la veille, j'avais eu l'envie de me jeter en bas du balcon du troisième.

J'eus une entrevue de cent dix minutes avec Carl et Katia. On s'entendit sur les modalités du divorce, c'est-à-dire que Katia 'm'offrait d'en prendre l'initiative. C'était gentil. Les réactions familiales me préoccupaient. Ce soir-là, je rêvais qu'on enquêtait sur deux meurtres dans la famille d'un ami de mon village. C'était bien le signe, à la veille du départ pour l'Acadie avec les petits, que j'en avais encore à découdre avec les interdits familiaux, la honte et la culpabilité.

Du côté de l'agence de rencontres, j'attendais toujours les filles intéressantes. Les spécialistes du sentiment et les ordinateurs s'entendirent pour qu'une anthropologue me téléphone. On prit rendez-vous, mais ce soir-là, je m'endormis, abruti par les médicaments. Elle était loin d'être contente, et moi non plus... Ce ne fut qu'après bien des hésitations de part et d'autre qu'on se rencontra à nouveau, mais je réalisai que je n'avais pas l'âme d'un indigène. On me présenta alors une jolie bretonne, perdue hors de son pays. L'histoire d'un soir et d'une certaine extase sur le balcon à la pleine lune! Puis ma fameuse agence de rencontre réalisa le pari de m'accoupler avec quelqu'un qui m'intéressait. La trajectoire de cette jolie ex-infirmière ressemblait à la mienne par ses brisures. Après ses divorces elle avait terminé son cours en droit. Au moins elle était armée pour le futur! J'ai vécu quelques bons moments à son chalet, avec elle et sa fille, entre deux bricolages où je m'efforçais de ne pas paniquer face à tous les outils. Ces quelques sorties suffirent cependant à mettre en relief le fossé séparant nos systèmes de valeurs. J'étais trop de gauche, si l'on peut dire, et, d'ailleurs, elle s'était remariée avec sa nouvelle profession d'avocat... Je commençais bien à me rendre compte que le modèle de femme que je cherchais ne se trouvait pas dans les agences et que, quand le besoin est trop fort, le regard peut chercher longtemps la ligne d'horizon.

Au début de juillet, je suis parti avec les petits pour mon village. Les médicaments diminuaient mon anxiété, mais j'avais toujours ces peurs de castration, pour moi et les enfants. Ce n'était de toute façon qu'un autre déguisement que prenait mon désir de suicide.

Face à ma grand-tante et mes tantes, j'étais mal à l'aise de devoir clarifier ma situation, mais finalement tout se passa mieux que prévu. Ma grand-tante m'encouragea, m'affirmant que je finirais bien par me trouver une femme. La première de mes tantes, celle des États, ajouta qu'un acteur américain s'était marié dix fois! La seconde de mes tantes trouvait quant à elle que ça dérangeait l'honneur de la famille: l'éclat de son regard était assez éloquent! Quant à son honneur, à elle, mieux valait ne pas en parler. Mais deux sur trois, c'était déjà beaucoup.

Face à l'océan, le fantôme de Lou-Salomé a ressurgi. Je me suis mis à brasser mes souvenirs, à me dire, qu'après plusieurs mois de silence de part et d'autre je pourrais reprendre contact avec elle. En attendant, le soir surtout, avec l'énergie du désespoir, je barbouillais des toiles. Curieusement, je n'utilisais que des teintes d'orange et de jaune, une recherche de la lumière, une façon d'exorciser mon démon. Mais j'avais hâte de me rendre disponible à une éventuelle "reprise", qui me faisait rêver.

Vers la mi-juillet, je revins dans la métropole où je rencontrai de nouveau Marie-Madeleine.

- Tes médicaments ne servent à rien, lui dis-je.

Elle me proposa alors un nouveau traitement, reconnu pour la guérison des obsessions.

- Il faut y aller à forte dose pour espérer un résultat, m'assurait-elle, une pilule de plus à chaque semaine, jusqu'à dix semaines, et là ça devrait commencer à faire effet... Si tu retournes en Acadie, il vaudrait mieux attendre ton retour de vacances, en cas d'effets secondaires...

Elle ajouta:

- Tes obsessions peuvent être causées par un déséquilibre chimique; il arrive par exemple que les herbages déclenchent ces états-là.

Mais j'avais déjà trop attendu et je choisis de commencer sur le champ. J'ingurgitai donc les pilules ce matin-là, au moment de mon départ vers la mer. Les premiers jours je me sentais drôle, dans un état second, avec des palpitations et des malaises corporels. Mais je persistais, m'évadant dans la peinture. Avec mes médicaments, je reprenais espoir, augmentant la dose chaque semaine. Les festivités du pays d'Acadie s'annonçaient. Mon état persistait malgré la pensée positive, la pensée négative, les images mentales, l'oubli, la boisson, les herbages. Je tentais n'importe quoi. Un soir de festival, dans une clairière, devant une bouteille de bière cassée, je pris au sérieux mon rôle de vidangeur et ramassai les morceaux de vitres, moyen parmi d'autres pour apprivoiser ma peur des objets coupants.

J'avais envoyé à Lou-Salomé une belle lettre pour lui dire où j'en étais, quelques poèmes et une peinture de paysage marin. De retour à Montréal, j'appris qu'elle s'était fait un ami. Je ne faisais plus partie du décor depuis longtemps. Au moins, j'étais fixé...

J'avais jadis suivi un client, un médecin qui avait développé des obsessions, des phobies de donner des injections et il devenait terriblement angoissé face à certains patients. Le psychiatre qui le suivait, sans résultat, me l'avait adressé, pensant que l'approche "béhavioriste" pouvait l'aider. Ce jeune homme s'en était sorti grâce aussi à l'influence d'une innocente pilule bleue qui agissait sur l'anxiété. Je m'improvisai alors spécialiste en pharmacologie. Avec cette pilule, je me sentais suffisamment calme pour fonctionner au travail. La pilule bleue m'aidait bien plus finalement que la dose d'éléphant des douze comprimés de ma pilule noire, qui me laissaient surtout des symptômes secondaires de gorge sèche et d'éjaculation difficile. Les fins de semaines devenaient pénibles, mais je réapprenais à prier.

- Je te suggère alors de monter jusqu'à quinze comprimés, me conseilla Marie-Madeleine, mais tu devras d'abord passer un électrocardiogramme pour éliminer tout danger...

Heureusement pendant cette phase d'hibernation, Marguerite, un professeur de danse que je sentais bien proche de moi, une femme extraordinaire, une amie remplie de tendresse m'aida énormément. Un sursis dans ce contact à travers les libertés qu'elle se permettait en dehors de sa vie commune. Une grande amitié, beaucoup de chaleur et de petits moments d'extase. Son attachement cependant que je sentais de plus en plus pressant me faisait peur. Je désirais prendre de la distance, mais je craignais de lui faire de la peine. Pourtant j'avais besoin d'elle, de son rire qui me berçait comme un tango, de cette mélodie qu'elle chantonnait sur ma peau. Une mise au point s'imposa finalement, et cela clarifia nos attentes.

Au début de novembre, j'abandonnai la thérapie avec Carl. J'avais depuis longtemps l'impression de tourner en rond. En fait plus qu'une impression, c'était la réalité. Je souhaitais alors rencontrer quelqu'un qui avait une formation de thérapie "behavioriste", car je connaissais dans cette approche des techniques qui réussissaient parfois à éliminer les obsessions. L'Amérique étant loin, je décidai de couper au plus court en appelant un spécialiste de mes amis, qui me suggéra de voir un nommé Ivan, que je connaissais pour avoir suivi certaines de ses conférences.

Avec quatorze pilules noires, je me sentais mieux, rempli de projets. Je pensais à mon nouveau gourou, et, chaque jour, sur sa demande, je notais le nombre de mes obsessions en précisant le type, le contexte, l'intensité, la couleur et l'odeur. Il s'agissait presque toujours de peurs d'outils, et je m'apercevais qu'elles étaient parfois liées à des circonstances où je ne m'affirmais pas. Un jour, je me présentai au bureau d'Ivan avec mes deux coffres d'outils de bricolage afin d'en finir au plus sacrant. Au cours des séances, il me faisait imaginer le pire jusqu'à saturation: j'entrais dans mes peurs, je frappais les gens avec des marteaux, des couteaux et je mutilais tout: le corps, l'esprit, le sexe, le mariage, la remise, la famille. Parfois, l'outil devenait immense, gigantesque, parfois il se dégonflait comme une baudruche. Ensuite, j'utilisais le couteau à filet pour tout mutiler: le corps, l'esprit, le sexe, le mien, ceux des petits et des grands. Les lames devenaient immenses, les pénis aussi parfois, et Ivan essayait de maintenir la peur assez longtemps à un niveau élevé pour qu'elle descende d'elle-même, vaincue par l'absurde. En entrant dans mes peurs, je parlais parfois à mon double, en alternant d'une chaise à l'autre, pour rencontrer un miroir rassurant.

Les semaines filaient. Avec Ivan, je continuais à rentrer dans mes peurs, en les accentuant, en les amplifiant jusqu'à saturation, et déboucher sur le ridicule. J'avais l'impression de progresser, mais c'en était rendu, que pour aller pisser dehors maintenant, il me fallait l'avis d'un expert.

J'avais pris contact avec Pénélope, ma copine de Grèce, et nous fîmes une sorte de pacte, celui de passer Noël ensemble pour partager nos solitudes. Noël avec Pénélope dans la roulotte de Tuck! De bons moments, mais, aussi, des périodes d'obsessions avec le marteau, le tisonnier, la peur de lui faire mal en me laissant aller à sa tendresse, n'acceptant pas, au fond, d'être avec elle tout simplement afin de tolérer ma solitude. Et je griffonnais des mémoires, élucubrant dans trente-trois dimensions. De toute façon, quelle était donc la question que je ne m'étais pas encore posée! Avec quinze pilules, y avait-il quelque chose que mon imagination ne pouvait se permettre pendant les nuits en spasmes et les journées en tremblements... J'avais hâte de revoir Madeleine pour diminuer la dose de ces cochonneries.

La neige s'empila, des mulerons de neiges chatouillaient la cime des fils téléphoniques. Des poudreries en dentelle dessinaient des fantaisies dans les fenêtres glacées. Mes obsessions s'espacèrent. je diminuai le nombre de mes pilules à douze, une de moins chaque semaine. C'était encourageant. Deux matins de suite j'eus des rêves d'agression contre ma mère qui reproduisaient toujours cette image de la femme qui a des attentes à mon endroit. Mais la vie continuait. Je me mis à diminuer progressivement le nombre de mes médicaments. J'avais l'impression pourtant que mes pilules noires ne m'avaient guère aidé, que c'était surtout ma récente thérapie de saturation et d'affirmation ainsi que la pilule bleue qui m'avaient apporté un mince rayon d'espoir.

Pour oublier, pour provoquer le plaisir, je me baladais le soir dans le vieux Montréal, le plus souvent, entre deux herbages, méditant dans les bars, les clubs et les boîtes à chanson.

- Combien de temps vais-je durer, me disais-je?

200

En tout cas, je me sens de mieux en mieux, boire, bouffer, courailler, et boucaner.

- Tant qu'à y être, pourquoi lâcher la folie créatrice de la vie? Quand on a du abandonner la vie "normale et régulière", il n'y a plus grand chose que l'on ne puisse tenter pour essayer de s'en sortir... Maudit que j'ai hâte de pouvoir éjaculer comme du monde! Voilà au moins une motivation pour continuer... Jamais je n'aurais cru que j'en serais réduit, un jour, à prendre des pilules...

J'écrivais beaucoup dans les bars, traçant à grand jet les thèmes de mes tableaux. Chaque émotion avait sa couleur, son relief, sa texture, son mélange de perspective et de clair-obscur. Réchauffé par la foule, le va-et-vient et l'occasion de rencontre, avec encore beaucoup de spasmes au corps, des capsules de bio-énergie en révolte et mal utilisées. Je prenais de nouvelles devises: affronter le présent, peindre sur ma trajectoire tout azimut, aller au fond pour me démystifier.

Je prenais toujours ma pilule bleue, mais c'est avec un vif plaisir que j'enterrai mon flacon de pilules noires, pour me perdre dans la jouissance. Chaque jet de nectar était comme une extase de pulsation cosmique. Enfin, j'avais l'impression de redevenir mâle. Il me semblait aussi que je voyais plus clair dans mes relations avec les femmes. D'une part, il y en avait trop dans mon existence. D'autre part, quand je commençais, dans une relation, à être ambivalent ou à avoir des obsessions, c'est que quelque chose ne tournait pas rond, que je n'étais pas à ma place. Je commençais à établir la distinction entre ce que je voulais et ce que je devais faire.

Mon attitude face aux petits était loin d'être claire... Pouvais-je garder les petits! Est-ce que cela me le disait vraiment?

- Il me faut me sentir libre à ce sujet si je veux diminuer mes obsessions.

Ça ne me tentait pas trop pour le moment, effrayé que j'étais encore par les ombres qui restaient à l'horizon. Même si, au fond, j'acceptais mal de ne pas assumer mes responsabilités.

- Il vaut mieux que je décide pendant combien de temps je ne les verrai pas au lieu de me demander si c'est correct ou pas, face à Katia. Oui, c'est ça, les voir uniquement quand j'en aurai vraiment le goût, pour faire avec eux des activités plaisantes. Les emmener au théâtre, voir des pièces de fantaisie...

Je me sentais dans la bonne direction.

# Chapitre XXIV

La famille s'était réunie lors d'une soirée chez des amis communs, autour d'une table de fruits de mer digne des empereurs romains. Un mélange d'ancien et de nouveau, avec Archimède, Katia, les petits et les autres; une communication à l'image du climat de mars: incertaine. Je chevauchais les bons et les mauvais souvenirs. Ce genre de rencontres me faisait, finalement, plus de mal que de bien. Comme les autres, je voyais mal ma place dans cette situation ambiguë. Je savais que Katia traçait une ligne entre notre relation d'antan et ces soirées d'amis. Moi je ne le pouvais pas. Pas encore, et je me sentais stupide de ne pouvoir apprécier davantage ce genre de rencontres.

Elle me demanda tout de même si je voulais passer quelques jours au pays avec elle et les enfants, tout en continuant à dissocier nettement les rencontres de famille et notre relation. Je trouvais que, pour le moment, cette proposition n'avait aucun sens et je n'y ai point souscrit. Les petits s'amusaient avec les jouets guerriers de Goldorak et d'Actarus. Comme les adultes, ils jouaient à la guerre... L'un des petits me demanda:

– Papa, est-ce que les oranges rient?

J'étais content de les voir heureux.

Pendant que le vin coulait à flots, un vent d'orage soufflait dans ma tête, lâcher mon travail, les petits, retourner au pays... et... pas de compagne là-bas... Et je me disais:

– Voyons, Ulysse, ne relie pas tout, ne mêle pas les pommes et les oranges; sois clair avec toi-même sur ce que tu désires, puis décide du montant d'énergie à y investir.

Tout un programme! Le pays et la compagnie...

Je venais d'en finir avec l'agence de rencontres. Content d'avoir tenté l'expérience, content d'en être sorti. Démarche inutile! Pendant cette année en cascades, par monts et par vaux, entre la mousse des catacombes et les odeurs de roses à la porte du paradis, je n'avais point croisé mon genre. Et pourtant, j'avais vu défiler bien des couleurs, bien des odeurs. Les personnes intéressantes pour moi étaient déjà, pour la plupart engagées, ou ne se frottaient pas aux agences.

Depuis des mois, je passais rarement un soir au logis. Des promenades dans les bars, les clubs et les discos, jungle de jeux et de stratégies, à la recherche de l'oubli et de la perle rare. J'étais toujours dans les herbages et une vision irréelle du monde, me promenant entre trois extrêmes: la solitude, la prison, l'extase.

Un bon souper avec Richard sur la rue Saint-Denis. On avait l'impression que dans ce maëlstrom s'agitaient tous les fantasmes de la ville. Y tourbillonnaient les gens seuls, les seuls accompagnés, les accompagnés seuls, les divorcés, les veufs, les fantaisistes sexuels de tout genre. Y déambulaient les bien mariés à l'affût d'aventures, les aventuriers à l'affût d'une liaison stable, le respectable patron avec sa secrétaire, le rêveur, dans le coin là-bas, qui était en train de refaire le monde. L'autre, près de moi, qui pensait l'avoir déjà rebâti. Dans un mélange de boucane, de vins, de chants, d'érotisme et de romantisme, j'y croisais ceux qui voulaient quitter la ville pour la campagne, celui qui désiraient revenir en ville retrouver la civilisation, la petite blonde, là-bas, qui alternait entre son mari et ses fantaisies de se foutre en l'air, la grande rousse tout près qui avait résolu le dilemne. J'y admirais cette mode de l'exotisme chez la belle Québécoise, accompagnée de son noir superbe. Et je me sentais bien à échanger avec mon copain, préférant croire qu'il y avait encore sur cette planète des gens heureux et satisfaits.

Je déambulais souvent dans le Vieux Montréal, avec mon herbage comme d'habitude; un moyen de prendre contact, de sortir de moi. Mes tremblements, mes spasmes de révolte étaient moins forts. Je répétais la rengaine:

- La thérapie est terminée quand s'actualise la partie de soi qui n'a jamais eu besoin de thérapie.

Des pensées surgissaient sur la beauté et l'amour:

- Quand la beauté naît, elle est fragile, il faut la protéger. Aimer, c'est se respecter, c'est commencer par soi! Cette beauté et cette laideur que j'ai en moi, n'est-elle pas aussi le reflet de ce qui m'entoure?

Je suis entré dans une boîte à chansons, attiré par la beauté et le dynamisme des gens. L'impression que le Québec avait fait un grand pas. Le vin suscita chez moi une grande tristesse pour mon pays qui n'en finissait pas d'accoucher. Il me semblait à regarder évoluer le nationalisme acadien, que, plus conformistes que la moyenne des gens, nous ne sortirions jamais de notre statut de colonisés.

- Je ne suis pourtant pas obligé de me l'accrocher aux pieds! Le monde merveilleux qu'il me reste à découvrir, c'est le mien. Et les gens de par chez nous, quand ils chantent le plaisir, c'est comme une musique qui caresse tout le corps: J'ai de beaux, j'ai de beaux, j'ai de beaux oiseaux! Et la terre promise, on l'a bien méritée! Moi aussi!

J'avais rencontré lors de mes sorties un coin de terre promise: Aphrodite, une psychologue. Nous sommes allés passer la fin de semaine ensemble dans les Cantons de l'est. Il faisait beau sur la cime du mont Glen, au sommet de la plus haute montagne. On riait, on était bien ensemble. Elle m'attirait, mais elle n'affichait que du cynisme pour une éventuelle relation avec un homme: un oiseau blessé. Elle se disait hystérique dans une liaison, tout simplement! Au moins c'était nommé.

- Pourquoi suis-je toujours attiré par les femmes compliquées? Tant pis, j'accepte de jouer le jeu!

Nous avons passé la fin de semaine suivante avec les fistons. Ça faisait longtemps qu'on avait couché dans la même maison. Je n'ai pas eu d'obsessions. On était tous bien, moi, les petits et Aphrodite, l'espoir et le plaisir au coeur...

Le lendemain vit surgir un fantôme dans mon rétroviseur. Lou-Salomé me téléphonait pour prendre un verre, mentionnant qu'elle avait des problèmes avec son Mexicain et qu'elle gardait toujours de bons souvenirs de moi. J'hésitais, n'ayant pas le goût de me faire piéger à nouveau, ne sachant si elle tablait sur mes conseils et intuitions pour mieux harponner son bonhomme, ou s'il y avait dans l'air une odeur de nostalgie. Sa façon de m'envoyer des messages subliminaux, impressionistes, enfin, je ne savais quoi, me rejoignaient au creux de mon inconscient! Mais j'hésitai suffisamment pour me rendre compte qu'elle était ailleurs lorsque je lui téléphonai.

Depuis le début mai, le référendum sur la souveraineté du Québec était en branle, mais au fond je m'attendais à une grande déprime, à un recul épouvantable.

Je me sentais sensible à cette usure de la défaite probable, tout en me disant, pour me protéger, que j'avais d'autres chats à fouetter. Entre autres me réserver du temps avec ma mère qui venait passer quelque temps à Montréal. Dans cette étape là de mon parcours, quand ma mère, Katia et les petits étaient ensemble, mon marécage devint bourbier.

- L'an prochain, j'aurai ma maison, je serai plus autonome pour recevoir.

Le téléphone sonna.

- Viens souper, me demanda Katia.

- Je te remercie, mais je n'ai pas le goût d'être mal, de me placer dans des situations pour remuer le fer dans la plaie.

Je me disais qu'il était peut-être plus facile de clarifier ma situation avec ma mère qu'avec Katia. J'avais encore la rage au coeur de savoir que ma mère accompagnait Katia chez des amis communs. À sentir Katia ainsi infiltrée partout, parfaite et admirée, ma méfiance s'enflait.

- Si je pouvais la rejeter sans nuire aux petits!

Je pensais être bien préparé au résultat du référendum, je n'échappai pas cependant à une grande peine, en ce jour mémorable. "Alea jacta est", pour le moment!

J'écoutais, avec le désir de faire quelque chose, ma mère qui n'en pouvait plus de l'enfer qu'elle vivait avec mon père.

- Il me prend pour sa mère, dit-elle, il retombe en enfance. Quand je lave le plancher, il s'y promène, pour salir...

- Il agit ainsi peut-être pour s'opposer à la stricte discipline de l'ordre qu'il a subie dans son enfance, lui répondis-je.

Plus perspicace que je ne le pensais, ma mère aussi se montrait capable de cette analyse. Ces situations me déchiraient, me laissant écartelé entre mon affection pour mon père et pour ma mère, ces êtres chers qui avaient pour nous littéralement sacrifié leur vie. Puisque pour mon père, il n'y avait plus rien à faire, je l'encourageais davantage à penser à elle. Mais elle se sentait coupable, comme si elle y était pour quelque chose.

- Personne ne peut rien pour cette maladie devant laquelle la science est impuissante.

Une tentative pour la réconforter. Perdu dans nos pensées, les heures filèrent, pour diluer cette misère. Puis j'abordai le délicat sujet de sa relation avec Katia.

- Je ne sais comment te dire cela maman, mais j'ai parfois l'impression que Katia passe avant moi. Je suis content pour toi que tu passes de bons moments avec Katia, quand tu viens à Montréal, mais j'aimerais sentir que tu es proche de moi.

Elle ne comprenait pas trop mes états d'âmes et je m'en voulais de réagir ainsi. Mais ancré dans mes résolutions, je persistais:

- Pour un certain temps, je désire me dissocier des activités de Katia avec ma famille et mes amis, afin de retrouver mon propre espace.

Elle n'acceptait pas cette rupture, qui la blessait profondément, mais là, je me sentais trop seul, trop révolté pour me taire.


Depuis une quinzaine de jours, je n'en finissais plus de passer des tests pour mes urétrites. Je redevenais un fidèle habitué des pharmacies. Les angoisses à fleur de peau, je recommençais à analyser mon corps. Une punition pour mes débauches sans doute. Le médecin m'expliqua:

- Tu devras peut-être en prendre pendant plusieurs mois, car le traitement est difficile et certaines bactéries ne sont pas faciles à identifier ou résistent même aux antibiotiques.

C'était très encourageant! Un répit de cinq ans...

- Je peux bien vivre ces peurs de castration et les projections qui s'ensuivent puisque la sexualité est source de problèmes: la Bible elle-même le dit et mon histoire le confirme. Alors!... Mais si je peux au moins éviter les complications...

Je continuais à chercher avec frénésie une solution à mon cancer d'en bas. Ayant décidé après l'échec de la médecine traditionnelle d'envoyer au fond d'un trou noir les antibiotiques qui ne servaient qu'à m'intoxiquer, je passai à travers une douzaine de séances d'acupuncture et de massages chinois à n'en plus finir. Traitements interrompus par les vacances d'été en Acadie avec les petits.

Chez Socrate, il faisait bon de vivre avec eux sainement, calmement, simplement, réconforté d'approcher la normalité. Je pensais à Katia, revoyant notre maison de la mer avec beaucoup d'émotions. Ici tous s'installaient, s'organisaient. Je pressentais qu'une solution allait émerger et que ce serait pour le mieux, l'impression d'être vraiment ouvert à la brise.

- Je sais par ailleurs qu'il y a des milliers de peuples et d'individus dont l'épanouissement tant recherché a avorté, mais je sais aussi qu'il en sera autrement pour moi.

Mon périple se continuait, couronné par cette merveilleuse soirée à préparer le lit de l'ermitage avec Archimède et les amis, près de la rivière des Saules. Je recevais de l'affection de la famille et des amis, ce qui me permettait de passer les soirées sans trop ressentir le manque de tendresse féminine, sans m'éparpiller dans les clubs.

Quinze jours passèrent avec les petits. Ça allait mieux. Je me sentais plus proche d'eux. Je prenais encore un morceau de bleu, mais mon objectif clair et net était d'en finir avec ces béquilles. Au fil de mes pas, le soir, sur la grève, je continuais mon bilan, mon vitae, le long de la côte du large. Itinéraire tortueux: ces trois maisons, ces deux mariages, ces deux pays, ces innombrables déménagements, la tradition ancestrale dans le corps et le soleil qui brillait pour tous. Ouvert à toutes les éventualités, je ne savais pas ce qui allait en sortir. Je faisais des plans pour mon chalet-phare. Les petits étaient heureux et n'en finissaient plus de colorier des dessins de châteaux marins.

J'ai eu des rêves prémonitoires durant cette quinzaine. Pendant cette fameuse nuit, un songe me confronta au départ du Shah d'Iran. Quelques années auparavant quand R. Kennedy fut assassiné, j'en fus aussi le témoin dans un rêve, me réveillant à l'heure correspondant à ce drame. À moins que je n'aie été trop influencé par les prévisions des journalistes! Quoi d'autres encore? Ma lutte pour la liberté me portait aussi à lire des livres écrits par des détenus. À chacun sa prison! Des périples palpitants aussi dans *Tropique du Cancer* avec un Henry Miller qui m'aidait à déculpabiliser mon sentiment de marginalité, mon âme d'explorateur qui avait croisé plusieurs Athéna sur sa route.

C'est après avoir repris un peu contact avec ma naïveté d'enfant de chœur que je suis revenu à Montréal avec les petits. Katia me reçut en déshabillé et m'invita à camper.

– O.K. toi et moi, seulement, lui ai-je finalement répondu.

– Non, je désire emmener les petits.

Je décidai malgré tout de suivre avec mon auto, désireux de tenter l'expérience, car il y avait très longtemps que nous n'avions pas été ensemble. Le dialogue était brumeux. Les petits s'agglutinèrent autour de Katia, qui se coucha les fesses à l'air. Pas question de se toucher.

– Je croyais que c'était entendu qu'on était copains, dit-elle.

– Tu nies des aspects de la réalité, lui répondis-je calmement.

Et je décidai de partir sur la pointe des pieds. Rien n'avait fonctionné pendant ce séjour au Québec, ni avec Katia, ni avec la kyrielle d'amis montréalais. Aphrodite était dans une autre galaxie, et je me suis résigné à meubler ma solitude avec une collègue encore plus seule que moi.

Le lendemain, j'ai rencontré Ivan dans le cimetière d'un petit village, en bordure des lignes américaines. Décidément... Poursuivi par mes douleurs physiques, et obsédé par la performance et le soulagement, je vivais mal ma sexualité, m'accrochant tout de même à deux remarques d'Ivan.

– Tu as plus d'attentes que la réalité ne peut t'offrir...

Une façon raffinée de dire que je n'avais pas encore atterri.

Et:

- Parle tout haut à tes amis...

Un bon conseil, en effet.

.

Je suis revenu sur la côte, essayant de parler avec mon pauvre père qui souffrait dans sa solitude et ses rêves. J'essayais de comprendre sa folie, souhaitant ne jamais être victime de telles bizarreries, conscient que j'étais loin de posséder les quatre as.

- J'ai peur dans le noir..., me confia-t-il.

On devait toujours garder une lumière allumée, mais il demeurait constamment préoccupé par l'idée qu'elle puisse s'éteindre ou qu'elle ne soit pas assez forte au crépuscule. Un vrai martyr! Le besoin constant qu'on lui tienne compagnie, tandis qu'il ne pouvait rien faire, ni lire, ni bricoler, ni regarder la télévision, ni raconter, comme avant, ses merveilleuses histoires. Et il en était conscient...

- C'est terrible d'être si seul, dit-il. C'est pas parce que j'ai pas de génie que j'ai peur de mon ombre. Avant j'affrontais tout, les pires tempêtes en mer ne m'énervaient pas...

Je le comprenais, rien n'est pire que la solitude éprouvée au milieu d'êtres chers. Par moment il gardait sa lucidité et sa fierté, trouvant difficile de me parler de ses peurs, de son insécurité en tout, toujours à la recherche de sa femme, de sa mère, vivant dans un présent toujours vu sous l'angle du passé ou du futur. Quand je le voyais ainsi se désintégrer, j'étais pour la mort volontaire, révolté contre l'absurdité et l'hypocrisie d'un système religieux qui préconise à tout prix la survie. Sa peur de l'enfer, il la vivait maintenant à travers ce rétrécissement, cet obscurcissement de la conscience. Et tous les deux, en silence, sous la pleine lune, nous nous sommes bercés dans la balançoire, nous comprenant simplement au-delà des mots et des gestes. Je sentais toute l'agressivité de ma mère face à cette absurdité et j'avais du mal à accepter l'espace qu'elle prenait alors.

- Je ne peux lui en vouloir de sentir que sa vie est gâchée par la maladie de mon père. C'était un homme sévère, mais, ces dernières années, je n'ai jamais entendu un seul mot de reproche de la bouche de celui qui est, au fond, le seul à être inconditionnellement de mon côté, me disais-je.

Bizarres ces moments de lucidité et d'à propos. À la vue de mon porte-documents, il me demanda si je transportais les Évangiles.

- Tu y es presque, ce sont mes projets de peinture.

Il avait aussi saisi intuitivement que je désirais venir travailler dans la région.

Malgré tout je recevais la chaleur de ma famille et je m'en nourrissais. Cela m'avait permis de diminuer à une demie-bleue. Une belle victoire! J'observais alors davantage les pressions socio-économiques des petits villages; beaucoup de préoccupations concernant le travail, l'argent, le statut. Mais j'essayais de me centrer sur l'immense positif de ces petits ghettos idéologiques. Je me promenais beaucoup dans les festivals d'été avec cependant une crainte, celle de lâcher mon fou et de ne pas trouver de filles pour danser. Craindre le ridicule finit par vous donner un comportement ridicule. Quoiqu'on en dise, il était difficile, dans ma situation de rencontrer son monde et de danser avec joie. Les gens de ces petites régions sont "poignés" dans leur corps. Ils aimeraient bien s'amuser avec la femme du voisin mais le statut, les opinions, les interdits sont les plus forts. Les gens vous regardent, et quelques-uns vous jugent si vous cherchez à faire des rencontres. Et pourtant, il y aurait bien des secrets à mettre au jour dans les villages... Des secrets de polichinelle, au fond, dont on discute même parfois, d'autres qu'on tait, qui ne sont pas nommés, par délicatesse, ou par peur de réveiller ses propres tabous, que même les commères ne diffusent pas, certains secrets du "couraillage" entre autres, pourtant connus de tous, ou presque. Il était sans doute devenu plus difficile de commérer, alors que chaque famille avait son lot de moutons noirs et de péripéties pas trop catholiques. Les familles de "l'élite" n'y échappaient pas non plus et étaient bien obligées d'analyser davantage leur nombril. J'y voyais des rois et des reines qui avaient, eux aussi, trébuché sans grande élégance. Et c'est bien qu'il en soit ainsi, pour reconnaître que l'humain n'est pas uniquement tissé de fils d'anges. J'en ai beaucoup appris cet été-là sur la prétendue fidélité... Ils étaient peu nombreux ceux qui ne se permettaient pas l'inédit, le jupon retroussé ou autres lubies, dès que les apparences pouvaient camoufler la réalité. Et les ruses à ce niveau pouvaient d'ailleurs en remontrer aux sociétés vernies!

Je me disais encore que mon père était trop scrupuleux, ma mère, trop absente, ma grand-tante, trop sévère, mes autres grands-parents, décédés lorsque ma mère était enfant. Et je me surprenais parfois à remonter ainsi jusqu'avant les déportations, mais à quoi bon? La responsabilité s'échelonnait sur des générations. J'étais la somme du bon et du mauvais, le produit de tout cela. La somme du mauvais, c'était d'avoir vécu cette honte, d'avoir bravé de nombreux codes ces dernières années, incapable ou presque de garder le contact avec un autre être humain, tellement plongé dans ma folie qu'il me fallait payer pour disposer d'une oreille attentive. Le meilleur chez les gens de ces générations ce fut leurs grands moments de tendresse, de générosité, de dévouement, leur combat pour des principes que j'avais fait miens; c'était aussi les beaux enfants que j'avais conçus, les amis irremplaçables que je connaissais.

À ces soirées en plein air, durant les festivals d'été, la danse me faisait oublier mes douleurs physiques, pourtant suffisamment fortes pour me lancer contre les murs. La bière empirait les choses. Il ne me restait plus qu'à essayer l'eau bénite! En attendant je me perdais dans les transes du violon et voltigeais en acrobate: j'aimais en moi le danseur. Un soir au café terrasse, le bon vivant en moi s'était manifesté. J'avais beaucoup dansé, et mes vibrations positives attirèrent vers moi un petit arc-en-ciel, Rebecca, en instance de départ pour le Groënland. Une soirée magnifique qui se poursuivit aux bercements de la mer; avec cette grande douceur qui fusait dans les grottes du Cap Rose, au mantra de la vague. Puis il y eut quelques belles journées de cueillette de framboises, pendant que les petits jouaient aux lutins.

Victoire! Exit ma dernière pilule. En cette journée, j'étais à la plage avec toute ma famille, car j'avais résolu que cette bataille je devais la livrer parmi les miens. Ma réaction de sevrage s'exprimait par des bouffées d'anxiété, d'agressivité, de pessimisme. J'avais la tête pesante, confronté au monde qui me demandait où était ma femme, aux confrères de classe que je ne voulais pas rencontrer. Dans ma torpeur, je trouvais que ma famille n'avait pas d'allure. J'entendais dans ma tête les interdits de mon père et les soupirs de souffrance de ma mère, "mater dolorosa". Personne ne me parlait, ne se parlait.

- Si je veux revenir dans le coin, je dois assumer mon héritage. Ça ne sert à rien de me suicider avec une police d'assurance, même si les héritiers sont maintenant reconnus.

Faut dire que j'y avais pensé. Je regardais une de mes soeurs qui contemplait le large, incapable d'assumer ses rêves. Sans béquille, j'avais l'âme à la vague et à la révolte. On revint à la maison. Mon père était perdu; on devait le servir comme un enfant. Ses moments de lucidité aiguisaient la souffrance de cet homme qui avait élevé une grande famille, seul dans sa bulle avec ses rêves et ses idéaux, et qui n'avait guère eu accès au plaisir; la danse, les cartes, les farces, le corps, ce n'était pas pour lui! La peur de devenir comme lui me rendait agressif. J'avais honte quand ma soeur me racontait que mon père faisait parfois ses besoins par terre dans la salle de bains. Je sentais cette responsabilité de celui qui doit agir, mais je n'avais ni les moyens, ni l'énergie pour intervenir.

Avant le retour au travail, j'assistai à une veillée littéraire, soirée prophétique qui se tenait dans un endroit de pélerinage, un sanctuaire. Curieusement tous les participants ou presque lisaient des textes religieux qui exprimaient le désir de séparer le bon grain de l'ivraie. Coïncidence, j'y avais exposé une toile illustrant un démon avec une grande fourche qui interdisait l'entrée du paradis! Malgré une apparente libération religieuse, nous en étions encore à exorciser certains aspects empoisonnés de la morale religieuse de notre enfance. J'étais conscient que pour réintégrer mon milieu, il me fallait négocier avec cet héritage.

# Chapitre XXV

J'avais décidé de consulter le Yi King, ce vieux livre de sagesse chinoise, qui est selon certains, l'instrument le plus fiable, s'il en existe, pour décoder le futur. Je l'ai enfin posé la fameuse question:

- Est-ce que je reste en Acadie?

Je me suis concentré pour jeter six fois en l'air mes trois pièces de monnaie. Cela me renvoya à la parabole intitulée: "Le fou, le retour, le tournant". Je l'interprétai de la façon suivante: une folie de laisser un travail rentable à Montréal pour l'inconnu, le retour signifiant que je reviendrai au pays, ce qui sans aucun doute serait un tournant dans ma vie. On y lisait aussi qu'il était avantageux de traverser les grandes eaux. Ceci dit, j'y avais peut-être vu ce que je voulais y voir, mais la coïncidence était troublante.

En Acadie, cet été là, j'avais tenté de faire un bilan, estimant qu'il me serait plus profitable d'investir dans mon milieu que de le faire à Montréal, car bien des gens de chez nous semblaient encore, malgré tout, dépositaires de plus de simplicité et de pureté, d'une certaine chaleur. J'aspirais malgré tout à ces valeurs que la grande ville tendait inexorablement à liquider.

- Tant qu'à vivre ma solitude, autant la vivre sur la côte... Mais pour le moment, j'ai encore un travail...

Je suis donc retourné temporairement dans le grand trafic afin de mieux organiser mon retour. Pour fuir la pollution et le vacarme, je me suis loué une petite maison sur une île, à l'extrémité ouest de Montréal. J'organisai mon environnement entre deux chapitres d'un livre intitulé *Mars*, écrit sous un pseudonyme par un jeune Suisse mort de cancer. Un témoignage de non-affirmation totale où sur son lit de mort il analysait sa maladie comme une échappatoire à toute une vie de réserve et de refoulement. J'étais convaincu d'avoir aussi en moi un instinct de mort puissant et je sentais que quelque part je serais soulagé d'en trouver la confirmation. Et dans ces couloirs d'hôpital où j'attendais le résultat de mes analyses, je me répétais:

- Je veux vivre et je vivrai.

J'approfondissais mon désir de peindre cherchant une formule qui me permettrait de m'exprimer en profondeur. J'avais le goût de créer dans une merveilleuse fantaisie, douze tableaux représentant les étapes de ma vie, une immense fresque qui, au-delà de l'absurde, déboucherait sur l'amour et l'espoir. Je relisais l'Illiade et l'Odyssée, ces écrits sur l'homme dont la sagesse et la beauté m'avaient toujours impressionné. Je désirais m'inspirer aussi des premiers théâtres grecs et ceux des tribus primitives où le voyageur raconte ce qui lui est arrivé!

- Peindre c'est entrevoir l'immortalité, ce vieux rêve qui nous habite tous, en fixant dans le temps et l'espace une partie de nous-même, d'un moi universel...

L'école avait repris. Katia et les petits me mettaient le vague à l'âme. Un des fistons souffrait d'insécurité et se collait aux jupes maternelles. Et moi je collais à mes misères. Je rejoignis un ami qui connaissait bien la maladie de mon père, mais il me confirma qu'il n'y avait pas grand chose à faire. Souvent, le soir, je me réfugiais au cinéma avec ma révolte et tout un fatras d'obsessions et d'impulsions à me jeter en bas du balcon du théâtre Outremont. Une nuit, j'avais rêvé que Katia et moi, nous étions amoureux et que Carl vivait dans une mansarde. La non-réalité, quoi!

Au travail, je ne parvenais pas à réintégrer le groupe, et le stress m'obligea à reprendre mes pilules bleues. Cette défaite face aux médicaments me laissait amer, car j'en étais réduit, pour me désintoxiquer, à quitter mon travail plus tôt que je ne l'aurais voulu. Je passais par le suicide à 11 heures, le retour au pays à midi, le congé de maladie à une heure, la peinture à deux heures, et la croisière à trois heures. Mes bobos physiques étaient la goutte d'eau qui avait fait déborder le vase. Je pris alors rendez-vous avec Carl pour lui annoncer que j'envisageais de retourner sur la côte.

- C'est plein de bon sens, jugea-t-il.

Dans mes moments de grande décision, c'est Carl que je préférais.

- Prendre de la distance devrait au moins diminuer ma culpabilité face à Katia et aux petits, que je me murmurais.

J'ai alors commencé à classer mes notes éparses, prenant conscience de tout le chemin parcouru depuis ma rupture avec Katia. La lecture de ces gribouillis me fit apparaître plus clairement combien nombre de mes péripéties sexuelles étaient liées à un profond besoin de communication et de chaleur, un désir de trouver des oasis dans des déserts affectifs. Mais je sentais aussi surgir en moi un besoin de solitude qui, je l'espérais, serait suffisamment ancré pour me permettre d'éviter les compromis affectifs.

J'avais l'impression d'être au bout du monde, sur mon île, comme Robinson Crusoé, surtout lorsque je vis une petite souris venir grignoter mon fromage. De la compagnie! Les décisions s'imposèrent: deux mois de congé de maladie et un séjour dans les villages de la côte, à refaire mes forces entre Pointe-Lumière et Cap Rose.

Cette nuit-là, je fis un rêve. Un vieillard à barbe blanche après m'avoir longuement écouté me confiait:

- Que dire, qui n'aie été dit? Mon bel ami, tu me parles

de la mer; retourne dans ton pays pour y réparer la brèche qui s'est installé dans tes fondations. Et il ajouta:

- Si ce sentier-là a un coeur, suis le!

Ce que je fis.

Décider fin septembre qu'il me fallait prendre congé pour essayer de briser ce cercle vicieux dans lequel je m'enfermais, et de passer ainsi par-dessus mon sens professionnel afin de sauver ma peau, ça me dépassait un peu! Mais ça n'avait plus de sens de courir en thérapie et de plus, trois fois la semaine chez l'acupuncteur, pour soigner mes bobos. Les douleurs et la défense de boire ne me laissaient plus la possibilité de me défouler. Je réagissais à la ville, à la pollution, à la vitesse et au béton, à cet exercice à vide entre le travail qui ne me nourrissait plus, la solitude de ma cabane sur mon île et la culpabilité de ne pouvoir m'occuper correctement de mes fistons.

Mon pays m'ouvrait de nouvelles portes sur l'espoir. La roue avait commencé à tourner dans l'autre sens, malgré quelques ratés. J'avais jasé avec mon monde, ma mère, mes soeurs, mes amis Archimède, Merlin, Socrate et Athénagoras. Claudel m'avait prêté son chalet pour m'y reposer et peindre.

En arrivant au pays, mes problèmes physiques s'aggravèrent soudainement, inflammation et infection aiguë. Pour me rassurer, je me disais qu'au moins les médicaments auraient plus de chance d'agir sur un état aigu qu'en situation chronique. Mais il me fallait endurer l'attente et les délais des tests, avant de rencontrer un spécialiste. Interminables journées, alors que j'étais paralysé par le mal et l'angoisse de subir des dommages irrémédiables. Entre-temps, je me berçais de la chaleur d'Archimède, de Merlin et de Claudel. Cinquante-six projets me labouraient la tête, tous aussi fous les uns que les autres. Je mijotais l'idée d'un bureau privé sur la côte, me remémorant l'appui de Carl qui m'avait confié que si c'était possible, il n'hésiterait pas à me recommander pour consultation ses amis les plus chers. Finalement je conclus intelligemment après maintes démarches, et après avoir longuement jasé avec Socrate, que ce projet était bien risqué financièrement, même dans l'hypothèse où j'arriverais à me replâtrer.

J'étais installé dans le petit havre de Claudel et, n'eût été l'appui de Merlin tout près et des autres amis, j'aurais sans doute sombré dans la mort avec les peurs qui m'assaillaient lorsque je prenais conscience que j'étais coincé psychologiquement et physiquement. Quand les obsessions folles me reprenaient, je partais courir dans la forêt aux hautes épinettes, m'identifiant à l'inlassable persévérance de la rivière qui cascadait tout près. Je constatais jusqu'à quel point j'avais peur du contact, j'étais sur mes gardes, vide de confiance en moi, sentant le froid de l'hiver me glacer. Mais j'avais brisé ma bulle en réussissant à prendre contact avec mes amis dans ce moment difficile, alors que ma réaction première avait été d'aller me cacher comme un oiseau blessé. Quant à la famille, je ne pouvais compter sur elle. Chacun avait sa part de difficultés. Mon premier réflexe avait été de me réfugier chez mes parents, au sous-sol, mais je ne pus y rester, réagissant contre ma soeur, que je sentais croupir là, paralysée par cette fausse sécurité d'être nourrie, logée, couvée qui l'empêchait d'accéder à une nécessaire indépendance. Je me sentais menacé de me voir réduit à tourner en rond dans la cave à l'image de mon père qui, en haut, faisait le va-et-vient entre sa chambre et la cuisine. Je ne tolérais plus de voir un homme de cette trempe devenir un légume. Il me fallait un espace privé, entièrement à moi.

Un soir, je déguerpis donc rapidement, non sans avoir violemment reproché à ma soeur le désordre de son logement. Je me suis sauvé, dans l'éloge de la fuite, au chalet d'un mécène, une cabane sans chauffage. Quand j'y suis arrivé avec ma brassée de bois et mon pot d'eau, la hache, dans le coin m'a agressé, comme un pin blanc. Mais j'y suis resté, peletonné sous les couvertures, passant par tous les niveaux de désespoir. Non, dans ces conditions, la vie d'artiste ça n'avait pas de sens. J'ai donc décidé d'aller retrouver mes amis.

Dans l'attente de mes traitements, j'assistai dans la ville de Lawrencebled, à un festival culturel, conscient que rester dans mon trou n'arrangerait rien. Ma façon de rentrer dans l'atmosphère était encore bien maladroite, et, après ma longue absence, il n'y avait ni tapis rouge, ni couronnes pour m'accueillir. Pas de niche non plus, et je sentais bien qu'on n'arrivait pas à me classer dans les catégories existantes. L'Acadien de retour du Québec qui est reçu avec méfiance dans son propre pays! Au-delà du silence, certains me disaient:

- Si t'es si intelligent, t'aurais pu mieux t'organiser!

Durant ces quelques jours, je n'avais fonctionné qu'aux herbages et aux pilules pour faire taire l'angoisse, pour me donner un semblant de contenance, pour ne pas m'écrouler sur le parvis de la cathédrale, dans le froid, au sens propre comme au sens figuré.

J'y rencontrai une artiste, Anaïs, qui m'apprivoisa avec l'idée d'un scénario de film sur la vie d'un peintre acadien à l'époque de nos grands-pères. Le rendez-vous fut fixé à deux semaines plus tard. J'avais décidé depuis la mi-septembre de ne plus rien noter, à l'exception de quelques idées simples comme: Cette fleur est belle, je suis bien, je suis mal, c'est beau... espérant me ramener ainsi aux simplicités essentielles par une formule différente. Mais l'ardeur d'Anaïs fit renaître ce désir de créer à nouveau, de surmonter les obstacles que constituent, pour l'artiste, en Acadie, toutes les préoccupations quotidiennes d'un autre ordre ou encore l'attrait d'un travail plus rentable, permettant surtout de s'insérer de façon sécurisante dans une case sociale bien définie. Me vint le désir de recommencer à barbouiller mes toiles. Je recommençais à croire à la vertu thérapeutique d'une telle expression de soi qui pouvait me rendre ainsi moins dépendant d'une thérapie et me permettre de briser ma bulle avec Katia, en dépassant l'agressivité malsaine pour renouer avec une communication interrompue depuis longtemps. Tourner la page, placer le passé là où il se situait, avant-hier.

Je cherchai de la chaleur au grenier à Pipo, dans ce carrefour où transite toute la marginalité épanouie ou frustrée du pays. Frustrée, surtout, de tous ses rêves, amère de tourner en rond dans un pays en peau de léopard où les changements se font au rythme de la tortue. Mais cette diaspora marginale, qui ne se sentait pas plus chez elle ici qu'ailleurs, trouvait difficile d'offrir de la chaleur à un exilé de retour. Les petits bourgeois en avaient plus à offrir. Acadie, fantôme insaisissable, gare de triage, terre de partance et d'arrivée de tous les points cardinaux: l'ouest, le Yukon, le Québec, l'Amérique du Sud. Certains partaient à la recherche de l'Eldorado, dans l'espoir d'être plus chanceux que ceux qui revenaient. Que d'énergie éparpillée! J'y avais déjà senti régner parfois la peur, mais plus encore ces derniers mois. Je la sentais s'infiltrer chez des gens humbles et soumis que je croisai lors d'une rencontre où l'on brassait des idées différentes. Je la sentais chez le gardien de l'édifice, gardien de l'immobilité, qui me la retournait bien. Sa peur me faisait peur. J'étais conscient de ce climat d'insécurité, de ces rafales qui balayaient toute nouveauté en Occident, de cette démobilisation de presque tout le groupe d'innovateurs d'une génération. Et je ne parlais pas évidemment des plus vieux! Cette lutte actuelle pour le pain et le beurre et l'échec de la création d'une terre plus humaine, ce beau rêve de la dernière décade... La prise de conscience de l'inutilité de cet idéalisme avait rendu cyniques les plus ardents. J'y rencontrai un vieux copain d'enfance, un dur, invulnérable, maintenant campé aux antipodes de ses anciens principes, solidement installé dans les fiefs qu'il combattait hier. Il y croyait maintenant, et au fond je le comprenais. Il avait le choix entre faire des compromis essentiels peut-être pour tendre à une certaine réalisation de lui-même, végéter dans son village, s'adapter ou s'éteindre selon la loi de l'évolution. Ces rencontres diversifiées alimentaient les doutes qui m'assaillaient sur un mode de vie à suivre et me laissaient tiraillé entre certaines valeurs moyenâgeuses, ce bouillon de culture où avait macéré mon enfance et toutes les lectures et les expériences de l'ère cosmique vécues par la suite. Et je savais bien que, moi aussi, je devais faire des compromis. Avoir des idées merveilleuses, dépourvu de moyens pour les réaliser, ne saurait conduire qu'à la frustration.

J'essayais donc, surtout de penser à moi d'abord, d'apprendre à m'affirmer, à me laisser pousser des griffes.

Devant l'insuccès des médicaments, après avoir pendant de nombreux mois espéré d'éviter une intervention sous anesthésie, j'acceptai en dernier recours, ce qui avait parfois dans le passé donné des résultats positifs.

- Tant qu'à me faire soigner, autant le faire dans mon milieu, me répétai-je.

J'étais bien angoissé, mais tout se déroula à merveille, le démérol créant un état d'euphorie qui me faisait voir la réalité sous la couleur de ces contes de fée où le prince, beau, fort, riche et charmant convole avec la plus belle fille de l'empereur, acclamé par le peuple tout entier. Assez en tout cas pour satisfaire mes idées de grandeur les plus fracassantes et me faire oublier la possibilité d'un échec.

À mon réveil, le médecin semblait bien sceptique devant l'inflammation. Mon état risquait d'illustrer cette devise un peu terne et passive des Acadiens:

- On est venu, c'est pour rester.

Enfin, en attendant de voir ma réaction face à de nouvelles médications, je décidai d'investir avec Anaïs dans la création de notre scénario de film et je fis la navette entre les chalets du nord de l'Acadie et ceux du Sud, entre les excursions avec Athénagoras pour recueillir le miel de ses abeilles et un saut de puce dans la capitale anglophone pour me faire bercer par ma copine Rebecca.

Inquiet d'être sans travail, j'explorais les possibilités offertes par le journalisme et autres média. La possibilité, peut-être, d'écrire des textes radiophoniques, à la pige. Ce n'était rien de bien sécurisant financièrement. Écrire des scénarios inspirés de mon expérience. Mais comment composer avec la censure officieuse pour traiter de certains thèmes d'une actualité brûlante comme celui de l'adaptation difficile de l'homosexuel d'ici dans un petit milieu, ou encore de la myriade des problèmes de couples, d'affectivité et de sexualité. Indécis, je me promenais entre la poésie et les sciences humaines. Je restais partagé entre la recherche d'un travail plus sécurisant, plus payant, et le choix d'un travail plus libre, mais moins payant. Il ne se présentait rien d'intéressant dans ma profession pour le moment, et les confrères qui avaient jeté l'ancre depuis longtemps étaient solidement installés, ayant pour la plupart bien soigné leur plan de carrière. Moi je payais le prix de mes zigzags. Merlin me conseilla de lâcher la profession et de m'en aller aux antipodes de ce métier, car s'il me percevait comme un excellent consultant, il demeurait incertain sur ma capacité, de pouvoir l'assumer. Tout ce brassage d'idées et d'émotions me portait à croire que ma rentrée dans l'atmosphère pourrait bien être dans le Sud-est acadien plutôt qu'au Nord-est en raison des possibilités professionnelles.

Mes tentatives pour me trouver un guide avaient porté fruit, et j'étais heureux de consulter Confucius ce vieux sage qui m'initia à la "sophrologie", mélange d'hypnose, de détente et de pensée positive, à cheval entre l'Orient et l'Occident. J'avais confiance en ce bonhomme, ses connaissances étendues, sa sagesse, sa chaleur et sa ruse pratique. Il me redonnait espoir. Ça faisait longtemps qu'un vent de fraîcheur n'avait pas circulé dans ma tête. Je m'apercevais que j'étais bien reçu dans mon pays, de mieux en mieux lorsque je me sentais bien dans ma peau. Restait à trouver la modalité d'entrée, le lieu, le travail. J'envisageais un travail structuré pour ne pas me perdre au début: après tout, pourquoi pas dans mon métier?

Mes deux mois de congé étaient déjà écoulés. Je me sentais un peu mieux physiquement et mentalement, mais encore incapable d'assumer un travail auquel je ne croyais plus d'ailleurs, même si ce milieu professionnel recelait des personnes très riches. Durant ces derniers jours d'indécision, un ami me fit rencontrer un urologue un peu plus rassurant. Il avait presque fallu atteindre les abords de l'an 2000 pour avoir un spécialiste de chez nous qui puisse vraiment s'occuper de nos instincts et de notre reproduction.

- Faudra-t-il attendre encore un siècle pour avoir un médecin compétent dans les folies de l'esprit qui soit issu des nôtres. Dans certains domaines, le nombre de spécialistes est-il inversement proportionnel aux tabous, me demandai-je?

Finalement du bureau de Confucius j'ai téléphoné à mon lieu de travail pour annoncer mon départ. J'ai dû ré-écrire au moins une dizaine de fois, ma lettre de départ entre le Yi King, le nord, le sud, l'est et l'ouest, les différents hôtels et motels où je me réfugiais dans mon périple fou.

# Chapitre XXVI

Pendant les derniers jours sur mon île, j'ai dû me raccrocher à l'optimisme de Confucius pour avoir le courage de partir, incapable, malgré les suggestions des bobines que j'écoutais, d'imaginer des scènes agréables. Je me voyais plutôt en train de creuser ma tombe, seul, tout nu, abandonnant les enfants.

- J'aimerais venir dans ta famille pour les fêtes, me proposa Katia.

L'idée m'effleura qu'elle en attendait peut-être un rapprochement, mais elle me suggérait plutôt de garder les petits quelques jours, pendant qu'elle irait se reposer et fêter dans ma famille. Je ruminais, toute la soirée, la rage de savoir qu'elle viendrait s'amuser comme si de rien n'était. J'étais incapable de choisir entre passer les fêtes loin des petits ou les voir à l'occasion de réjouissances familiales où mon coeur ne serait pas. La soirée se termina sur un conflit. Je suis parti, avec le goût de renier mes enfants afin de m'en sortir, faire "tabula rasa", repartir à zéro en ignorant ce passé qui me ramenait constamment à la réalité. Heureusement, j'avais pris la précaution de me trouver auparavant un point de chute dans le Sud-est acadien, à Lawrencebled, ce qui facilita mon départ.

Je m'étais installé à Lawrencebled, dans la poudrerie. J'avais lâché mes pilules. Cette nuit-là, je ne dormis pas, tournant en rond, piétinant, éprouvant une peur de rencontrer du monde, de parler. Je me sentais vide, fragile comme un roi déchu. L'histoire de Katia me hantait.

- Doit-elle venir ou pas?

J'écoutais presqu'une heure de cassettes chaque jour. Après des discussions avec Confucius, j'en parlai à ma mère qui parut heureuse à l'idée de revoir Katia et les petits. Il me sembla qu'elle me laissait libre de décider. Je me promenai alors sur le bord de la côte pour cueillir des blés sauvages que j'envoyai à Katia en espérant qu'elle viendrait.

Somme toute, malgré des moments de désespoir intense où je crus me désintégrer dans mon goulag, cette rencontre fut positive pour tous, malgré l'impossibilité d'abandon et de contact physique avec Katia pendant les fêtes. Les petits étaient heureux, Katia s'en tirait. Mon anxiété diminuait. Je n'avais pas le choix. En Acadie, il faut être pratique ou crever. J'étais contraint de me rapprocher de la matière, de maintenir mes préoccupations au niveau de la survivance. Devant la tempête, le roseau plie. C'est ce que je fis, me peletonnant sous les grandes vagues pour essayer de maîtriser le présent et d'y prendre tout le plaisir possible avec l'aide des enregistrements de Confucius.

Avec Katia, chez ma grande soeur, une angoisse sourde se raviva en moi au spectacle des films souvenirs qui montraient des gens souriants, en fête, alors que j'étais seul à mesurer la noirceur de mes cauchemars de l'époque. Un monde entre mon propre vécu et l'image projetée où un autre observateur n'aurait aperçu que des gens heureux. Mon angoisse avait monté d'un cran devant les films relatifs à l'époque d'Eva, celui en particulier du mariage de mon frère qui reflétait la joie de tous. Je me rappelais mes palpitations sur la basse côte nord alors que je me demandais douloureusement si Eva allait s'en sortir. Pire encore, je devais, devant ces images des gens en fête, me rendre à l'évidence: la peine ou le jugement que je croyais toujours lire chez les autres à mon égard et qui suscitaient toute ma compassion n'étaient en fait que le produit de mon imagination. C'était peut-être deux mondes ça aussi… J'en sortais plus que jamais renforcé dans ma conviction que je devais d'abord penser à moi.

J'étais content d'être de retour au pays. Les paysages aimés, la mer douce, les êtres et le milieu à dimension humaine.

- Sachant où je suis maintenant, je devrais pouvoir décider où je vais.

J'avais rêvé à un titre de tableau *De la cave au grenier*. Que pouvait-il bien symboliser? Le tour de mon domaine, des instincts primaires du sous-sol au raffinement créateur des étages supérieurs? Confucius était au courant de mon projet et il m'encourageait à continuer.

- Ta conscience trop sévère t'a fait négliger ton enfance et ton adolescence.

Résigné, je lui ai demandé:

- Est-ce que je peux encore espérer me sortir de ce labyrinthe?

Après un moment de réflexion, il me conseilla:

- Toujours te centrer sur les choses positives du présent.

Parole de sagesse, s'il en est une!

Mes efforts semblaient porter leurs fruits. Des amis d'antan m'invitaient à souper. Tranquillement j'organisais mon territoire, mais les réveils étaient toujours pénibles, car rien de palpitant ne m'attendait encore. Les solutions sont plus faciles quand on se lève en forme, et je m'efforçais de ne pas croupir au lit. Cette solitude, sans chaleur féminine, m'était terrible à la pleine lune et, dans l'attente, face aux amoureux qui se bécotaient, j'affrontais cette existence sans passion en écoutant des cassettes pendant une heure chaque jour; ce fil me retenait à la vie. Je faisais aussi du ski de fond dans les forêts de mon pays, méditant à mon avenir sur les pistes enneigées. Je me comparais trop à mes confrères. "Casés" dans une carrière solide, dans une relation affective stable auprès d'enfants qu'ils côtoyaient chaque jour, la plupart d'entre eux semblaient avoir cheminé aussi loin dans la beauté et la sécurité que moi dans la folie et l'anarchie. Mais je me doutais qu'après son éruption, un volcan ramène parfois à la surface des minéraux précieux.

Je décidai en cette fin de semaine d'assister à une session de groupe animée par Jonathan et sa compagne, la belle Geneviève. À mon arrivée dans la salle, je fus frappé par le petit nombre de participants. Cette trop grande intimité me faisait peur et me rappela les souvenirs d'antan. Ces cours où l'on avait l'impression de servir de cobaye. Mais je sentais que Jonathan avait changé, qu'il avait rencontré son chemin de Damas. J'avais peur cependant d'ouvrir des blessures et de les aggraver. La séance commença. Un confrère nous raconta qu'il avait été saisi de panique à la cathédrale et que ses malaises s'étaient généralisés à toutes les rencontres de groupes. Il raconta ses tâtonnements pour se débarrasser de ces paniques surgies subitement, et le peu d'empathie rencontré chez les bonzes du métier. Je me sentais moins seul et décidai de revenir. De toute façon, je me serais senti terriblement déçu de moi-même si j'avais fui ce que j'avais commencé. Suivit une nuit quasiment blanche, angoissé que j'étais de révéler mon univers dans cette intimité.

Le lendemain, je résumai au groupe mes explorations depuis sept ans, une façon de casser la glace. Mais pendant le reste de la journée, j'en restai au même point, indécis, ne sachant si je devais m'impliquer davantage. Un exercice fut alors proposé où chacun pouvait se représenter comme un animal. L'image qui me venait à l'esprit était celle d'un aigle méchant, puis d'un serpent. Mais je n'acceptais pas d'être un animal méchant qui pouvait blesser. Je désirais recevoir et je me refusais à ramper comme un serpent. J'étais finalement sur le point de partir lorsque l'on passa à l'exercice de l'aveugle et du muet. Je guidais une participante qui avait les yeux bandés; je la promenais à travers la pièce, lui faisant toucher des visages, la faisant danser, lui donnant un massage au son de la musique, avec le goût de donner de bonnes choses. Puis mon tour vint de m'abandonner à ces sensations agréables: toucher la neige, écrire, goûter une orange, et cela contribua, en me faisant vivre mon corps de façon agréable, à vaincre les résistances de mon esprit. Par la suite l'exercice des animaux fut repris. J'étais chaton, puis je devins gorille, me promenant dans ce cirque, content du contact avec les autres. Tout à coup, je remarquai, sur une table, un petit couteau à fromage qui m'énerva. Un proverbe arabe me revenait en mémoire: "Tu n'as pas besoin de prendre un couteau pour montrer que tu n'es pas d'accord avec quelqu'un." En allant chercher ce petit couteau que je plaçai au centre du groupe, je décidai d'en parler. Une participante nous confia, qu'adolescente, elle avait vécu ces peurs, et, qu'un beau jour, le nuage s'était envolé. Cela me rassura.

Lors de l'exercice suivant, chacun se représenta comme une fleur. Quand je cherchais à ouvrir mes pétales, j'y apercevais un insecte qui essayait de grignoter ma fleur. Je m'obstinais à chasser cet insecte, exprimant tout à coup beaucoup de peine et de nostalgie pour Katia et les petits. Jonathan et Geneviève m'apportèrent tout leur soutien là-dedans. Mais il m'était difficile de parler de mes folies du présent, des images sexuelles et anales face aux animateurs, de ces fixations sur l'anatomie de celui-ci ou celle-là. Le groupe m'encourageait à m'exprimer. Mise en confiance, une participante se sentit alors à l'aise pour avouer que fréquemment son agressivité se manifestait sous forme d'images où elle se promenait avec une mitraillette à la main. En fin de compte, ces échanges chaleureux furent positifs en ce qu'ils me procurèrent la sensation d'être accepté simplement "parmi son monde", l'impression pour moi de placer ma planète dans la même orbite que les autres de ce système solaire.

La semaine suivante me fut pénible, car ce brassage semblait avoir ramené certains malaises à fleur de peau. Chez un médecin j'avais des obsessions de tout genre; un vieillard entra et j'avais l'impression de lui croquer une oreille. Une peur de retomber dans le maëlstrom. J'essayais de me dire que ma tension d'en-bas montait à la surface, que le noyau changeait de place quand je commençais à le cerner. Cette angoisse que je vivais depuis quelques jours ne se laissait pas identifier.

Je ne ménageais pas mon énergie pour guérir mes bobos physiques: bains chauds, lecture sur ces malaises, médicaments. Mon guide me fit une bobine hypnotique axée sur la détente et la pensée positive pour libérer les forces curatives du cerveau. Il m'initia aux techniques japonnaises du Shiatsu où il s'agit d'exercer quotidiennement une légère pression sur certains points du corps, afin d'y stimuler les forces de guérison. Il me prêta également un livre écrit récemment par des spécialistes américains, qui obtiennent des guérisons du cancer en alliant, aux traitements médicaux, une série d'exercices psychologiques qui stimulent une certaine imagerie mentale pour augmenter les défenses du corps et le désir de lutter. Ces techniques me devinrent bientôt familières. Un chiro me tâtonna dans les régions interdites, en s'inspirant aussi des méthodes du Shiatsu.

- Tu souffres d'une déviation de la hanche qui ne serait pas sans conséquences, me dit-il.

Cela me fit un peu sourire.

- Que celui qui n'a pas une imperfection à la colonne se lève!

L'urologue du Nord-est me confia au téléphone que, si j'avais été plus âgé, il m'aurait charcuté. Mon spécialiste du Sud-est était un peu plus encourageant, mais il ne savait que faire et proposa de laisser la nature suivre son cours. Il me confia:

- Ce que tu as est difficile à traiter et tu dois accepter ce fait si tu ne veux pas chavirer.


Comment composer avec ma marginalité? Telle était ma nouvelle question. Y avait-il pour moi quelque part un karma quelconque qui réduisait ma marge de manoeuvres, qui me ramenait à un certain destin malgré tous les zigzags que je faisait pour y échapper?

- Pourquoi certains êtres ont-ils tant de difficultés à trouver un sens à leur vie? Y a-t-il une oeuvre, un accomplissement qui puisse, quand la rupture affective est sans appel, remplacer le sourire et la chaleur d'un couple réuni avec ses petits au coin du feu, ou le bonheur, tel qu'il se dégage de la photographie de famille placée en évidence sur le bureau de celui qui a réussi une carrière bien rodée, sans heurts et sans reproches? Quel monument peut effacer l'amertume éprouvée devant les enfants victimes de la cassure?

Je savais malgré tout que le tournant était arrivé, que les petits s'adaptaient bien, se développaient bien, qu'ici j'arrivais à me centrer, à me calmer, qu'une certaine chaleur me normalisait sans entamer mon originalité, que je n'avais plus besoin des drogues des grandes cités.

J'avais passé par toutes les gammes des émotions face au Sud-est acadien, allant d'une certaine honte jusqu'à une grande admiration pour ce peuple ravagé par des siècles de colonisation, et qui, malgré tout, comme la fleur dans un climat difficile, fleurissait et se battait à sa façon. Dans ma situation, pour m'intégrer à ce milieu, il fallait adopter rapidement les mécanismes élémentaires de survie en m'isolant lorsque c'était nécessaire et en m'adaptant pour le moment à un certain statu quo rigide des normes et conduites fixées presque inconsciemment par la communauté. Tout devait, tout doit se faire doucement, sans élever la voix ou le geste, à pas feutrés, presque religieusement, toujours avec une extrême politesse. Surtout ne pas se mouiller, tolérer des niveaux tellement absurdes de contradictions qu'ils deviennent invisibles à force de faire partie du décor. Constamment aussi, s'intoxiquer du mépris grossier de cette ville raciste, ce Lawrencebled, et respirer ce vaste nuage diffus de chloroforme qui étouffe toutes les revendications. Il y a en effet quelque chose dans l'air!

Dans ce Lawrencebled, en permanence branchée, par transfusion, sur tout le pays, recueillant de l'exode tant de cerveaux et de forces vives, comment se faisait-il qu'autant de matière grise, cogitant dans cette immense cuvette depuis au moins deux décades, n'avait pas encore amorcé des changements palpables dans l'environnement pour le rendre plus conforme à notre identité? Comme si la greffe était encore incertaine!

Tant de pouvoirs acquis de longue lutte ne trouvaient pas

leur pendant sur le plan social, politique, comme si ces nouveaux joujoux, étaient encore impuissants devant les stigmates d'un passé trop lourd. Elle était toujours vivante cette mentalité collective, marquée par la soumission et le sentiment d'infériorité de ceux qui ne seraient nés que pour un petit pain enrobé d'interdits. Pourquoi l'intelligentsia universitaire et économique ne s'ouvrait-elle pas davantage sur la communauté et ne disposait-elle pas de son pouvoir assez substantiel pour y amorcer des changements? Par la promotion, par exemple, de grands débats de fond sur la notion de territoire, sur une vie de quartier plus forte et une plus grande autonomie de nos villages, sur une conception différente de la juridiction de nos sites historiques où nos ancêtres devaient bien se retourner dans leurs tombes... En s'engageant à l'extérieur des murs de nos écoles, de nos institutions, de nos tours d'ivoire afin de stopper l'assimilation, être congruent avec nos enseignements, rendre nos rues plus représentatives de notre culture... Les exemples étaient légions... Mais d'abord comment ouvrir ces débats dans un milieu où chacun s'accroche farouchement à ses idées et craint pour son emploi ou ses liens de famille dès qu'il est question de confronter les différences ou d'accentuer les ressemblances? Bref, une foule de questions et d'impressions mûrissaient ainsi spontanément, chez moi, mais j'avais évidemment d'autres avenues à explorer.

# Chapitre XXVII

Enfin un mode de vie plus équilibré: les influences positives de la "sophrologie" m'avaient conduit à un tournant où je sentais émerger le positif. Mon guide m'avait beaucoup aidé à reconnaître que c'était mon meilleur ami qui surgissait du centre de moi. Mes spasmes diminuaient et de même les obsessions. Mais il me fallait avouer que ça coïncidait avec la présence d'une chaleur féminine particulière qui me confirmait ma valeur. C'était pour le moins une belle amitié, et j'en avais grandement besoin à ce stade-là de ma vie. D'autres demoiselles aussi me remarquaient. Plein de bonnes choses arrivaient en même temps. Dans mon travail, mes recherches sur la créativité m'absorbaient vraiment et effaçaient le sentiment d'insécurité résultant d'un travail provisoire à temps partiel. Je préférais pour le moment fonctionner ainsi plutôt que de me satisfaire de n'importe lequel de ces boulots où l'on se contente, comme tant de monde, de faire du neuf à cinq pour recevoir, le vendredi après-midi, le traditionnel souhait de bonne fin de semaine! Je développais une attitude positive face aux enfants, que je croisais dans les centres commerciaux. Je les entourais de beauté en réussissant mieux à ranger dans le passé mes folies et à concevoir qu'une étape importante de ma vie était terminée.

Cependant le temps était venu de prendre une décision importante. Mon besoin de peindre ce que j'avais si longtemps cultivé imposait de choisir entre un travail probable que j'hésitais à accepter et une bourse pour un séjour en Europe, qui aurait facilité la création. Et je me disais:

- Si je dois, comme il me semble, partir quelque temps afin de mener à terme mon projet, je saurai au moins alors d'où je viens.

234

Ce désir obstiné de peindre m'habitait depuis plusieurs années. J'avais souvent changé d'idées, de parcours et d'espace, mais, sur ce sujet, m'habitait cette constance en dépit de l'énervement causé par l'insécurité financière que suppose ce métier. J'étais bien conscient qu'il y a un monde entre occuper un poste respectable et préférer l'aventure, cette façon radicale de tourner la page qui consiste à partir quasiment sac au dos. Chacun sait qu'on s'arrête d'abord aux apparences, que les réactions de l'entourage sont donc différentes, voire contradictoires, selon que vous avez, ou non, un travail régulier et surtout lorsqu'il ne dépend que de vous de vous faire un salaire substantiel. Mais malgré tout, je me sentais plus disposé à suivre une voie de pionnier, à m'engager dans le chemin tracé par mon destin.

J'étais allé m'imprégner de la chaleur de Jonathan et Geneviève: des êtres superbes.

- Tu te sabotes, me dit-il, tu as une auto et tu marches à pied. Tu as de la difficulté à prendre les moyens qu'il faut pour te rendre là où tu veux. Tu vis comme un cheval sauvage juste assez docile pour venir manger un peu de foin à la grange.

Oui, il avait raison! Je me boycottais en n'acceptant pas d'utiliser mes ressources de ruse, de séduction, de gentillesse et d'amabilité, comme si je pouvais, par ce simple refus de me conformer, signifier toute ma révolte contre l'hypocrisie et le compromis. Un moyen encore d'être perdant, au lieu de reconnaître les bénéfices de la diplomatie. Jonathan gardait l'impression que mon drame était terminé, que le point final était mis, que la boucle était bouclée, mais que j'étais trop centré sur les mailles du tapis pour m'en apercevoir. Effectivement, quand mon esprit était axé sur l'espoir, le positif et les projets, je n'avais pas de folies d'agression ni d'angoisses, et ma pieuvre relâchait alors ses tentacules.

Au fond, Jonathan était bien conscient, cependant, qu'il n'avait pas plus de solution que moi pour trouver la direction d'une vie simple et heureuse. Me revint à l'esprit ce jeu chinois où on met ses doigts dans les trous d'une planche. Si on cherche à retirer ses doigts, cela serre davantage. La seule façon de se déprendre, c'est de plonger plus avant. Il faut parfois s'immerger dans le danger pour en sortir. Certaines personnes doivent creuser leur tombe pour s'apercevoir que leur place n'y est pas.

J'étais content d'avoir ce désir de m'ancrer dans mon milieu, ce qui tempérait mes tendances anarchiques, ces traits fréquents chez beaucoup de mes compatriotes. Petits côtés anarchiques qui sont plutôt chez nous l'expression d'une révolte sourde, d'une source considérable d'énergie, qui trouve ainsi à s'exprimer face aux contradictions et aux espoirs frustrés de cette petite communauté. Je constatais que le centre de soi ne nous veut pas de mal, au contraire. J'apprenais à accepter ma sensibilité, à vibrer ainsi à plusieurs niveaux, à plusieurs dimensions des êtres de ce cosmos.

Lors du travail avec Jonathan, je visualisai, au cours d'un exercice, un cercle hautement coloré qui représentait mon centre. Apparaissait ensuite un deuxième cercle qui entourait le premier en bloquant l'expression de mon centre; puis un troisième cercle entourant les deux premiers et représentant mon côté adapté, celui qui se débrouille bien, qui sait comment se présenter et faire bonne impression. Ces images m'indiquaient que c'était au niveau du passage de l'énergie créatrice de mon centre à mon cercle extérieur que j'éprouvais des difficultés. Mais il m'était rassurant de savoir qu'il s'agissait plutôt d'une réparation de tuyauterie que de moteur. Puis, chacun se promenait avec une feuille accrochée au dos, et chaque participant y inscrivait les perceptions, les côtés positifs et négatifs de l'autre. On m'aimait beaucoup, ma feuille était remplie de commentaires rafraîchissants: tu es chaleureux, réceptif, perspicace, tu inspires confiance. Ces témoignages me renvoyaient une bonne image de moi-même.

Quant aux exercices de "sophrologie", ce fut un vrai marathon que de se plier à une heure d'écoute par jour, cette voix calme et reposante que j'ai écoutée soir après soir, jour après jour sans me lasser. Le dernier exercice demandait de s'imaginer sur un bateau peint de la couleur de notre choix en route vers une destination inconnue. Une réponse devait venir concernant cette destination, mais elle ne venait pas. Parfois, je me sentais vide, il n'y avait rien, je ne sentais pas le plaisir en moi. Quelquefois aussi, j'avais l'impression de remonter à mon berceau dans ma chambre noire. Par moments, c'était l'aventure, et j'étais incapable de fixer une seule couleur, de même que je n'arrivais pas à m'enraciner dans une relation affective avec les filles qui défilaient. Je m'énervais moins, considérant cela comme une étape. Et les couleurs défilaient, bateau de la nuit, de l'aurore, du zénith, bateau psychédélique, vaisseau fantôme, bateau de brume que le soleil dissipe.

Je me promenais souvent dans la grisaille de la lande avec un vide affectif que la chaleur des amis, du milieu, de mes relations féminines ne comblaient pas, attendant d'être un jour peut-être emporté dans une griserie pour un être qui m'attendrait au carrefour de la réciprocité. En attendant la muse, je butinais de mon mieux sans tenir de comptabilité, conscient que pour créer et produire, il fallait de la chaleur. Au lieu de tourner en rond, je m'alignais sur une destination "naissance", je découvrais cette luxure de l'air, de l'eau, de la blanche neige, des vergers, je humais les arômes de mon pays d'embruns...

Concernant les décisions importantes que je devais prendre, influencé par une amie, je pris rendez-vous avec une liseuse de cartes. Par simple curiosité, mais aussi un moyen de jeter un éclairage nouveau sur ce projet de faire un stage à l'extérieur du pays pour créer. Ma sorcière m'annonça qu'Eva allait se remarier avec un homme riche. Plus rien ne m'étonnait!

- Katia, dit-elle, est une femme ayant des exigences élevées pour un homme, elle recherche un type bien spécial.

Elle m'assurait que les petits et Katia ne m'avaient pas oublié. Ce qui ravivait douloureusement ma nostalgie. Selon elle, je devais rencontrer, lors d'un séjour à l'extérieur du pays, une jolie brunette, petite, que j'allais épouser. Décidément! Elle ajoutait enfin que le succès et le bonheur étaient inscrits dans mon avenir et que mon destin de peintre m'attendait. C'était bien agréable d'entendre parler de ce bel avenir. Malgré tout le scepticisme ressenti, cette expérience me portait à croire que mon désir de trouver la lumière à l'image du grand peintre Gauguin, était sain.

Dans ma tournée des mediums, je rencontrai une anglophone qui avait, elle aussi, des commentaires positifs. Elle fit une lecture des lignes de ma main et me raconta des histoires sur ma tasse de thé. Elle semblait fascinée par la complexité des lignes de ma main, prétendant que j'avais trois pouvoirs psychiques importants dont l'un était cette capacité de guérir avec les mains. Il est vrai que par l'imposition des mains, j'avais parfois soulagé des maux de têtes, de dos et de ventre, surtout chez des femmes.

- Tu as aussi des capacités de clairvoyance ainsi que des besoins spirituels importants, me confia-t-elle.

Tant qu'à avoir des dons, je me disais que la clairvoyance m'aiderait peut-être un jour à gagner à la loterie si je pouvais me décider à acheter des billets... Quant à l'ampleur de mes besoins spirituels, il suffisait de se reporter à mes antécédents bibliques et mes quêtes d'absolu!

- Tu vas, dit-elle, rencontrer une petite femme brunette et bouclée.

Comme si les deux voyantes s'étaient concertées...

- Ton souhait, dit-elle, devrait se réaliser par étapes.

J'avais toujours gardé le même souhait, et elle semblait

le lire dans ma tasse de thé. Elle ajouta:

- Un moment donné, tu feras un virage à quatre-vingt-dix degrés.

- Tiens donc! La peinture ou la profession? Mais si je ne peins pas, pourquoi irais-je en voyage à l'extérieur du pays? D'ailleurs mes deux intérêts ne sont-ils pas compatibles? De toute façon, pourquoi ne pas décider soi-même de ses orientations.

Pour fêter les petits, je suis parti en excursion dans la métropole: le béton et la pollution me donnaient mal aux yeux. Katia m'apparaissait vraiment comme une femme admirable! La distance avait effacé beaucoup d'aspects négatifs. Mais dans cette intimité ressurgissait, avec l'angoisse, l'ombre de ma folie, et mes peurs cherchaient à reprendre leur place, comme si un mauvais sort m'empêchait de goûter pleinement au bonheur normal des retrouvailles avec les petits. Je partis alors chez des amis à l'orée des montagnes de la métropole. Le lendemain, au réveil, un rêve me resta en mémoire; mon père, le capitaine, prenait le large. Un des petits courait pour lui parler, mais le père n'avait pas le temps, car il devait appareiller. De l'eau plein les bottes, je me précipitai pour le rejoindre, lui dire qu'il était toujours parti et qu'il devrait s'occuper davantage des enfants. Je lui parlais de moi, lui disant, pour gagner son attention, que j'avais voulu me faire disparaître, que j'aimerais qu'on soit plus proche. Il semblait touché. Ce rêve me ramena à ma culpabilité de ne pas m'occuper suffisamment de mes fistons: la proximité réveillait ces sentiments et me ramenait à la réalité des petits, qui avaient besoin de moi. En leur compagnie, je revivais aussi les aspects négatifs de ma relation avec Katia. Ce négatif me détruisait.

- Je dois tirer un trait en apprenant à faire la part des choses. Il faut que j'accepte la réalité; celle de mon coeur, qui les aime ces petits, celle de ma situation qui m'empêche de m'en occuper pleinement; ils n'en font pas moins partie intégrante de ma vie, de la famille.

La tournée des souvenirs se poursuivit avec la rencontre de Lou-Salomé. Elle était seule et disait avoir beaucoup changé, beaucoup souffert de l'absence d'amour de son ancien ami. Malgré son échec, son mouvement d'ouverture ne la rapprochait pas de moi, et ce brassage me laissa simplement le besoin de lui dire un adieu. J'avais aussi rencontré Consuelo. Elle se retrouvait seule, proche de ses besoins, remplie d'un mélange de grande chaleur et de grande culpabilité, vraiment accablée par son passé. Je la réconfortai de mon mieux, mais mon chemin était ailleurs et je revins au pays.

Je me réintéressais à la psychanalyse qui me faisait mesurer à nouveau l'importance de l'inconscient. Une lecture de la vie de Freud me rappela que chaque être a au fond de lui un petit monstre et un petit saint. Ma souffrance avait eu son utilité parce qu'elle libérait ma culpabilité. Dans ce livre de Freud, la panique de l'homme aux rats, cet avocat du début du siècle qui imaginait des rats se promenant dans l'anus de son père et de sa fiancèe, me paraissait tellement compréhensible après mon parcours! L'histoire de ce juge, hospitalisé pour obsession et paranoïa, qui avait écrit, vers 1890, une autobiographie intitulée *Souvenirs d'un Névropathe* me démontrait une fois de plus que personne ne semble immunisé contre la folie, mais que les hommes ne sont pas non plus égaux devant le bonheur.

Surgissaient encore, à l'occasion des réminiscences négatives, des obsessions face à l'imprévisible, la violence, le laid; il m'arrivait de rester fixé sur des chimères, un visage sale ou des outils, de fabuler sur ce qui se tramait dans mon dos au propre et au figuré, d'imaginer les circonvolutions de mon cerveau enrobé d'une graisse épaisse de vieilles patates frites. Mais je la voyais fondre aussi, et j'entrevoyais des cellules nouvelles: roses et fortes comme le futur. Des ratés de moteur parfois: la peine qui m'étreignait quand les petits pleuraient lors de mes départs, en me rappelant la difficulté d'être parent unique; mais ce passé, lourd de nostalgie, et d'ambiguités semblait s'estomper.

- La sagesse consiste sans doute à éviter les situations qu'on ne peut rendre positives pour soi, que je me disais.

Il m'arrivait encore, à l'abbaye, d'imaginer les moines nus, dans des circonstances saugrenues, mais les tentacules de la pieuvre agonisaient dans de fugaces soubresauts. J'apprenais d'ailleurs, au sujet des abbayes, qu'après une vie de débauche, un de mes ancêtres probables avait réformé la trappe. Et je me disais:

- L'influence de mes vies antérieures expliquerait peut-être ma fascination pour ces lieux! Curieux que mon éveil sexuel, qui s'est fait dans une atmosphère religieuse chargée, trouve précisément réparation dans le cadre de ces sites religieux superbes, par le biais de ces toiles-exutoires où j'y décortique certaines de mes enveloppes sexuelles.

J'avais le sentiment d'avoir fait la tournée des hypothèses. Ma carence avait commencé au berceau, je m'étais mal identifié, j'avais des prédispositions génétiques, une série de malchances affectives avaient ré-ouvert des blessures que des expériences positives auraient simplement cicatrisées, j'avais des traits schizoïdes, j'avais été violé par ma faute, j'aurais dû rester bien longtemps célibataire, je...

- Mais à quoi bon creuser à n'en plus finir! Tout le monde ne peut se payer une décennie de psychanalyse réussie... D'ailleurs cette approche n'est pas, à vrai dire, particulièrement adaptée au milieu d'ici où la solution réside plutôt dans un quotidien enrichissant... Dire ce qui est arrivé est impossible. La vie est un fleuve dont le récit tend toujours à accentuer tel ou tel méandre.

Par la peinture, j'avais peut-être succombé à une autre folie, celle d'aller à contre-courant, refusant de croire qu'on vivait dans un monde où il n'est plus possible de se révéler, où l'on doit toujours garder ses masques. Pour cette ivresse avec les petits, qui commençaient à écrire papa, pour ces merveilleuses pêches aux palourdes avec eux, pour cet ami qui venait de perdre la tête en amour après une traversée de déserts et de montagnes, j'étais heureux. Pour lui, et pour moi, car il m'offrait l'image du possible. Et j'étais surpris de retrouver ma niche, tout comme l'enfant prodigue, parti de sa terre natale, ses sens et son compas affolés dans ses détours de bête traquée. Ce kaléidoscope de couleurs avait contribué à la reprise du dialogue avec Katia.

Le milieu, la "sophrologie" et la sagesse de mon guide m'avaient aidé à inscrire dans mon corps et mon inconscient de l'harmonie et du positif pour faire contrepoids au questionnement intérieur stérile et à ce goût de déterrer les morts. Lentement, subtilement ils avaient diffusé à travers mes sens un goût de vivre, un goût d'arc-en-ciel. J'avais réintégré mon espace, me sentant chez moi dans le Nord-est acadien, mais heureux de vivre dans le Sud-est. Il y avait partout des ressources, des défis, une tranquillité, des amis, une patrie, le rire et la nature, la vague, le framboisier et le parfum des bois… Mon travail sur le positif, sur les vivants, me procurait un repos dans l'oubli de mes difficultés et de celles d'autrui, tout en me permettant d'utiliser mon savoir.

Après avoir exploré tous les recoins de la médecine traditionnelle, de la psychologie ordinaire et parallèle, des techniques de visualisation utilisées dans des approches psychosomatiques du cancer, après avoir barboté dans l'ésotérisme, l'eau des pyramides et la médecine naturelle, une guérison se dessinait pour moi avec la médecine homéopathique, une médecine de l'avenir qui travaille au niveau de l'atome par une sorte de caresse des cellules. Un immense iceberg était en train de fondre. Cette grosse banquise, partie de l'Antartique, était en vue dans la Baie des Chaleurs; il en restait un petit glaçon sur lequel se chauffait au soleil un pingouin bariolé de noir et de blanc, qui apprenait à privilégier le positif, et l'évaporation de son ressentiment lui permettrait d'aimer à nouveau. Il y avait tant de beautés dans le quotidien, le homard à déguster, les randonnées à bicyclette, les glaçons du printemps se dandinant dans l'eau, les sons mystérieux qu'ils émettent pendant que se profile au loin l'île du Prince... Pointait en moi le désir de me remplir de douceurs en dedans, de douceurs en dehors, au-delà des interdits moyenâgeux nés de l'Ancien Testament et des déportations.

La chute de mon père m'avait beaucoup attristé. Elle m'avait permis toutefois de détruire cette image du juge si bien intériorisé chez moi et qui m'empêchait de vivre. J'éternisais comme foetus, jusqu'à ce que je comprenne que la plus belle façon de vivre, c'était de naître.

- Tout est possible: les petits, la profession, la création, ma création, un grand rire contagieux, cosmique, inépuisable. Qui a raison, qui a tort? Personne! Tout est subjectif, c'est ce que l'on vit qui est vrai. J'ai passé par toutes les phases: c'est moi le coupable, c'est l'autre, c'est les deux, c'est le passé, la famille, les vies antérieures. Existe-t-il, de toute façon, quelqu'un sur cette planète qui puisse se justifier de lancer à l'autre un petit caillou? Le papillon n'émerge-t-il pas de la chenille, l'ordre du chaos et la fleur du fumier? Tout ce qui se meut n'est-il pas à la fois beau et laid, propre et souillé, en continuelle évolution?

Que le temps s'était étiré avant de me ramener à mon point de départ. Quatre ans avant de pouvoir commencer à peindre, trois années encore à chercher le mode d'expression appropriée avant de croire que je pouvais en sortir quelque chose, m'en sortir, avant de découvrir aussi qu'il me fallait créer l'essentiel dans mon milieu et non en ermite tibétain. Je considérais presque comme un privilège de pouvoir témoigner pour cette multitude d'humains qui avaient vécu des cassures affectives et, pour tous les autres, qui s'enlisaient dans le marais pendant que d'autres se berçaient au gré des nénuphars dans le hamac de leurs corolles. C'était un privilège qu'il m'était donné, d'élever un monument, un éloge à la vie!

Après mon retour au pays, ce retour au point zéro, je rencontrai la tendresse d'une Québécoise avec qui je traversai la première partie du Sahara où l'on se conduisit réciproquement jusqu'au premier oasis. Par la suite, je cheminai avec une Irlandaise qui me fit aller plus loin dans la traversée du désert, d'oasis en oasis, de sources en palmiers, ressentant parfois curieusement un besoin de contempler d'autres dimensions, plus cosmiques, plus spirituelles. Curieusement, ces épreuves me rappelèrent le cheminement de Katia qui, elle aussi, avait investi beaucoup d'énergie dans sa recherche spirituelle, un moyen de se rattacher à une forme d'absolu, sans perdre de vue les combats éphémères de l'existence, un moyen de retrouver l'amour en cherchant plus bas ou plus haut.

- La célébration s'en vient, une bulle se dégonfle, une orange se dépucelle pour offrir sa sève, une plongée s'amorce au coeur des racines celtiques du bon vivant. Les mots ne pourront jamais transmettre mes états d'âme, pas plus les bons que les mauvais, et ne le pourront jamais, limités par le medium même. Sans compter que les mots de Katia ou ceux d'autres êtres chers auraient été différents pour restituer ces mêmes passages.

La myriade de cicatrices et mon grain de folie commençaient à se greffer sur mon fil d'Ariane.

# Épilogue

"Il n'y a pas de problème qui n'ait de cadeau pour toi entre ses mains. Tu cherches les problèmes parce que tu as besoin de leurs cadeaux." (R. Bach)

Dans un avion d'Air France, au dessus de l'océan; la Ville-Lumière approchait. Et je songeais entre deux gorgées de champagne... Oui, il fallait bien que je parte un moment, ne serait-ce que pour projeter en hologramme tout ce passé, quitte à le laisser ensuite dormir au fond d'un grenier. Il me semblait, à regarder les premiers jets griffonnés, que les êtres chers que j'avais aimés et haïs dans mes extrêmes affectifs, ces êtres chers que j'aime, ma famille, Katia, les petits, ne sont pas tels que je les ai décrits. Les événements, les états d'âmes non plus. C'est comme si je regardais un autre moi-même inconnu, une autre mémoire qui aurait vécu tout cela, heureux de décanter, de me sentir proche de ma mère, que je découvre éveillée, affective, de mon père qui m'a légué un trésor: son imaginaire, sa sensibilité, son âme d'artiste. Oui il fallait bien que je parte pour un temps avant ce retour à cet Ithaque, ma patrie, celle d'Ulysse.

Un rêve immense avait surgi par le hublot du sommeil. J'étais installé sur mes terres à Pointe-Lumière, dans mon havre, construit de mes mains. J'en avais décoré les murs et planté le jardin. J'étais allongé dans un hamac alors que filtraient, par la toiture du feuillage, de longs rayons chauds. Un merle, enrobé de couleurs et de sons jacassait dans la découpure des nuages; son chant perçait un silence, un concert terminant sept années de vaches maigres... Je descendis les marches qui mènent à mon atelier: douze marches de pierre, usées par le temps et les pas, moulées par toutes ces vies antérieures que j'avais dû conquérir. Une grande paix, une grande sérénité émanait de mon phare, cette comète dressée comme un mât garni de voilures le long des caps de Pointe-Lumière, au milieu de la baie. À l'entrée, une horloge grand-père fredonnait le temps, ce temps différent comme une renaissance. Ses longues aiguilles, qui s'étaient promenées dans le passé, vibraient dans un présent qui me faisait voyager dans les bons moments de mon existence. Un feu d'érable ronronnait dans le foyer, brûlant toutes les pensées négatives, pendant qu'un petit lutin attisait, avec son tisonnier, la flamme qui projettait, sur un écran de coquillages, des signes qui disaient oui à la vie!

Dans ma pharmacie, de petits soldats hissaient le drapeau de la victoire. Mon corps était celui de l'enfant qui naît: beau, sain et plein de cette odeur qui n'appartient qu'à notre enfance. Une glace me renvoya l'image de ma beauté. Je ne pus que m'aimer. Je descendis dans ma bibliothèque chercher un livre intitulé *Comme un berceau aux portes du paradis*. L'aurore était enfin là!

Je sortis. Une cascade s'étirait le long de la falaise, une hirondelle de mer gazouillait, perchée sur l'arc-en-ciel... égrenant au fil du temps son parfum. Au large, des voiliers se dandinaient dans un soleil rougeoyant, et, à l'odeur du varech se mêlait un rire cristallin d'enfant...

Je rentrai. Assis dans un fauteuil ancien entre des cactus et des violettes, je fis venir sur un tapis volant tous les êtres chers. Les petits commencèrent à jouer du violon aux bercements du mien...

Je me suis réveillé à l'aube, sur les ailes de deux nuages: le soleil se levait sur l'océan et tout près un immense palais blanc et bleu, une étoile dorée sur sa plus haute tour...

Du même auteur:

*L'Acadien reprend son pays*, Éditions d'Acadie, 1977, 129 p.
*Isabelle-sur-mer*, Éditions d'Acadie, 1979, 156 p., mention prix France-Acadie.

Achevé d'imprimer en octobre 1984
par Barnes-Hopkins Ltée
pour le compte des
Editions d'Acadie Ltée